A M. Jacques Dadoun

ANTOINE

Bien cordialement
à vous, ce troisième
volet de l'histoire
des marchés boursiers..
En attendant le plaisir
de vos retours..
Cordialement vôtre

18/9/98

DU MÊME AUTEUR

Tourbillons, Belfond, 1985.
Passion bleu nuit, Calmann-Lévy, 1987.
Adélaïde (*Les Marchands*, t. 1), Ramsay, 1992.
Adrien (*Les Marchands*, t. 2), Ramsay, 1992.
Les Racines du Figuier, Plon, 1997
   (bourse Thyde Monnier de la SGDL).

Livres pour enfants :
La Révolte des bonbons, Gautier-Languereau, 1991.
Le Voyage de Gatinette, Gautier-Languereau, 1993.

CHARLES LANCAR

LES MARCHANDS

ANTOINE

(1940-1945)

***

belfond
12, avenue d'Italie
75013 Paris

Si vous souhaitez recevoir notre catalogue
et être tenu au courant de nos publications,
envoyez vos nom et adresse, en citant ce livre,
aux Éditions Belfond,
12, avenue d'Italie, 75013 Paris.
Et, pour le Canada, à
Édipresse Inc., 945, avenue Beaumont,
Montréal, Québec, H3N 1W3.

ISBN 2.7144.3478.9
© Belfond 1998.

Pour Rica Rouah

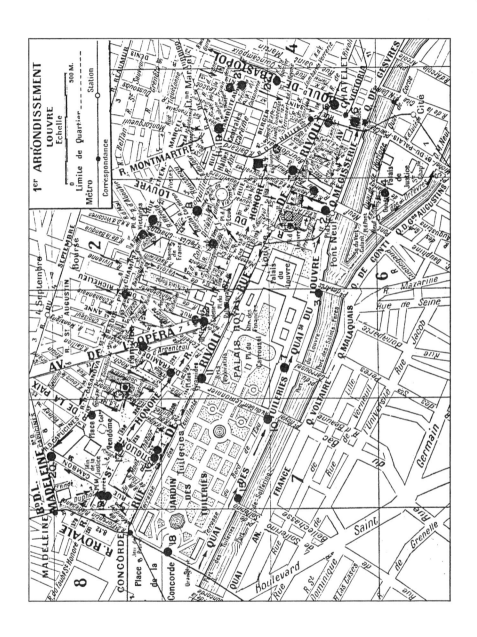

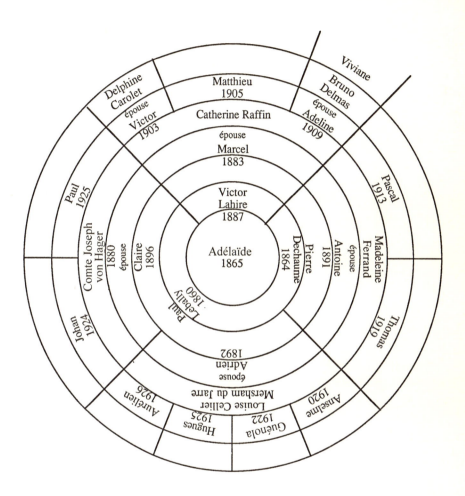

Personnages

Aldo Altimonte : Fils de Violette Sarrazin et de Salvatore Altimonte, épouse Sonia, une prostituée qu'il enlève à Madame Yvette et emmène en Argentine.

Salvatore Altimonte : Ancien fleuriste au marché, séduit Adélaïde puis la délaisse pour Violette Sarrazin, marchande de bonbons, avant de s'expatrier en Argentine.

Aristide Aubert : Dit l'Ardéchois, ancien communard, déporté en Algérie, devient maître d'un domaine.

Émilienne Aubert : Fille de l'Ardéchois. Épouse Maxime Lecoutrec dont elle a une fille avant de s'enfuir avec Virgile Calzani.

Virgile Calzani : Ancien bagnard, s'évade, se fait embaucher par l'Ardéchois et s'enfuit avec la fille de ce dernier, Émilienne, dont il aura deux enfants. Devient le député d'Alger Gilles Calni.

Commissaire Debrousse : Habitué de la place Saint-Georges chez Madame Yvette. Veille sur les intérêts de Louise Cellier Mersham du Jarre.

Pierre Dechaume : Étudiant en droit, il fait accuser de vol Adélaïde qui refuse ses avances. Devenu avocat, il épouse Éléonore Marceau dont il a trois enfants. Il finit par séduire Adélaïde. De cette aventure naît, à l'insu de Pierre, Antoine.

Jean-Luc Engelbert : Fils de Nathan et d'Auriane, s'éprend de Guénola, fille d'Adrien.

Nathan Engelbert : Condisciple d'Adrien au collège Saint-Joseph, journaliste et écrivain, gaulliste de la première heure. Marié à Auriane de La Bure dont il a deux enfants.

Emilio Giordano : Évadé du bagne d'El Chitan avec Virgile Calzani, travaille chez l'Ardéchois puis, à la mort de son patron, se fait embaucher par Marcel au domaine des Orangers.

Claire von Hager . Fille de Paul et d'Adélaïde. Pianiste. Épouse le comte von Hager.

El Haïk : De son vrai nom, Alphonse Lebally, oncle de Paul Lebally. Ancien communard, déporté en Algérie avec l'Ardéchois. Devient chef d'une tribu touareg et se révolte contre les autorités françaises.

Kader : Fils d'El Haïk, en rébellion contre l'autorité française.

Kamel : Fils d'El Haïk, choisit la France, entreprend des études de médecine et épouse Clémence.

Marcel Lahire :	Fils d'Adélaïde et de Victor Lahire, épouse Catherine Raffin, la fille de son patron serrurier, et part pour l'Algérie où il achète avec l'héritage du père Jardin un lopin de terre.
Matthieu Lahire :	Fils de Marcel et de Catherine.
Victor Lahire :	Fils de Marcel et de Catherine.
Adélaïde Lebally :	Fille de mineurs, épouse Victor Lahire dont elle a un enfant, Marcel. À la mort accidentelle de son mari, elle s'installe avec son fils à Paris. Domestique chez les Dechaume, accusée à tort de vol, elle connaît la misère avant d'être secourue par le père Jardin, un marchand des quatre saisons qui l'associe à son commerce ambulant et se prend d'affection pour Marcel. Ambitieuse, elle s'établira avec son second mari, Paul Lebally, sur les marchés parisiens et prendra la tête d'un mouvement revendicatif en faveur des commerçants.
Adrien Lebally-Dechaume :	Fils de Paul Lebally et d'Adélaïde. Le mensonge de sa mère à Pierre Dechaume lui permet de se faire reconnaître par le député à la place d'Antoine. Il devient avocat puis député. Marié à Louise Cellier Mersham du Jarre.
Antoine Lebally :	Fils d'Adélaïde et de Pierre Dechaume.
Paul Lebally :	Marchand des quatre saisons sur les marchés parisiens. Il épouse Adélaïde, ignorant qu'elle est enceinte de Pierre Dechaume.
Thomas Lebally :	Fils d'Antoine et de Madeleine.

Clémence Lecoutrec :   Fille d'Émilienne Aubert et de Maxime Lecoutrec. Devient chirurgien.

Maxime Lecoutrec :   Tailleur de pierre puis sculpteur de renom, il sauve d'une mort certaine Marcel, désespéré du remariage d'Adélaïde (sa mère).

Philippe du Merry :   Député, puis ambassadeur, amant d'Adélaïde à laquelle il lègue sa propriété en Touraine.

Germain Prouvaire :   Marchand de salades sur les marchés. Royaliste, membre influent de l'Action française et du parti de la collaboration, chef de la Milice.

Marie Prouvaire :   Sœur de Germain Prouvaire, vit avec l'anarchiste Gabriel Rouet, bouquiniste.

Gabriel Rouet :   Anarchiste, bouquiniste, compagnon de Marie Prouvaire.

Juan Ruiz :   Ouvrier espagnol, travaille à l'entretien de la maison des époux Calni, amant d'Émilienne, la fille de l'Ardéchois.

Violette Sarrazin :   Marchande de bonbons devenue tenancière d'une maison close. Se fait appeler Madame Yvette.

Samuel Robespierre Schoumaremsersky :   Commis d'Antoine.

Olga Sibarevitch :   Patronne du restaurant russe Le Doma, à Montparnasse.

Chapitre Premier

Juillet 1940 – Paris

Adélaïde sursauta ; un grattement intermittent venait de lui parvenir depuis la chambre qu'occupait autrefois Adrien. Elle quitta son fauteuil à bascule, empoigna le couteau qu'elle tenait à sa portée depuis que des rôdeurs avaient tenté de forcer sa serrure et traversa la salle à manger éclairée par un rayon de lune, avant de s'arrêter devant la pièce entrouverte. Le bruit se faisait plus insistant, comme si des mains fiévreuses creusaient le sol. Adélaïde fit un pas, une lame de parquet gémit. Quelques secondes, le silence domina, puis le grattement reprit, sur le même rythme, obsédant. La pointe du couteau en avant, prête à frapper, Adélaïde se glissa dans la chambre : c'était un rat, un de ces gros rats qu'elle voyait souvent courir après la remballe, le long des pavillons des Halles, parmi les cageots écrasés et les immondices. Ils y faisaient leurs affaires, levant parfois le museau, à peine dérangés par la cohorte des clochards et des ramasseurs d'ordures.

Comme frappée de paralysie, noyée dans la clarté bleuâtre qui filtrait des carreaux teintés pour la défense passive, la bête se dressait les pattes en l'air, la moustache frémissante, les yeux luisants et le poil hérissé. On la devinait chargée d'une fureur croissante, d'une rage qui secouait ses formes noires et grasses, pareilles à celles d'un chat gavé. Un instant subjuguée, Adélaïde se reprit. Sa raison dominait, calculait où elle aurait à frapper si l'animal s'avisait de sauter sur elle. C'était un tableau saisissant que cette femme aux cheveux gris, face à la bête dont le regard jetait des reflets de colère. L'attente dura un moment sans que de part et d'autre la tension ne baissât. Bien au contraire : maintenant, le rat crachait, tournait la tête, la balançait à la manière d'un serpent tandis que la main d'Adélaïde se crispait davantage sur son arme. Puis, subitement, comme s'il répondait à un signal, le rat virevolta et détala sous le bureau d'Adrien où il disparut, avalé dans le trou noir creusé derrière le pied de la table.

À en juger par le manche du balai qu'Adélaïde enfonça d'une bonne moitié, la galerie devait provenir de la confiserie, vidée et abandonnée depuis plusieurs mois pour une inextricable affaire d'héritage. La nuit, des vagabonds s'y réfugiaient avec quelques bouteilles et y menaient grand tapage. Adélaïde prit dans le cagibi où autrefois Paul remisait ses outils un restant de ciment qu'elle coula, mélangé à des débris de verre, dans l'orifice. Par précaution, elle y appliqua un de ces anciens et lourds fers à repasser dont se servait Odette Lebally, sa belle-mère.

Adélaïde se remit à la fenêtre. De la rue Montorgueil déserte, des bouffées d'air chaud montaient et emplissaient l'appartement plongé dans l'obscurité. De temps à autre, une patrouille allemande martelait la chaussée. Plus haut, insolite ombre chinoise, se découpait le clocher Saint-Eustache. Voilà des années qu'Adélaïde ne dormait plus que d'un bref sommeil. Elle ne s'en plaignait pas, elle lisait ou évoquait son existence depuis son départ de la mine, à la mort de Victor Lahire, son premier époux. Elle n'éprouvait nul regret de ses combats, de ses passions. Seul son terrible mensonge à Pierre Dechaume et à Paul Lebailly, son second mari, continuait à l'accabler. Pourtant, lorsqu'elle y songeait, elle se trouvait quelques excuses : si Adrien n'était pas le fils du député, il n'en possédait pas moins le caractère. Oui, par ses ambitions, son acharnement et son cynisme, il ne différait pas de lui. Encore que Pierre avait piétiné en vain dans l'antichambre du pouvoir cependant qu'Adrien, plus entreprenant et bien moins scrupuleux, s'y était taillé une place. Et quelle place, Seigneur ! Elle n'avait jamais aimé ce Pierre Laval qui portait en lui les stigmates de la tourmente et de la tromperie.

Sur Pétain, elle continuait à s'interroger, partagée entre le souvenir du héros de la Grande Guerre et le vieillard engoncé dans une vision surannée du pays. Et puis, il y avait aussi ce général de Gaulle qu'elle devinait fier, orgueilleux même, et auquel croyait Antoine. Nathan et son fils Jean-Luc l'avaient rejoint, au grand désespoir de Guénola, follement éprise du garçon rencontré pour la première fois en Touraine. Guénola, si peu semblable à Louise, si différente d'Adrien, son père. D'autres hommes, malgré la mitraille, avaient traversé la Manche et l'on disait que le flot vers l'Angleterre ne tarissait pas alors que se resserraient les mailles du filet allemand.

Des larmes glissèrent sur les joues d'Adélaïde : le pays n'offrait plus que ruines et incertitudes. De jour en jour, les Allemands renforçaient leur emprise et des voyous, Français ceux-là, se ralliaient à eux. Ils vociféraient et se pavanaient autant que leurs maîtres, monstres à l'image de ce rat que la misère et l'abandon avaient enhardi au point de s'introduire chez elle pour la défier.

Samuel Robespierre Schoumaremsersky bondit hors de son lit, en nage, non pas tant à cause de la chaleur suffocante, mais parce que, pour la troisième nuit consécutive, le même cauchemar l'assaillait : il y voyait distinctement son père, le vieil Abraham, se balancer au bout d'une corde devant la synagogue de son village, et sa maison natale engloutie par les flammes. Robespierre mit un temps avant de retrouver son souffle. Il avait beau se répéter qu'il ne s'agissait que d'un rêve, que ses parents ne craignaient rien, là-bas, en Russie, l'image de son père, le visage déformé par la strangulation, le hantait jusqu'à la nausée. Il reprit enfin ses esprits et passa la tête par le vasistas. Instantanément, l'air frais l'apaisa. Dans le ciel constellé, les faisceaux des projecteurs allemands se croisaient, effleuraient parfois la crête d'un toit avant de reprendre leur inlassable ballet. Robespierre songea au tourbillon de ces derniers mois : il avait voulu s'enrôler, mais au bureau de recrutement l'officier s'était contenté de l'inscrire sur un registre puis l'avait congédié avec un geste évasif en réponse à sa question. Non, il ne savait pas quand on ferait appel à lui. À deux reprises, il était revenu aux nouvelles, sans plus de succès. Puis la guerre avait tout emporté et il se retrouvait prisonnier dans cette ville, elle-même bâillonnée, avec le sentiment que son propre destin ne lui appartenait plus. Robespierre se recoucha ; il mit longtemps avant de fermer les yeux et se réveilla au matin avec l'impression d'avoir à peine dormi. Il fit sa toilette au robinet du palier et dégringola l'escalier pour rejoindre Antoine.

Allongé sous le camion, le fils d'Adélaïde pestait contre cette sacrée mécanique à laquelle il fallait, l'essence devenant rare, bricoler un gazogène. Il bougonna quelques mots à l'arrivée de son commis, puis poussa sa jambe mécanique dehors avant d'apparaître tout entier, le visage et les bras maculés de graisse. « Je me demande bien pourquoi je m'escrime sur ce tas de ferraille, grommela-t-il. Il n'y a déjà plus grand-chose à ramasser aux Halles et, à la campagne, les maraîchers se montrent de plus en plus exigeants. »

Munis chacun d'un diable, Antoine et Robespierre se dirigèrent vers les pavillons. D'autres marchands remontaient comme eux la rue Montorgueil. Tête basse, le béret ou la casquette rabattue sur le front, ils avançaient d'un air accablé, sans desserrer les dents. Devant l'église Saint-Eustache, des soldats vert-de-gris patrouillaient. « Maintenant qu'on les a sur le dos, gronda Antoine, ils ne nous lâcheront plus. »

Ainsi qu'Antoine l'avait prévu, la marchandise se raréfiait et les prix s'envolaient. Depuis deux mois d'ailleurs, le jeu se trouvait faussé, les occupants réquisitionnaient à tour de bras et ce qui parvenait à leur échapper se traitait sous le manteau. « Voici revenu le temps de la pourriture, s'indigna Antoine, malheur aux pauvres et aux sans-logis... » Les deux hommes firent le tour des pavillons, payant quelques cagettes de marchandise trois à quatre fois leur cours habituel. Antoine ne put s'empêcher de manifester son exaspération. Il en avait après certains grossistes qu'il accusait d'entretenir la pénurie. Mais ceux-ci haussaient le ton : qu'y pouvaient-ils si les Chleus raflaient tout et si les récoltes ne se faisaient plus faute de bras ? Les coups de gueule du marchand se perdaient dans le brouhaha, sous l'immense squelette d'acier. À vrai dire, plus personne ne prenait garde à ces élans de colère, à ce trop-plein d'angoisse ; tous les esprits s'enfonçaient, résignés, dans la fatalité. C'était, n'est-ce pas, la guerre et l'occupation qui voulaient ça. Les anciens, les vétérans de 14 hochaient la tête : eux, ils avaient réussi à les arrêter sur la Marne, les Boches. Certes, ils en avaient payé le prix, chair et sang confondus, pétris de boue, livrés à la vermine des tranchées. Mais ceux d'aujourd'hui ne faisaient plus le poids. Ah pour ça, non ! Par pans entiers, ils avaient vu l'armée s'effondrer, rendue avec armes et bagages à l'ennemi, parfois sans qu'un seul coup de feu ne fût tiré ne serait-ce que pour l'honneur. La débandade, quoi ! Antoine protestait : « Fallait tout de même pas accabler nos petits gars qu'ont fait ce qu'ils ont pu. Mais le moyen de résister à ces hordes mécanisées, à ce déferlement d'avions qui vous piquaient dessus... »

Le jour se levait lorsque le camion d'Antoine parvint place de Breteuil. Dans l'avenue de Saxe, les tubulures noires des montants et les pannes de bois recouvertes de toiles goudronnées offraient un spectacle désolant : faute de ravitaillement, la plupart des commerçants ne se déplaçaient plus, et ceux qui possédaient quelque chose à vendre attendaient indécis, appuyés à leur véhicule bâché. On se relayait pour un aller-retour chez le père Dominique pourtant proche. Mais personne ne se serait risqué à abandonner, même pour quelques minutes, son camion ; trop de maraudeurs sévissaient ces derniers temps.

Quand Antoine débarqua, les visages s'éclairèrent : « Ben quoi, s'écria-t-il en sautant du marchepied, vous n'avez pas encore déballé ? » Déjà, aidé de son commis, il sortait ses tables et ses tréteaux, tout en houspillant ses collègues pour qu'ils se pressent d'en faire autant. Et bientôt le marché prit forme : les marchands s'interpellaient, se regroupaient pour éviter de laisser de grands trous. Abandonnant à Robespierre le soin de parachever l'installation, Antoine allait de l'un à l'autre, encourageait d'un mot, répliquait par une boutade aux propos désabusés. Il arpentait à grandes enjambées la double allée, forçant sur sa jambe mécanique dont le léger cliquetis s'étouffait dans la rumeur naissante du marché. Puis, tandis que les premiers rayons de soleil frappaient les étalages, Antoine entraîna un petit groupe au bistrot. Lorsque la compagnie fit son entrée, le patron la salua d'une tournée.

À coups de rouge, de blanc et de calva, l'atmosphère s'échauffait, le courage revenait. Le nez plongé dans un verre, on en oubliait, l'espace d'un instant, la défaite, le pas de l'oie des Boches sur les Champs-Élysées et les difficultés d'approvisionnement. Des odeurs grasses saturaient l'air, des plats passaient au-dessus des têtes, des flageolets garnis d'un bout de saucisse ou de petit salé. Certains des marchands donnaient leur morceau de viande à cuire ou quelques œufs pour leur omelette. D'autres étalaient avec parcimonie du fromage sur un croûton de pain.

Antoine mangeait avec appétit, avalait de grosses bouchées sans prendre le temps de mastiquer. Il essuyait avec soin son assiette pour ne rien perdre de la sauce et ses voisins en faisaient autant, comme s'ils pressentaient qu'ils auraient bientôt à regretter jusqu'à cette frugalité ; le ventre calé, les hommes fumaient leur tabac devant un canon. Inévitablement, la discussion glissait sur la guerre, et les mines s'assombrissaient. D'une voix grave, chacun y allait de sa théorie, expliquait les causes de la débâcle. On remontait dans le passé pour épingler les chefs de gouvernement d'une république depuis longtemps moribonde. Les pétainistes s'affichaient : le Maréchal était un drôle de malin et « on verrait bientôt ce qu'on verrait... ». Deux ou trois gaullistes, dans un coin, rongeaient leur frein, repérant « les salauds auxquels ils espéraient bien, un jour prochain, régler leur compte ».

Peu de jeunes se trouvaient dans la salle. Pour la plupart, ils avaient endossé l'uniforme. Combien en reviendraient ? s'interrogeait Antoine. Une fois de plus, il ne pouvait s'empêcher de songer à ses deux fils, Pascal et Thomas, dont il restait sans nouvelles. Une sourde et constante angoisse le taraudait. Madeleine, elle, ne vivait plus depuis le départ de ses petits. L'arrêt des hostilités n'avait pas calmé ses appréhensions. Souvent, elle se levait la nuit et pleurait, le front collé à la vitre, scrutant la rue sombre comme si elle espérait les voir surgir, l'un auprès de l'autre.

Antoine poussa un soupir et son poing s'abattit sur la table. Ses compagnons fixèrent sur lui un regard étonné. « Ce n'est rien, dit-il, ce n'est rien. » Il eut un geste devant les yeux puis roula une cigarette avant de sortir et de rejoindre Robespierre. Le commis, son installation faite, échangeait quelques propos avec sa voisine, la fille du crémier, une jolie brunette aux formes rondes. « Tu peux y aller », lui dit Antoine. Le jeune homme ne se le fit pas répéter et fila en compagnie de la brunette. Comme le crieur de journaux passait, Antoine le héla. Le papier sentait encore l'encre ; il s'efforça de lire les nouvelles entre les lignes, mais il dut bien vite y renoncer, écœuré par le fatras de mensonges qu'imposait aux journalistes la propagande allemande.

Les premiers clients pointèrent le nez : concierges en pantoufles et robe de chambre, matrones enturbannées à l'œil sévère et au visage chiffonné, vieux retraités à la démarche mal assurée, employés des ministères qui persistaient à se rendre à leur bureau. Le cabas à la main, ils erraient d'un étal à l'autre, hochant la tête devant un tas de pommes de terre molles et piquées, soupesant d'un air navré une botte de carottes anémiées ou une salade flétrie qui, en d'autres temps, auraient échoué au rebut. Ils s'effaraient à la vue des ardoises et ronchonnaient en tendant leurs sous, « qu'on les volait et que le Bon Dieu ne devait pas permettre cela ». Placides, la plupart des commerçants laissaient dire avec des haussements d'épaules, mais d'autres, plus nerveux, s'emportaient et juraient de ne plus nourrir ces ingrats.

Antoine, lui, cherchait à raisonner sa pratique : la marchandise n'arrivait plus, bloquée sur les routes ou dans les wagons de chemin de fer où elle pourrissait au soleil. De plus, les paysans renâclaient à expédier leurs récoltes, ils préféraient les vendre sur place, à un prix bien plus avantageux. On l'écoutait sans répondre, avec cette réserve de l'homme qui, la sachant inutile, étouffe une révolte.

La matinée s'écoula ainsi, ponctuée de mouvements d'humeur, de jurons qui éclataient comme de brusques coups de tonnerre. Des files se formaient, se dispersaient pour se refaire ailleurs dès qu'un commerçant levait les bras pour signifier qu'il ne lui restait plus rien à vendre. Un peu avant midi, les cagettes vidées de leur contenu, Antoine donna le signal de la remballe. Tandis que Robespierre rangeait les tables et les tréteaux, lui-même repliait de ses longs bras les toiles de fond et les joues que les concessionnaires continuaient à louer au prix fort. Il lui sembla soudain apercevoir la silhouette de sa mère au fond de l'allée. Quelques minutes s'écoulèrent sans qu'il la vît à nouveau, de sorte qu'il fut persuadé de s'être trompé. Il jeta un dernier coup d'œil à sa place, ramena un crochet oublié ; il se hissait sur le marchepied du camion lorsqu'il entendit la voix d'Adélaïde : « Antoine ! » Il redescendit. Elle était là plantée devant lui, blême, les yeux rougis, les mains tremblantes.

Il eut tout à coup peur de ce qu'elle allait lui annoncer et recula en secouant la tête comme s'il se refusait à l'entendre. « Antoine, répéta-t-elle avec un sanglot : c'est Thomas, notre petit Thomas... »

À travers la fenêtre de sa chambre, Mathilde Roussay jeta un regard inquiet sur la plaine champenoise jonchée de tanks et de camions calcinés. Des champs, des vignes brûlées, des cratères ainsi que des débris d'armes lourdes témoignaient de l'âpreté des combats. Miraculeusement épargnée, la ferme n'en avait pas moins subi le pillage des envahisseurs, encore que, pressés de poursuivre leur avance, ils ne s'y étaient pas attardés. Cependant, la nature reprenait ses droits et déjà les oiseaux piaillaient sur les carcasses métalliques.

Lorsqu'elle se fut assurée que nul ne rôdait dans les parages, la jeune fille alluma une lampe et se dirigea vers l'étable. Les deux vaches, la grosse et la persillée, rescapées d'un troupeau d'une quinzaine de têtes, l'accueillirent par des mugissements prolongés. Elle les apaisa de quelques caresses et chercha sous la paille l'anneau de la trappe. Elle dut, avant d'ouvrir, écarter d'une bourrade la persillée qui, par jeu, lui fourrait son museau dans les flancs. Elle descendit les marches de pierre. À l'extrémité d'un boyau, elle poussa la porte d'une pièce percée d'un soupirail. La lampe éclaira le visage exsangue d'un jeune homme étendu sur un lit-cage. Il eut un faible mouvement pour se protéger de la lumière, puis murmura : « Mathilde ! – C'est moi », le rassura-t-elle. Elle s'approcha, découvrit le drap qui laissa apparaître la poitrine bandée du garçon. À en juger par le linge propre, la blessure paraissait se cicatriser normalement. Ces derniers jours, le médecin avait manifesté de l'inquiétude à cause des chairs qui suintaient, mais il avait à nouveau nettoyé la plaie, en demandant à la jeune fille de surveiller le pansement.

Du blessé trop faible pour parler, Mathilde ne connaissait que le prénom mais par ses traits, par ses mains qu'aucune tâche rude ne semblait avoir marquées, elle se doutait qu'il était de la ville, un Parisien sans doute. Profitant d'instants de liberté, elle descendait auprès de lui, lui racontait la ferme, les mille détails de la vie quotidienne, se souciant peu qu'il l'écoutât, cherchant à se confier comme si elle s'adressait à son journal intime. Elle n'aurait su dire ce qu'elle ressentait vraiment pour lui. Peut-être éprouvait-elle le besoin de le protéger. Bien qu'il fût de son âge, elle était plus mûre, comme la plupart des filles de la campagne...

« J'ai faim... » Mathilde sourit. C'était la première fois que le jeune homme réclamait à manger. Jusque-là, elle s'était chargée de lui faire ingurgiter un potage ou un bouillon de poulet. Elle s'accroupit auprès de lui et lui présenta un morceau de jambon qu'il dévora. Quand il en eut englouti la dernière bouchée, il demanda à se débarbouiller, il voulait respirer un autre air que celui de cette cave. Elle eut toutes les peines à lui faire entendre raison : il lui fallait garder le lit encore quelques jours pour éviter que la plaie ne s'ouvre. Il consentit enfin à se recoucher après avoir chaussé ses lunettes, qu'il ne s'étonna pas de trouver à sa portée. Dans l'après-midi, Mathilde lui apporta une cuvette, un broc d'eau chaude et un rasoir à manche de corne. « Il appartenait à mon père, dit-elle avant d'ajouter : il est mort à la guerre... l'autre, la Grande. » Une fois décrassé, le garçon chercha des yeux son uniforme. « Vous n'en aviez pas », lui répondit en rougissant Mathilde. « Voyons, s'écria-t-il, c'est impossible ! » Une fois encore, elle s'évertua à le calmer, puis lui raconta comment, aidée de sa mère, elle l'avait ramassé, à moitié nu, dans l'étable.

Deux semaines auparavant, les deux femmes, terrées dans cette même cave, attendaient apeurées le départ des Allemands dont elles entendaient, là-haut, le tohu-bohu. Quand le silence fut revenu, elles se risquèrent dehors et demeurèrent anéanties devant le spectacle des bâtiments saccagés, souillés. Puis, serrant les dents, ravalant leur rage, elles se mirent au travail. À la tombée de la nuit, par crainte d'un retour de l'ennemi ou de l'intrusion de pillards, elles réintégrèrent leur refuge. Mathilde n'aurait su dire à quel moment, alertée par le grincement de la porte, elle se réveilla. Elle perçut d'abord un frottement sur le plancher, comme une reptation, et ensuite un bruit sourd. À présent, les vaches s'énervaient, frappaient le sol de leurs sabots, soufflaient, poussaient d'interminables plaintes. La mère Roussay elle aussi avait ouvert les yeux, mais n'osait bouger. Ce ne pouvait être les Allemands, ils auraient causé plus de tapage. « Peut-être des maraudeurs », souffla

Mathilde. Jusqu'au lever du jour, les deux femmes demeurèrent aux aguets, puis, n'entendant plus rien, elles se risquèrent, armées d'un bâton, hors de la cave. Elles découvrirent le jeune homme ensanglanté entre les sabots des vaches. Lorsque la mère se rendit compte qu'il respirait encore, sans perdre de temps, elle déchira le maillot de corps taché et mit à nu la blessure, un trou dans le flanc droit. Elle envoya Mathilde quérir le médecin tandis qu'elle-même nettoyait avec précaution la plaie. Le docteur n'arriva que tard dans la soirée, exténué après deux jours passés dans les hôpitaux, sans le moindre repos, à panser et à charcuter. Tandis que les deux femmes maintenaient le blessé, il extirpa la balle, prescrivit quelques soins et se sauva en maugréant contre la folie des hommes.

« Pourtant, poursuivit Mathilde, vous n'étiez pas encore tiré d'affaire : la fièvre ne vous lâchait pas et la plaie refusait de cicatriser. C'est maman, avec ses herbes, ses cataplasmes et ses décoctions, qui a réussi à venir à bout de votre mal. Plus tard, nous avons retrouvé vos lunettes dans ce qui restait de notre vigne. Du moins pensions-nous qu'elles vous appartenaient, à cause des marques sur votre nez... »

Suspendue à la voûte, la lampe faisait danser les arbres, jetait des reflets dorés sur le visage de Mathilde que le garçon ne quittait pas des yeux. Il aimait la douceur de son regard, ses lèvres délicatement ourlées. La blouse échancrée laissait deviner la naissance de ses seins ; il aurait aimé y poser sa tête... « Je crois que je vous fatigue, lui dit-elle. Je vais vous laisser. – Non, bien au contraire, balbutia-t-il, je vous en prie, continuez. » Et, pour la retenir, il s'avisa de lui poser des questions sur la ferme et l'existence qu'elle et sa mère y menaient. Elle poursuivit et lui, étendu sur ce lit de métal qui grinçait au moindre mouvement, l'écouta, s'accrochant à cette voix, à cette musique qui lui rappelait sa maison, sa famille. Que devenaient-ils tous, là-bas ? Il aurait tant donné pour les revoir. Il pensait aussi à sa grand'mère, mince silhouette aux yeux de plomb qui jadis, lorsqu'il était enfant, le berçait de ses histoires. Il se souvenait encore avec précision de ce moment où, son barda sur le dos, il était monté lui faire ses adieux. « Prends garde à toi, mon petit, lui avait-elle dit en l'embrassant, tâche de ne rien oublier sur le front. » Elle songeait à cet instant-là à la jambe que son fils avait laissée dans les tranchées de la Grande Guerre, la « der des ders » comme l'appelaient les anciens.

Mathilde s'était tue ; elle s'aperçut qu'il l'examinait, qu'il la mangeait des yeux, et en éprouva une gêne. « Vous avez des nouvelles du front ? » lui demanda-t-il pour rompre le silence. Elle le fixa, étonnée. Le front ? « Comment, vous ne savez pas ? Il n'y a plus de front, plus d'armée. La France a capitulé et les Allemands défilent à Paris ! » Elle avait lancé cela avec un désespoir dans la voix qui bouleversa le jeune homme. D'une main hésitante, il essuya sur la joue de Mathilde une larme. « Il ne faut pas », dit-il. Mais il ne sut qu'ajouter, les mots lui paraissaient dérisoires. Enfin, elle se calma et lui rapporta ce que les villageois, dont certains possédaient un récepteur de radio, racontaient : jour et nuit, les Boches expédiaient des convois de prisonniers au-delà du Rhin. C'était un effroyable entassement d'hommes qui manquaient d'eau et de nourriture. Elle-même avait vu passer des colonnes d'hommes en haillons et d'éclopés qu'on bousculait sans pitié…

À nouveau, ce fut le silence. Le soir tombait, la lumière qui filtrait par le soupirail faiblissait et l'éclat de la lampe en devenait plus intense. Elle se leva, pressée tout à coup de remonter. « Vous devez avoir faim, je vais préparer votre repas. Dans deux ou trois jours, vous pourrez vous mettre à table là-haut, avec nous. » Elle grimpa trois marches puis se retourna vers le garçon, lissant sa blouse d'un air embarrassé : « Vous… vous ne m'avez pas dit comment vous vous appelez.

— Thomas, Thomas Lebally. »

Chapitre II

Octobre 1940 – Paris

À travers l'œilleton, Madame Yvette suivait les ébats du colonel allemand et de Virginie, la toute nouvelle recrue. Blonde et pulpeuse à souhait, la garce s'y entendait pour faire trotter son client. De la cravache aux pinces sans oublier les chaînes et la cagoule du bourreau, tout l'attirail y passait, à croire que la fille tenait son expérience du diable lui-même. La tenancière quitta son poste d'observation pour son bureau, un superbe Directoire sur lequel elle compta la recette. Décidément, la guerre avait du bon : l'hôtel Saint-Georges et son annexe réservée aux hôtes de marque ne désemplissaient plus. Certes, les Allemands constituaient l'essentiel des fréquentations, mais les Français n'étaient pas en reste : nouveaux venus dans le monde politique et dans celui des affaires, ils se mêlaient aux anciens habitués que cette promiscuité n'effrayait pas et payaient sans renâcler les « suppléments ».

Contrainte d'accroître son personnel, Madame Yvette avait dû recourir aux services de Philibert Debrousse pour pallier les insuffisances de la filière traditionnelle. Brave commissaire qui s'était mis en quatre pour la satisfaire. La tenancière songea qu'elle ne savait rien de la vie privée du fonctionnaire. Elle ne lui connaissait ni épouse ni maîtresse. « Curieux bonhomme », se dit-elle, se promettant de le cuisiner à la prochaine occasion. Nouées par un élastique, les liasses s'amoncelaient. Demain, elle porterait les billets rue Vivienne pour les échanger contre de beaux rouleaux de napoléons. Par ces temps troubles, rien ne valait l'or. Son travail achevé, elle remisa l'argent au fond d'une cavité savamment aménagée dans le plancher, puis se servit une liqueur de prune. Elle eut un claquement de langue appréciateur, renversa la tête sur le dosseret de cuir patiné du fauteuil et laissa vagabonder ses pensées : que de chemin parcouru, depuis sa rupture avec Salvadore Altimonte. Qui aurait reconnu aujourd'hui en elle Violette Sarrazin, l'ancienne marchande de bonbons ? La chance et l'ambition lui avaient permis de surmonter bien des obstacles, mais sa véritable réussite, elle la devait à un sénateur, un vieux gâteux, membre influent de la commission militaire dont elle assouvissait, en taisant son dégoût, les caprices. Seule ombre dans ce parcours exemplaire, le fâcheux épisode des retrouvailles avec son fils Aldo, revenu d'Argentine pour en repartir aussitôt avec Sonia, l'une de ses meilleures gagneuses... Madame Yvette eut un geste las : à quoi bon ressasser ? Elle avala une seconde gorgée de liqueur.

Dieu que c'était bon ! Elle ferma les yeux pour mieux passer en revue les événements de la nuit : peu après le couvre-feu, Germain Prouvaire était apparu, réclamant, en habitué des lieux, Virginie dans la chambre parme. Un moment plus tard, le colonel allemand avait exigé la même pensionnaire, n'appréciant pas de devoir attendre. Lorsqu'il avait vu descendre en compagnie de la jeune fille l'ancien marchand de salades, il lui avait jeté un regard noir. Nullement impressionné, Germain avait poursuivi son chemin, saluant d'un simple signe de tête l'officier. Sans doute celui-ci y avait-il décelé quelque ironie car il avait mis aussitôt la main à son étui de revolver. Virginie ne lui avait pas laissé le temps d'achever son geste : elle l'avait entraîné avec un sourire prometteur.

Madame Yvette se demandait souvent de quels appuis pouvait bien bénéficier Germain pour afficher une telle assurance. Elle le devinait pétri d'orgueil, gangrené par la rancune et la méchanceté. Elle-même n'était guère tendre, mais elle redoutait cet homme encore plus que les Allemands eux-mêmes. La nuit s'achevait. Le couvre-feu levé, les derniers clients disparurent et la maison retrouva son calme. Exténuées, les filles prirent à peine le temps de se débarbouiller et se retirèrent dans leurs chambres, cependant que les femmes de ménage, deux anciennes prostituées, se mettaient à l'ouvrage.

À son tour, la tenancière regagna son appartement, le seul qui permît l'accès au passage souterrain aboutissant à travers une série de caves à la rue Saint-Lazare. Les lourdes tentures de velours ne parvenaient pas à juguler la lumière du jour et Madame Yvette dut protéger ses paupières d'un bandeau. Au moment où elle allait sombrer dans le sommeil, elle fut dérangée par la sous-maîtresse qui l'avisa que le commissaire Debrousse demandait à être reçu. Elle enfila une robe de chambre et se rendit au salon où le fonctionnaire patientait au côté d'un inconnu. Il se leva, s'excusa de cette visite inopinée et présenta Georges de Montazille, un exploitant agricole. « Est-ce pour cela que vous m'avez réveillée ? » s'étonna-t-elle. « Allons dans votre bureau, proposa Debrousse, ce que j'ai à vous dire ne souffre pas d'indiscrétion. » Lorsque la tenancière eut refermé la porte capitonnée, il s'expliqua : « J'ai longuement réfléchi avant de m'adresser à vous ; par votre situation, celle de votre hôtel, vous êtes à même de nous rendre d'appréciables services. Quand je dis nous, poursuivit-il pour répondre à l'expression d'interrogation de son interlocutrice, je veux dire la Résistance, du moins celle qui tente de s'implanter dans le pays... »

Madame Yvette considéra avec curiosité le commissaire. Du diable si elle avait jamais imaginé que ce policier véreux verserait dans le patriotisme. Grand bien lui fasse, mais elle, qu'avait-elle à y gagner ? Cette maison, ces filles, ces louis d'or accumulés sous le plancher, pourquoi les jouerait-elle dans une aventure dont elle mesurait les dangers ? Une maladresse, une dénonciation ruineraient une vie d'efforts. D'un autre côté, elle songeait aussi qu'un brevet de civisme contrebalancerait, le jour où les Boches repasseraient la frontière, sa complaisance envers eux. Pourtant, elle ne se décidait pas, cherchant à obtenir des garanties. « Vous savez ce que je risque ? lança-t-elle à Debrousse qui passait en un geste machinal sa main sur ses cheveux clairsemés.

— Notre intérêt est de vous préserver, répondit le fonctionnaire.

— Et si tout de même... »

Le policier eut un geste fataliste. « Nous sommes tous à la merci d'un accident, mais je vous le répète : nous ferons tout pour vous éviter des ennuis... n'en avez-vous pas eu de nombreuses preuves ? » ajouta-t-il avec une nuance de menace. La tenancière observa un moment de silence : ce vieux filou lui rappelait qu'il la tenait. Si elle ne filait pas doux, il s'arrangerait pour la faire tomber, les prétextes ne manqueraient pas. Bien sûr, elle pourrait se défendre, battre le rappel de ses relations et elle en comptait, autant à la préfecture qu'auprès des Allemands, mais elle serait ensuite dans le collimateur de la Résistance ; même si aujourd'hui celle-ci ne se trouvait qu'à l'état embryonnaire, qui sait de quoi serait fait le lendemain ? « Je crois que je n'ai pas le choix, dit-elle résignée.

— Détrompez-vous, répliqua vivement Debrousse, rien ne vous empêche de refuser. Je ne vous en voudrais pas et j'oublierais aussitôt notre entretien.

— Seulement..., dit-elle avec un air de sous-entendu.

— Il n'y aura pas de "seulement", la coupa-t-il avec brutalité.

— Seulement, reprit-elle sans se démonter, lorsque les Boches seront partis, il me faudra rendre des comptes. »

Debrousse haussa les épaules. « Vous vous débrouillerez ; vous y avez parfaitement réussi jusque-là. » Il prit Georges de Montazille, demeuré silencieux, par le bras, et marcha vers la porte. Elle le retint, bredouilla qu'elle l'aiderait. L'espace d'un instant, le commissaire vrilla son regard sur celui de la tenancière, comme pour apprécier son degré de sincérité, puis ses traits se détendirent : « Je vous savais raisonnable », déclara-t-il.

En prenant congé de Madame Yvette, Georges de Montazille s'inclina devant elle. « Croyez bien que nous saurons apprécier votre concours », lui dit-il d'une voix cérémonieuse où chantait un fort accent du Midi. L'attention de la tenancière se porta sur cet homme d'une trentaine d'années vêtu d'une manière désuète et qui s'appuyait sur une canne. Croisant son regard, elle en éprouva un malaise, comme s'il émanait de ces yeux sombres une menace. Elle se sentit glacée et répondit à peine lorsqu'il ajouta : « J'aurai le plaisir de vous revoir bientôt. »

Ses visiteurs disparus, Madame Yvette donna libre cours à sa colère. Elle fulminait contre Debrousse qui ne lui avait laissé, malgré ses hypocrites protestations, que le choix de se soumettre. Dans la pièce tapissée de vert, elle allait et venait nerveusement. Soudain, ne pouvant davantage contenir sa rage, elle balaya les bibelots d'une étagère et renversa le guéridon qui supportait une lampe chinoise, une pièce précieuse dénichée chez un brocanteur et payée au prix fort. Le bruit sec de la lampe qui se brisait la calma, elle s'en voulait à présent de son emportement et s'accroupit pour rassembler les morceaux. Elle tenta de les ajuster, mais dut y renoncer devant la complexité de la tâche. Et tout à coup, lasse, elle abandonna le bureau et se réfugia dans sa chambre. Elle mit longtemps avant de trouver le sommeil. Elle s'endormit dans la rumeur étouffée de la rue, résolue, puisqu'elle ne pouvait agir autrement, à servir la Résistance… mais à sa manière.

Tout en bavardant, Debrousse et son compagnon marchaient vers la Trinité. L'un et l'autre étaient persuadés qu'ils ne devaient pas se fier entièrement à Madame Yvette. Pour Georges de Montazille, son jugement était fait à la minute même où la tenancière était apparue dans le salon. Toutefois, il estimait que l'essentiel était de se trouver dans la place, parmi les officiers allemands, afin d'y glaner des renseignements. Pour le reste, il aviserait. Les deux hommes se séparèrent devant l'église. Georges de Montazille, d'un pas de promeneur, s'enfonça dans le quartier des grands magasins puis, s'étant assuré que personne ne le suivait, regagna son logement face au passage Choiseul.

S'il n'aimait pas la capitale pour ce qu'elle avait d'oppressant, Montazille n'en appréciait pas moins l'architecture et pouvait, durant des heures, disserter sur le moindre des monuments. Par moments toutefois, il regrettait les vastes étendues sahariennes, la mer de dunes et le silence infini du Hoggar. Il songea à nouveau à la mission dont on l'avait investi à Londres : bientôt, il se trouverait face à Adrien Dechaume, ce ministre de Laval dont Nathan Engelbert, l'ancien journaliste du *Figaro* devenu l'éminence grise du général de Gaulle, lui avait parlé : « Vous aurez affaire à un homme ambitieux et d'un redoutable cynisme. Gagner sa confiance ne sera pas des plus facile. Il fut autrefois mon condisciple et ami au collège Saint-Joseph. Nos routes se sont séparées à la veille de la Grande Guerre. Cependant, je comprendrais que vous refusiez une telle mission : si Adélaïde Lebally est la mère d'Adrien Dechaume, elle est également votre grand'mère, monsieur Matthieu Lahire ? »

À l'approche des troupes allemandes, Louise, accompagnée de Guénola, Hugues et Aurélien, se replia à quelques kilomètres d'Avignon dans une propriété ancestrale qu'elle dut cependant partager avec une partie de la tribu des Cellier Mersham du Jarre. Mais, sitôt l'armistice proclamé et le gouvernement Laval constitué, elle s'empressa de rejoindre Adrien qui, averti des intentions du Maréchal, avait acquis une maison à Vichy, une solide bâtisse sur les bords de l'Allier, flanquée d'un joli terrain et dont le prix avait rebuté plus d'un candidat à l'achat. À peine débarquée, Louise engagea du personnel domestique et un couple de gardiens qu'elle logea dans une annexe devant la grille d'entrée. Moins de trois semaines plus tard, la villa avait pris l'aspect d'une fermette, avec son potager, son clapier et ses deux vaches abritées dans leur étable.

Ayant ainsi pourvu à l'intendance, Louise songea à constituer autour d'elle une petite cour de relations utiles qu'elle recevrait à son gré. Elle n'eut aucune peine à y parvenir : ministre sans portefeuille, proche de Laval dont, disait-on, il recevait les confidences, Adrien se voyait déjà entouré d'une faune d'hommes politiques qui espéraient par ce biais « toucher » le maître, à défaut du Maréchal lui-même. Au demeurant, par ces temps de disette, la table de l'épouse du ministre eut tôt fait de se tailler une réputation.

En dépit des apparences, Louise ne se sentait pas vraiment heureuse. Le sort de son fils, Anselme Félix Pierre, prisonnier en Allemagne, la préoccupait. Au service d'un hobereau, il se voyait contraint à un travail harassant dans les champs. En vain, au cours de ses déplacements à Paris, Adrien s'était-il efforcé d'obtenir sa libération, mais les Allemands lui avaient fait comprendre que ce cas « particulier » serait traité dans le cadre d'un accord global sur les prisonniers de guerre, lequel restait à négocier.

Justement, à propos des déplacements de son époux à Paris, Louise ne pouvait s'empêcher de s'interroger : Adrien continuait-il à fréquenter l'établissement de la place Saint-Georges ? Elle s'était refusée à questionner son mari, plus par orgueil que par pudeur. Lasse d'y penser, elle haussait les épaules : ces lubies, ces caprices de collégien attardé n'étaient somme toute que broutilles face au destin qu'elle forgeait à sa famille. Mais qu'Adrien se permette d'aller trop loin et elle le briserait. Elle en savait assez sur ses turpitudes, et surtout sur son imposture. Jamais elle n'oublierait cette scène, saisie dans l'entrebâillement de la porte de Pierre Dechaume agonisant, auquel Adélaïde jetait qu'Adrien n'était pas son fils : c'était, elle s'en souvenait avec précision, au cours de la dernière semaine de mai, l'année qui avait suivi l'avènement du Front populaire. Brisé par la disparition tragique de sa fille Agathe avec laquelle, après une longue brouille, il s'était réconcilié, Pierre Dechaume s'efforçait de reprendre le dessus ; mais c'était déjà un vieil homme que l'on voyait errer, perdu dans ses souvenirs, dans les allées du Champ-de-Mars. Un après-midi qu'il s'apprêtait à descendre la colline de Chaillot, il fut saisi d'un étourdissement et dut s'aliter. Pressentait-il sa fin ? Un matin, après le départ d'Adrien pour la Chambre des députés, il pria Louise d'aller quérir Adélaïde. La jeune femme avait tout entendu de leur discussion – en particulier comment, cette nuit de Mardi gras, l'avocat avait séduit Adélaïde, ensuite le mariage hâtif de cette dernière avec Paul Lebally, un commerçant de marché qui, jamais, ne se douta que l'enfant à naître, Antoine, était en réalité le fils de Pierre Dechaume. À peine remise de ses couches, Adélaïde donnait naissance à Adrien, engendré par Paul. « Pourquoi m'avoir menti ? » s'était écrié Pierre Dechaume sur son lit de mort après qu'Adélaïde lui eut révélé la vérité. Louise se rappelait mot pour mot la réponse d'Adélaïde : « Antoine, ton fils, était vulnérable, trop attaché à moi au contraire d'Adrien, plus réservé et ambitieux. D'une certaine façon, il était à ton image, cynique et calculateur. »

Dans cette ville d'eaux, autrefois si paisible et devenue une ruche politique, un être manquait à Louise : le commissaire Philibert Debrousse, dont les « rapports » lui étaient si précieux. Pourtant, elle ne désespérait pas d'obtenir de ses nouvelles.

Sitôt la ligne de démarcation franchie, le train s'immobilisa et les Allemands se hissèrent dans les wagons cependant que des sentinelles se plaçaient devant les portières. Avec un soin méticuleux, les soldats contrôlèrent un à un les voyageurs, scrutant les visages, à l'affût du moindre trouble qui s'y afficherait. Un officier supérieur se chargea des premières. Avec une courtoisie appuyée, il réclamait les papiers, puis les rendait avec un bref claquement des talons. Il s'exprimait dans un français haché et se forçait à sourire, mais son regard ne rencontrait que des expressions figées par la crainte. Lorsqu'il eut en main les papiers d'Adrien, il se mit au garde-à-vous et s'excusa d'avoir importuné « monsieur le Ministre ».

Un silence suivit le départ des militaires. Tandis que le train repartait, les voyageurs considéraient avec une curiosité mêlée de respect ce ministre devant lequel l'officier s'était incliné, s'étonnant de sa simplicité. Indifférent aux chuchotements, Adrien se replongea dans la lecture de ses dossiers. Contrairement à la plupart de ses collègues, il préférait le train aux aléas de la voiture. Ces derniers temps, certains membres du gouvernement s'étaient plaints d'un manque de carburant qui les avait contraints à attendre, au bord d'une route ou dans quelque village perdu, un secours.

Adrien se rendit d'abord à Chaillot où le concierge l'attendait. Après l'avoir écouté raconter ses démêlés avec une famille qui prétendait réquisitionner une partie de la maison, il le renvoya à sa loge, choisissant de se retrouver seul dans l'immense hôtel particulier. Il inspecta une à une les chambres, mais s'abstint de pénétrer dans celle qu'occupait autrefois Pierre Dechaume. Depuis la mort du vieux député, elle restait inoccupée, comme si Louise et Adrien appréhendaient d'investir ce dernier carré. Du reste, ils n'en parlaient jamais entre eux et les domestiques avaient reçu pour consigne de faire le ménage sans rien déranger. Un instant, Adrien crut entendre comme en écho la voix du député et en éprouva un frisson. Il se ressaisit et se força à pousser la porte de la pièce. Son regard se promena sur les murs tendus de lin, sur le mobilier Empire et le matelas nu, creusé en son milieu. Puis il avisa deux peintures d'Agathe Dechaume, suspendues face au lit, un paysage apocalyptique ainsi qu'une nature morte, et il se demanda pourquoi Louise les avait conservées, elle qui ne pouvait souffrir la jeune femme. Il les décrocha et les rangea au-dessus de l'armoire. De même, il enferma dans le placard une statuette, un nu de Maxime Lecoutrec. Débarrassé de ces objets, il respira, reprenant possession des lieux et se promettant de réaménager la maison sitôt la guerre achevée. Au moment de quitter la chambre, il remarqua, sur le chevet, la photographie d'un bambin serrant contre sa joue un ourson en peluche. Il la retourna et lut, tracé au crayon : *Cédric*. Il ne se souvenait pas d'avoir entendu prononcer ce prénom et chercha dans les traits du garçon une ressemblance avec les Dechaume. « Peut-être quelque chose dans le regard », se dit-il. Le portrait rejoignit la statuette.

Adrien parvint à l'hôtel Saint-Georges à l'instant du couvre-feu. Il y fut accueilli par Madame Yvette qui, en attendant que Virginie fût libre, lui tint compagnie dans le petit salon jouxtant la chambre parme. À plusieurs reprises, la tenancière lui avait proposé un appartement à l'annexe qu'elle réservait aux personnalités. En vain. Adrien refusait de modifier ses habitudes. Peut-être était-il encore attaché au souvenir de Sonia emmenée par son Argentin, ou à celui d'Anna la Napolitaine dont il ne s'expliquait pas la mort soudaine. Enfin, Virginie le rejoignit et Madame Yvette s'effaça. À peine dans la chambre, la jeune femme coiffa de son peignoir le chérubin pour aveugler l'œilleton dont elle avait très vite décelé l'existence. Elle ne se livrait à cette manœuvre que de rares fois et en particulier lorsqu'elle se retrouvait avec Adrien, offrant volontiers à la tenancière le spectacle de ses étreintes avec les officiers allemands. De sorte que sa patronne n'y voyait aucune malice quand elle se heurtait à un trou noir. Deux mois auparavant, Virginie travaillait chez « la Marquise », une authentique aristocrate en rupture de ban sur laquelle couraient mille bruits. Le gratin de la société française fréquentait les somptueuses maisons closes de la rue de la Faisanderie et l'on ajoutait même que certaines affaires d'État s'y traitaient.

C'est Debrousse qui avait négocié le transfert de Virginie chez Madame Yvette. La transaction s'était faite sans soulever d'excessives difficultés. Au demeurant, le commissaire possédait assez d'« arguments » pour convaincre la Marquise qui, elle aussi, lui était redevable de quelques services. Mais, par-dessus tout, il connaissait parfaitement la jeune prostituée : à l'époque où il exerçait encore à Pigalle, ses hommes avaient ramené une adolescente qui venait d'abandonner son nouveau-né. Debrousse, ému – ce qui lui arrivait peu – par ce visage d'enfant, ces grands yeux d'un bleu sombre, s'était contenté de l'admonester avant de l'expédier avec son bébé dans un centre d'accueil. De loin en loin cependant, il avait continué à s'intéresser à « la gamine » ainsi qu'il la nommait, persuadé qu'elle ferait son chemin. Et elle s'y employa si bien qu'il la retrouva un peu plus tard chez la Marquise, où elle s'entendait à damner des célébrités et des fortunes. Debrousse conclut un arrangement avec elle : il la protégerait en échange de rapports périodiques sur le beau monde qui hantait les lambris de la rue de la Faisanderie. Et, sans doute pour mieux la tenir, il lui suggéra de placer son enfant à la campagne, chez un couple de retraités dont il répondait. Cependant, pas plus que la Marquise, Madame Yvette ne devait soupçonner l'existence de la fillette.

Avec Adrien, Virginie se comportait non en prostituée mais ainsi qu'une amante. Elle n'aurait su dire ce qui l'attirait chez cet homme trapu aux manières brusques, dénué de séduction. Peut-être son intelligence, ou encore son autorité naturelle. À moins qu'elle n'ait pressenti, à travers lui, le moyen d'échapper à sa condition. À lui aussi pourtant, elle s'abstint de parler de son enfant. Si, un moment, Adrien avait songé à s'approprier Virginie pour l'installer dans ses meubles, tout comme autrefois Anna, le souvenir de la fin atroce de la Napolitaine l'en dissuada. Aussi, taisant sa jalousie, il préféra la partager plutôt que de l'imaginer exposée à un danger.

Allongé sur le satin mauve du lit, Adrien subissait l'approche perverse de Virginie. Elle le torturait de multiples baisers et caresses, n'épargnant aucune parcelle de son corps et lui interdisant de la prendre avant qu'elle n'en ait décidé. Dans ces moments-là, une onde le parcourait et chassait de son esprit les mille tourments qui l'assaillaient. Il se noyait dans un plaisir qu'aucune femme avant Virginie n'avait su lui prodiguer. Enfin l'instant vint, irrésistible éruption de tout son être, qui le força à refermer l'étau de ses membres sur la jeune femme. Leurs râles emplirent la pièce d'un violent écho, puis leurs corps se dénouèrent et ils goûtèrent, dans le tabac d'une cigarette, un moment de répit.

Tandis que la chambre s'emplissait d'arabesques nacrées, Adrien songeait à l'atmosphère d'incertitude qui prévalait à Vichy, à ses relations avec Pierre Laval et à ses rapports avec ses collègues du gouvernement, méfiants ou jaloux de son intimité avec le président du Conseil. Parfois, comme s'il se parlait à lui-même, Adrien jetait à Virginie quelques bribes de ses préoccupations, qu'elle paraissait ne pas écouter. Ne lui avait-elle pas répété que la politique l'ennuyait ? En vérité, la prostituée ne perdait pas une miette de ces propos qu'elle livrerait au commissaire Debrousse.

Ce fut au cours de l'un de ces séjours à Paris qu'Adrien fit la connaissance de Georges de Montazille. Le ministre ne tarda pas à s'intéresser à ce curieux et claudicant personnage, propriétaire d'un vaste domaine dans le Sud-Ouest, dont il revenait parfois les bras chargés de victuailles. Par ces temps de pénurie, le magret de canard, le foie gras, les cous farcis et les gésiers confits qu'il offrait à ces dames et aux officiers allemands lui valaient de multiples complaisances. À défaut d'amitié – Adrien n'accordait que chichement la sienne –, une sorte de compréhension s'instaura entre les deux hommes, rien qui ne fût cependant orienté vers la politique, encore que Montazille ne cachât pas son admiration pour le Maréchal.

La facilité avec laquelle le boiteux se liait avec la plupart des habitués, français ou occupants, son aisance à évoluer d'une table à l'autre et les mises qu'il perdait de bonne grâce au jeu ne lassaient pas de surprendre Madame Yvette qui, pour autant, n'oubliait pas que Montazille représentait pour elle et sa maison une menace. Ses manœuvres pour percer sa véritable identité aboutirent à un échec : les filles qu'elle entreprit de questionner ne purent s'étendre que sur sa courtoisie et sa générosité.

Plus tard, Georges de Montazille se trouva en présence de Germain Prouvaire, lequel délaissant les marchés avait créé un mouvement qui rassemblait les ligues et différents groupuscules extrémistes. Son objectif, « épurer la France des étrangers et des métèques », lui ralliait la sympathie d'un bon nombre de Français que ses discours séduisaient, et plus particulièrement celle des Allemands. Méfiant, Germain se tint d'abord à distance de cet individu dont il ne savait trop que penser, puis, le voyant au mieux avec les officiers, il consentit à lui adresser la parole, sans jamais toutefois entièrement baisser sa garde. En octobre, l'ancien marchand de salades effectua un séjour à Berlin à l'invitation du ministre de la Propagande. Tout comme lors de son précédent voyage qui lui avait permis de rencontrer Baldur von Schirach, le chef des Jeunesses hitlériennes, il en revint enthousiasmé, prêt, si l'occasion se présentait, à appliquer les méthodes allemandes. Ne parlait-on pas déjà à Paris de créer un bureau similaire ?

Au cours de ce même mois d'octobre se produisit un incident qui donna naissance à une solide amitié entre le capitaine allemand

Walter Konrad Stauchmann et Georges de Montazille : passablement éméché après une nuit de débauche à l'hôtel de la rue Saint-Georges pour fêter son vingt-huitième anniversaire, le capitaine, vêtu en civil, se dirigeait vers la place Clichy lorsqu'il fut assailli par deux voyous qui en voulaient à son portefeuille. Comme l'officier se débattait, ils le rouèrent de coups, et sans doute l'auraient-ils achevé sans l'intervention de Georges de Montazille dont la canne plombée fit merveille.

À moitié assommé, Stauchmann, qui ne souhaitait pas être surpris par une patrouille dans un tel état, s'en remit volontiers à son sauveur qui le raccompagna rue de Tocqueville, où il demeurait. Après un bref coup d'œil à l'appartement, Montazille se retira, laissant à l'ordonnance le soin de mettre au lit son capitaine.

Quelques jours plus tard, Stauchmann offrit à Montazille un étui à cigarettes de chez Cartier. Madame Yvette, présente à ce moment-là, se demanda une fois de plus quel diable d'homme le commissaire Debrousse lui avait fourré dans sa maison.

Chapitre III

Décembre 1940 – Paris

La main crispée sur la poignée de sa valise, Mathilde Roussay marqua une brève hésitation avant de s'engager rue Montorgueil entre les deux soldats allemands qui montaient la garde, l'arme à la bretelle. Ils la dévisagèrent puis leurs yeux glissèrent sur le manteau sombre et le léger déhanchement de la jeune fille avant de s'attarder sur les chevilles. Les joues empourprées, Mathilde poursuivit son chemin sans se retourner.

Le jour se levait péniblement, mais déjà les files d'attente se formaient le long des boutiques d'alimentation encore fermées. Le cabas suspendu au bras, les femmes échangeaient des propos amers, se plaignant de ne plus rien trouver : le charbon manquait autant que la nourriture et l'on citait le cas de ce couple de retraités poursuivis par leur propriétaire pour avoir arraché et brûlé le parquet d'une chambre. Square du Temple, un banc avait été démonté, sans doute pour finir dans une cheminée. À hauteur d'une charcuterie, deux jeunes femmes s'entretenaient des vertus d'une crème de beauté que l'on pouvait encore dénicher au Prisunic. Les hommes, eux, battaient nerveusement la semelle et s'emportaient contre « le rationnement et les profiteurs qui sévissaient avec la complicité des autorités ». L'approche d'un uniforme les rendit soudain muets. Un mendiant tendait sa sébile dans les rangs, mais ne récoltait que des soupirs excédés et des regards hostiles.

Parvenue à hauteur de l'ancienne confiserie, Mathilde Roussay s'arrêta, faisant mine de souffler. Elle appréhendait ce face-à-face avec la grand'mère dont Thomas lui avait fait le portrait : il avait forcé à souhait sur la légende de la Lionne des Marchés, de sorte qu'elle s'attendait à rencontrer un personnage autoritaire. « Pourquoi n'irais-je pas voir d'abord vos parents ? » avait-elle demandé au garçon. Thomas avait répondu qu'Adélaïde saurait leur annoncer sa décision. « Elle me comprendra, elle. » Lorsque la porte s'ouvrit, Mathilde se trouva en présence d'une vieille dame qui paraissait bien différente de la description qu'en avait faite le garçon. D'emblée, ses appréhensions se dissipèrent. « Madame Lebally ? Je suis Mathilde Roussay, c'est à propos de votre petit-fils Thomas...

— Vous le connaissiez donc ? Pauvre petit. Voulez-vous entrer ? »

Mathilde suivit Adélaïde dans la salle à manger plongée dans une semi-obscurité. « Vous avez dit Roussay ? Il ne m'a jamais parlé de vous... du moins, je ne m'en souviens pas. » Elle répéta : « Pauvre enfant ! Ils l'ont ramené complètement déchiqueté, méconnaissable... » Elle s'interrompit en se rendant compte que la jeune fille secouait la tête : « Vous ne saviez donc pas qu'il est mort ?

— Il ne s'agit certainement pas de la même personne, madame ; le Thomas dont je vous parle a été grièvement blessé, mais il va beaucoup mieux maintenant. »

Stupéfaite, Adélaïde fixa Mathilde : elle était auprès de Madeleine, sa bru, lorsque les gendarmes lui avaient restitué les papiers tachés de sang du garçon et ses effets personnels parmi lesquels se trouvait la chaîne qu'il portait au cou depuis sa communion. Elle se leva subitement et rapporta de sa chambre une photo : « Tenez, dit-elle d'une voix tremblante, voici Thomas... notre Thomas.

— C'est bien lui, répondit Mathilde avec un sourire, mais il n'est pas mort. »

Abasourdie, Adélaïde se laissa tomber sur une chaise. Mon dieu, était-ce possible ? Elle se prit à espérer, puis tout à coup se ressaisit : cette jeune fille se trompait, à moins qu'elle ne soit folle ; oui, elle devait avoir perdu la raison, la guerre causait tant de ravages dans les esprits. Mais, à mesure que Mathilde relatait comment elle et sa mère avaient découvert puis soigné le jeune homme, ses doutes se dissipaient, son cœur s'emballait. Elle porta la main à sa poitrine.

« Vous ne vous sentez pas bien, madame Lebally ?

— Si, si, je vous en prie, continuez. » Mais elle ne lui en laissa pas le temps, déjà elle décrochait son manteau. « Attendez-moi là », lança-t-elle. Puis, se ravisant, elle entraîna Mathilde dans l'escalier, trébucha, se cramponna de justesse à la rampe. Pourvu qu'Antoine ne soit pas encore sorti. Elle tomba sur son fils à l'instant où il ouvrait la porte. Elle le repoussa à l'intérieur, appela Madeleine qui accourut en chemise : « Thomas, s'écria-t-elle, Thomas est vivant ! »

En dépit de sa lassitude, Mathilde ne dormait pas. Trop d'événements se bousculaient dans sa tête : d'abord l'interminable voyage émaillé de contrôles tant allemands que français, puis l'éprouvant face-à-face avec la famille à laquelle il avait fallu raconter par le détail Thomas blessé, Thomas à la ferme, avant de leur apprendre que leur fils s'était embarqué pour l'Angleterre. « Quoi, il cherche encore à en découdre alors que tant de jeunes, blessés ou prisonniers, n'aspirent qu'à rentrer chez eux pour s'y faire dorloter ! avait hurlé Madeleine. Ah, non, j'aime encore mieux le savoir prisonnier ! » Le père s'était efforcé de l'apaiser : Thomas avait toujours été ainsi, prêt à payer de sa personne, un caractère généreux en même temps qu'imprévisible. N'avait-il pas entrepris puis abandonné des études de médecine ? « Et puis, avait conclu Antoine en abattant son poing sur la table, ce qui compte, c'est qu'il soit vivant. » Madeleine finit par sécher ses larmes et Antoine tira de la cave une bouteille que l'on but « à la santé du cornichon qui vient de ressusciter ».

De retour rue Montorgueil, Adélaïde et Mathilde se reposèrent un moment avant de préparer le dîner. Sur le point de s'attabler, elles entendirent frapper à la porte. Adélaïde se précipita pour ouvrir : appuyé à une canne, un homme d'une trentaine d'années se tenait devant elle : « Vous ne me reconnaissez pas ? lui demanda-t-il avec un sourire. Voici près de vingt ans que nous ne nous sommes vus. Je suis Matthieu, le fils de Marcel... » Apercevant tout à coup Mathilde dans la glace de la salle à manger, il souffla à la vieille dame qui l'étreignait : « Pour tout le monde, je suis Georges de Montazille, je vous expliquerai. »

Oui, tandis qu'elle se retournait dans son lit, Mathilde songeait à ce Georges de Montazille qu'Adélaïde lui avait présenté comme « un ami de ses enfants ». Pourquoi son visage seul dominait-il cette journée si riche en imprévus ? Peut-être à cause de ce regard sombre qui l'avait happée subitement et fouillée, comme pour la mettre à nu. Oh, elle ne s'y était pas trompée : à travers l'intérêt qu'il semblait manifester pour l'aventure de Thomas, c'était bien elle qu'il interrogeait ; il la sondait, tentait de mesurer son attachement au garçon dont elle avait partagé, des semaines durant, l'intimité. Loin de se dérober à ce jeu, elle s'y était prêtée avec une certaine complaisance, lui signifiant sa complète liberté. Matthieu s'était attardé rue Montorgueil, sans paraître se soucier de l'heure du couvre-feu. Lorsqu'il s'était levé pour prendre congé, Adélaïde l'avait accompagné. Que s'étaient-ils dit durant ces longues minutes dans le vestibule ? En revenant prendre place à la table, Adélaïde affichait un visage soucieux. Les deux femmes avaient bu en silence une infusion avant de se retirer dans leur chambre.

Maintenant, Mathilde fixait le plafond sur lequel, de temps à autre, les phares des véhicules militaires dessinaient des lignes d'ombre et de lumière. Elle fut brusquement tirée de sa somnolence par des cris et des coups de feu. Elle bondit vers la fenêtre : au coin de la rue Mandar, un homme venait de trébucher ; il tenta de se relever, mais déjà les Allemands se ruaient sur lui et le frappaient à coups de bottes et de crosses. « Mon dieu », murmura Mathilde. Dans la rue, les soldats emportaient leur prisonnier cependant que des têtes apparaissaient aux fenêtres et hurlaient : « Assassins ! Assassins ! » Quelques coups de feu éclatèrent et aussitôt les volets se refermèrent. Bien plus tard, Mathilde sombra dans le sommeil. Elle rêva que Matthieu la promenait dans la capitale ; il marchait sans l'aide de sa canne et, par moments, s'élevait avec elle dans les airs.

« Le palais de justice », annonça solennellement Matthieu en présentant l'édifice dont la succession de toits anthracite se détachait comme une voilure dans le ciel brouillé. Depuis ce matin, il entraînait Mathilde à travers la ville, lui racontant, comme si lui-même y était né, l'histoire de chaque rue, de chaque monument. Elle l'écoutait, grisée par cette voix enveloppante, cependant que le vent arrachait à sa coiffure des mèches dorées qu'elle s'efforçait de ramener. Rue Saint-Séverin, ils entrèrent dans un restaurant d'aspect modeste, mais, la première salle franchie, ils se retrouvèrent dans une pièce bien plus souriante avec ses nappes blanches et ses petits bouquets d'anémones. Quelques mots chuchotés par « Georges de Montazille » à l'oreille du patron contribuèrent à un service où ne manquèrent ni la viande ni le fromage et le vin. Une authentique mousse au chocolat couronna le déjeuner. « Vous êtes donc un magicien ? » demanda en riant Mathilde. À l'approche du soir, les deux jeunes gens rejoignirent la rue Montorgueil : « Je repars demain, dit Mathilde, je ne peux laisser trop longtemps maman seule à la ferme. » Il lui caressa la joue. « Je ne sais pas si je vous reverrai, Mathilde, pourtant, si je devais un jour me marier, j'aimerais que ma femme vous ressemblât. » Elle ne répondit pas, mais au pied de l'escalier, dans la semi-obscurité, elle se pressa contre lui.

Une de ses mains était retenue au radiateur par des menottes qui lui cisaillaient le poignet. De l'autre, demeurée libre, il essayait de soulager la douleur qui taraudait son flanc droit. Fort heureusement, la balle n'avait fait que traverser, emportant une parcelle de chair. À présent, le sang séché formait une large tache brune qui collait la chemise à la peau. Doucement, il chercha à soulever l'étoffe, mais le sang jaillit à nouveau et il dut y renoncer. Son visage mal rasé portait des traces de coups. Par précaution ou pour ajouter à son humiliation, on lui avait retiré ses chaussures et son pantalon. Il ne pouvait s'empêcher de ruminer sa malchance : « Et tout cela à cause d'un vulgaire chat de gouttière. » Un peu plus, il aurait atteint la porte cochère dont il possédait un double de la clé et à cette heure-ci il serait, lui, Gabriel Rouet, paisiblement installé chez ce brave Schoumaremsersky. « Quel nom », murmura-t-il en grimaçant un sourire. Il ne pouvait éviter de l'écorcher, et d'ailleurs il préférait l'appeler Schoum… Des hurlements l'arrachèrent à ses pensées. À deux pas de là, on torturait et bientôt, sans doute, ce serait son tour. La voix de l'homme se mourait chaque fois dans un tremblement puis repartait, rauque, désespérée. Elle s'éteignit dans un dernier râle. Gabriel cria : « Ils l'ont tué, ils l'ont tué... », et brusquement sa colère explosa : « Assassins, assassins ! » Mais déjà la porte s'ouvrait et deux Allemands se ruaient sur lui, la crosse de leur fusil levée.

Lorsqu'il reprit conscience, il se rendit compte qu'il était dans une autre pièce, les mains entravées au dossier d'une chaise. Un officier au visage marqué par l'ennui le fixait : « Vous êtes d'une étonnante résistance, monsieur Rouet, mais je crois surtout que vous avez de la chance : à cette heure-ci, vous auriez dû être fusillé. Les motifs ne manquent pas : anarchiste, recherché par la police française pour une tentative d'assassinat sur votre beau-frère. Vous appartenez également à un réseau de terroristes communistes. Mais, plutôt que de nous débarrasser de vous, nous préférons conclure... un arrangement : votre vie, en échange de votre collaboration. » Rouet comprit qu'il était en sursis. Tout au plus pouvait-il espérer une mort sans souffrances excessives. La lumière du jour blessait ses yeux. Il baissa les paupières et durant quelques secondes en éprouva un soulagement. La voix rude de l'officier le happa : « Votre réponse ? »

Rouet remua ses lèvres tuméfiées mais ne put articuler. L'Allemand s'approcha pour l'entendre, en vain. Exaspéré, il poussa vers le prisonnier un papier et un crayon puis réalisa que les menottes l'empêcheraient d'écrire. Il libéra une main et par précaution s'apprêtait à fixer l'autre à un barreau de la chaise lorsque Rouet lui envoya son genou dans le ventre. Plié en deux, l'Allemand vit l'anarchiste se projeter à travers les carreaux de la fenêtre.

Robespierre Schoumaremsersky se laissa tomber sur son lit et demeura un long moment songeur. L'homme qui venait de le quitter lui avait appris l'arrestation de Gabriel Rouet. « Il espérait se cacher chez vous et sans doute vous rallier à notre cause. Vous l'avez aidé une première fois et il vous en était reconnaissant.

— Quelle cause ? s'était exclamé Robespierre. Je ne tiens pas à me mêler de politique.

— De la politique, nous n'en faisons pas. Notre seul objectif est de rendre insupportable aux Allemands leur présence sur notre sol.

Pour l'instant, notre groupe ne compte qu'une poignée, mais d'autres nous rejoindront.

— Je ne suis qu'un étranger, je me dois de respecter les lois de ce pays.

— Les lois sont bafouées par les Allemands et ceux qui les servent. Un jour ou l'autre, ils s'en prendront à vous, justement parce que vous êtes étranger... et juif. Peut-être ignorez-vous ce qui s'est passé en Allemagne pour votre communauté et le sort réservé aux juifs de Pologne ?

— Quoi qu'il en soit, je n'ai rien d'un héros.

— Vous m'aviez tout de même confié que vous vouliez vous enrôler. »

Robespierre eut un geste vague : on n'a pas voulu de moi et, d'une certaine façon, je ne m'en plains pas. Je ne me sens aucun goût pour la destruction ou la mort de mes semblables.

« Pacifiste, je l'étais aussi, jusqu'au moment où les Boches se sont installés chez nous. Ils nous pillent et nous étouffent chaque jour un peu plus. Vous parliez de héros, croyez-vous que j'en sois un ? Regardez ma tête, c'est celle d'un brave père de famille, soucieux de faire son travail d'imprimeur et de mettre quelques sous de côté pour s'établir à son compte. Nul ne peut prétendre se tenir à l'écart de ces événements.

— Qu'attendez-vous de moi au juste ?

— Cela dépend de vos capacités et surtout de vos nerfs.

— Je vais y réfléchir. Je ne voudrais pas me tromper. »

L'homme haussa les épaules : « C'est cela, réfléchissez. » Il recoiffa sa casquette. « Des fois que vous vous décidez, je m'appelle Dédé. Vous me trouverez à l'imprimerie Saintonge, au 46 de la rue du même nom, au fond de la cour. Avant la guerre, on ne chômait pas trop dans la profession, mais depuis le papier se fait plus rare, alors, forcément, il y a des semaines où on se tourne les pouces. N'importe comment, si vous ne me trouvez pas à l'atelier, allez voir en face, au bistrot Laverze, c'est là que je tape le carton en attendant le boulot. »

Il repartit et Robespierre entendit son pas résonner lourdement dans l'escalier, tel celui d'un homme fatigué. Longtemps, il demeura adossé à la porte, plongé dans le désarroi. Dédé avait raison, il ne pouvait se tenir davantage à l'écart de cet énorme embrasement, mais il hésitait encore, craignant de se laisser aspirer par un enchaînement de violence qui ferait de lui, dans ce pays qu'il aimait tant, un terroriste. Il se demanda ce que lui aurait conseillé son père et, brusquement, les images terrifiantes de son cauchemar l'assaillirent à nouveau : sa maison incendiée, son père pendu. Et si tout cela n'était pas qu'un rêve ? Jusque-là, comme pour conjurer le sort, il s'était défendu de prêter foi aux rumeurs de massacres et de déportations, mais elles lui revenaient avec insistance, portées cette fois par un homme sans doute mieux informé. Bien qu'il se répétât que ses parents se trouvaient en Russie et que jamais l'Allemagne n'oserait se heurter à son puissant voisin, il ne parvint pas à se convaincre que ses parents ne couraient aucun danger. Un calme étrange l'habitait lorsqu'il quitta sa mansarde. Il se dirigea vers la rue Saintonge et découvrit l'atelier au fond de la cour sombre. Il n'eut pas à chercher Dédé au bistrot, il le vit penché sur sa machine, appliqué à l'encrage.

Marie avançait dans le jour brumeux. Les passants, les rares voitures surgissaient comme des ombres qu'elle évitait mécaniquement. Elle ne pensait qu'à son mari dont le corps, après une chute de deux étages amortie par les branches d'un arbre, reposait à l'infirmerie de la prison, sans connaissance. « Mon dieu, murmurait-elle, sauvez-le, faites qu'il ne meure pas. » Et elle marchait, telle une somnambule, bredouillant une excuse lorsqu'elle bousculait un promeneur. Enfin, elle parvint rue Cloche-Perce et sans reprendre son souffle grimpa les escaliers, indifférente aux odeurs de son enfance. « C'est donc toi ! » lui dit sèchement Sidonie. Elle la laissa pourtant entrer et, empoignant le chiffon imbibé de cire qu'elle avait abandonné un instant, elle se remit à frotter son parquet avec une mine renfrognée. « Ils ont pris Gabriel », sanglota Marie. Le nez baissé sur son plancher, Sidonie frottait de plus belle, avec des grognements étouffés qui disaient sa colère. « Tu ne comprends donc pas, s'écria la jeune femme, ils l'ont torturé et ils finiront par le fusiller !

— Un bon à rien, un communiste, ennemi de la patrie ! répliqua la mère sans interrompre sa tâche.

— Mais c'est mon mari, hurla Marie, je ne veux pas qu'on le tue ! »

Sidonie jeta son chiffon et se redressa. Les poings sur les hanches, la bouche pincée et les traits durcis, elle lui lança : « Tu as choisi ; maintenant, je ne peux plus rien pour toi. »

Marie secoua la tête, horrifiée. Seigneur, ce ne pouvait être sa mère qui parlait ainsi. Elle se laissa tomber à ses pieds, la suppliant d'intervenir auprès de Germain. Elle aurait donné jusqu'à son dernier lambeau de chair pour cet homme qui avait forgé son âme. Non, il ne fallait pas qu'il meure quand il lui restait tant de combats à mener, quand elle-même et son fils avaient tant besoin de son amour.

En dépit de son aversion pour Gabriel Rouet, Sidonie faiblissait ; toutefois, elle entendait porter un dernier coup de griffes à ce gendre honni. Elle déclara à sa fille qu'elle ne parlerait à son Germain que si celle-ci renonçait à Rouet et consentait à revenir à la maison... avec « son enfant ». Ce dernier mot, elle l'avait prononcé avec une sorte de répugnance, se résignant avec peine à accueillir ce petit bâtard, comptant déjà laver son esprit et son sang de la souillure de l'anarchiste.

« Tu ne peux pas me demander cela, s'affola Marie, Gabriel est mon mari, le père de mon garçon. »

Sidonie demeura inflexible. Elle tenait enfin sa vengeance et n'y renoncerait pas. Désespérée, exténuée par tant de démarches, la jeune femme capitula. « C'est bien, dit froidement Sidonie, j'en parlerai à ton frère. » Et elle ajouta, les lèvres pincées : « Quand je pense qu'il lui faudra se compromettre pour sauver ce voyou qui n'a pas hésité à le poignarder. » Et, sans plus accorder d'attention à Marie qui, le visage baigné de larmes, gagnait la porte, elle s'accroupit à nouveau sur le plancher avec son chiffon.

En habitué des lieux, le capitaine Walter Konrad Stauchmann salua d'un bref signe de tête la sous-maîtresse, baisa la main de Madame Yvette et se dirigea vers le salon où l'attendait Germain Prouvaire pour leur rituelle partie de cartes. L'ancien marchand de salades avait fait la connaissance de l'officier au cours de son premier voyage à Berlin. Depuis, les deux hommes avaient entretenu une correspondance et c'est tout naturellement qu'après l'invasion Germain servit de cicérone à l'Allemand. Officier de renseignements, Walter Konrad savait écouter et sentir le vent. Entouré de collaborateurs à sa dévotion, il avait tissé les fils d'une toile dans laquelle venaient se prendre des quémandeurs de petits privilèges, hommes et femmes dont il comptait bien, le moment venu, se servir. Avec Germain Prouvaire cependant, les relations s'établissaient à un tout autre niveau. Stauchmann appréciait la sincérité des convictions de cet ancien marchand, fervent admirateur de l'ordre hitlérien et meneur d'hommes. L'arrestation de Gabriel Rouet, dont il n'ignorait pas les liens de parenté avec le militant de l'Action française, l'embarrassa au plus haut point. Il craignait en effet que ses rapports personnels avec ce dernier n'en fussent affectés. Mais Germain, qui haïssait avec toujours autant de constance son beau-frère, fit comprendre au capitaine qu'il lui serait gré d'en être débarrassé.

Ce soir-là, cependant, la partie de cartes à peine entamée, Germain Prouvaire s'inquiéta du sort de l'anarchiste.

« Nous n'avons rien pu en tirer, lui répondit l'Allemand d'un air maussade. Quoi qu'il en soit, dans quelques heures, ni vous ni moi n'en entendrons plus parler.

— Vous voulez dire que vous allez le fusiller ?

— Exactement. J'en ai déjà donné l'ordre. Pourquoi cette question ?

— À la réflexion, il me paraît moins encombrant vivant que mort. Je redoute que ses amis en fassent un martyr.

— C'est une éventualité à laquelle nous devons sans doute nous attendre. Mais il s'agit tout de même d'un redoutable terroriste. Dois-je comprendre que vous me demandez de le laisser vivre ?

— J'aurais préféré éviter de vous en parler, avoua Germain, mais ma mère a intercédé en sa faveur. Oh, rassurez-vous, elle l'aime encore moins que moi, mais par ce biais elle espère ramener ma sœur au bercail et à de meilleurs sentiments envers nos idéaux.

— Nous sommes en guerre, cher ami, et je me dois d'assurer la sécurité de nos troupes.

— Il ne s'agit pas de le libérer mais de lui accorder une grâce.

— Cette grâce, nous la lui avons proposée en échange de quelques informations, mais, ainsi que vous le savez, il a préféré se jeter par la fenêtre. Croyez-moi, conclut Stauchmann, nous perdons notre temps avec un tel homme. »

Germain n'insista pas, satisfait au fond de la fermeté de l'Allemand. Pour sa part, il avait tenu ses engagements. La partie de cartes se poursuivait, le capitaine abattait son jeu avec lenteur, en proie à ses réflexions. Subitement, sans un mot, il se leva et se dirigea vers le bureau de Madame Yvette. Il réapparut quelques instants plus tard et reprit sa place, face à Germain. « J'ai donné des instructions. Votre beau-frère aura la vie sauve. Dès qu'il sera sur pied, nous le ferons transférer en Allemagne. Nous disposons là-bas d'excellents camps de travail... Je crois que c'est à vous de jouer. »

Tandis qu'en octobre le gouvernement de Vichy promulguait pour les juifs un statut qui les excluait de la nation et retirait à la communauté juive d'Algérie la citoyenneté française, de part et d'autre de la ligne de démarcation, le pays ne se préoccupait plus que de son ravitaillement. Jour après jour, l'approvisionnement des villes s'amenuisait et se compliquait. Tenaillés par la faim, hantés par la crainte ancestrale de manquer de pain, les Français, habitués à l'abondance, tenaient avec un soin d'apothicaire le compte de leurs tickets de rationnement et s'initiaient au marché noir.

Dans la capitale, la plupart des marchands s'abstenaient de déballer. Qu'y auraient-ils vendu, et pour quels profits ? Ils préféraient rester chez eux à « se débrouiller » avec le peu qu'ils parvenaient à se procurer, plutôt que d'affronter la mauvaise humeur d'un public prompt à les accuser d'organiser la pénurie. Plus audacieux, certains commerçants, leurs véhicules nantis d'un gazogène, prenaient la route des champs pour négocier avec des maraîchers et des paysans avertis des cours une demi-douzaine de poulets et de lapereaux, un panier d'œufs, quelques cagettes de légumes ou de fruits, le tout soustrait à la réquisition de l'occupant ou de la préfecture. De retour sur leur marché, ils proposaient à mots couverts à une poignée de privilégiés le produit de leur battue, niché dans le double-fond de leur camion, cependant que sur leur table des poireaux cireux, des pommes de terre verdâtres et des salades flasques achevaient d'agoniser.

L'estomac gavé, les Allemands riaient de ces interminables files d'attente devant les boutiques et les étals. Ils assistaient en s'esclaffant aux empoignades entre des ménagères sourcilleuses et de rusées commères qui usaient de passe-droits.

Persuadés que les Français s'épuisaient dans cette constante chasse à la nourriture, ils s'évertuaient à entretenir ce climat, offrant en pâture au mécontentement populaire les éternels boucs émissaires : juifs, étrangers, bolcheviques, auxquels s'ajoutaient désormais les « traîtres de l'ombre ». La nuit venue, pourtant, des postes de TSF s'allumaient, des mains tournaient fiévreusement les boutons à la recherche de la voix, devenue familière, d'outre-Manche. Dans l'ombre s'organisaient les premières chaînes constituées de maillons hétéroclites, unis par l'intelligence du cœur et le courage. En ces moments de désespérance, des hommes et des femmes osaient chanter la liberté. Robespierre Schoumaremsersky était de ceux-là, comme le furent un peu plus tard Antoine Lebally et Adélaïde, après la visite de Matthieu Lahire, ce « Georges de Montazille » qui se faisait tant apprécier place Saint-Georges, dans l'antre de Madame Yvette.

Chapitre IV

Décembre 1940 – Domaine des Orangers, plateau du Sersou, Algérie

Marcel mit les mains en visière. La lumière crue, inhabituelle en cette veille de Noël, blessait ses yeux. Là-bas, sur la route étroite, montaient des volutes de poussière : un convoi militaire, le deuxième en moins d'une semaine, avançait dans un grondement étouffé. Sans doute, comme celui qui l'avait précédé, se dirigeait-il vers le sud où les troupes de Kader, le fils d'El Haïk, reprenaient leur agitation. Peu après la mort de son père, l'ancien étudiant en droit, quittant la casbah d'Alger où il entretenait le trouble, s'était porté à la tête des tribus nomades qu'il lançait à l'assaut des fermes isolées et des petites garnisons. De temps à autre, les autorités gouvernementales ratissaient la région, mais, privées de la redoutable efficacité du colonel Hachoir immobilisé en métropole, elles ne portaient aux rebelles que des coups sans conséquence. Enfant du désert, Kader se jouait de ses poursuivants : il se perdait dans les dunes ou s'évanouissait dans les montagnes du Hoggar.
  Quelques mois avant la guerre, Kader, ignorant que son père avait été abattu par le capitaine Matthieu Lahire, s'était rendu au domaine des Orangers pour remercier Marcel et Catherine de l'accueil qu'ils avaient autrefois réservé au vieux chef touareg. Il les assura également que ses hommes éviteraient leur vigne et leur

orangeraie. Et c'est ainsi que furent épargnées les terres du fils d'Adélaïde, cependant qu'alentour d'autres subissaient un saccage. Curieusement, Kader évita aussi la propriété de l'Ardéchois où vivaient Émilienne et Juan Ruiz, son intendant et amant. Peut-être se refusait-il à frapper ce lieu encore habité du souvenir de Clémence, l'épouse de son frère Kamel, le « Roumi », comme il l'appelait souvent dans ses moments de colère.

Du convoi, une jeep se détacha et prit le chemin cahotant du domaine des Orangers. Saisi d'un subit pressentiment, Marcel appela Catherine. Elle abandonna son ménage et accourut, vêtue d'une blouse, les cheveux pris dans un fichu. En apercevant la silhouette massive au volant, son cœur s'affola : « Victor, c'est mon Victor ! » Le moteur à peine arrêté, Victor sauta du véhicule et, arrachant au sol sa mère, il la fit tournoyer. « Tu es là, tu es là… », répétait inlassablement Catherine, comme si elle ne pouvait se convaincre de la présence du garçon. Et son visage, baigné de larmes, disait tout son bonheur. À son tour, Marcel, la gorge nouée par l'émotion, étreignit son fils. Ils n'eurent pas le temps d'échanger une parole, déjà Delphine se précipitait vers son mari.

Forte de trois cent vingt hommes, la colonne défilait lentement le long de la piste taillée entre les dunes, prenant un soin extrême à ne pas s'ensabler. Seul le vacarme des moteurs hachait le silence. À mesure que la nuit perdait de sa densité, les contours déchiquetés du Tefedest d'où jaillissait le Garet el Djenoun émergeaient de l'ombre, tel un monument consacré au désert. Depuis trois jours entrecoupés de brèves haltes, le convoi progressait vers le sud, sans rencontrer de notable résistance. Et pourtant, à plusieurs reprises, les soldats avaient dû s'arrêter pour extraire des ruines fumantes de leurs habitations et les enterrer les corps mutilés de colons souvent surpris dans leur sommeil.

Les yeux mi-clos, la tête inclinée sur son épaule, le capitaine Victor Lahire se laissait bercer par le léger balancement de la jeep conduite par un vétéran qui avait autrefois servi sous les ordres du « colonel Hachoir ». Victor songeait à l'étrange destin qui ramenait toujours vers le Hoggar les Lahire pour un affrontement sans haine avec la tribu d'El Haïk. À l'est, une lueur rouge perçait et s'étendait comme un brasier ; elle alluma d'or et d'argent le sommet du Garet el Djenoun et cuivra un peu plus les visages des hommes. Mais bientôt la clarté blanche du jour éteignit l'incendie.

Victor n'aimait pas la guerre. Elle rabaissait, pensait-il, les êtres humains, les réduisait à l'insensibilité. Oui, il haïssait ces vagues destructrices qui anéantissaient tant d'amour et d'espérance. Mobilisé, il se résignait à accomplir son devoir, tout en s'efforçant de juguler la violence gratuite à laquelle s'abandonnait la troupe quand elle parvenait à se saisir d'une poignée d'ennemis.

À présent le soleil illuminait les massifs rocheux ; des couleurs jaspées pointillées de taches sombres jouaient sur les reliefs. Dans quelques heures, la colonne atteindrait les contreforts du Tefedest et réaliserait sa jonction avec l'armée du commandant Larcher afin de se placer sous ses ordres. Dès lors, Kader et ses pillards n'auraient d'autres ressources que de tenir jusqu'au dernier ou de chercher refuge parmi les Touaregs du Niger voisin. Mais ce ne serait là qu'un répit, prévoyait Victor, pour qui la lutte n'aurait pas de fin : contre le fils d'El Haïk ou d'autres il faudrait encore se battre, car l'écho des armes ne suffirait pas seul à ramener la paix. Peut-être faudrait-il concéder aux rebelles une partie au moins de ce qu'ils réclamaient et faire d'eux des citoyens français. Mais, Victor le savait, pour longtemps encore l'équation militaire prévaudrait et pousserait à davantage de radicalisation les nationalistes algériens dont les rangs s'étoffaient de jour en jour. Ne disait-on pas que des jeunes gens, fils de notables, formés dans les universités de la métropole s'insurgeaient, à peine revenus au pays, contre la domination française ?

Depuis un moment déjà, le chauffeur de la jeep conduisait avec plus de lenteur et scrutait avec appréhension la chaîne du Tefedest qui brisait l'horizon. Il s'arrêta bientôt et tendit les jumelles à son supérieur : « Je n'aime pas ça, mon capitaine, regardez là-bas. » À l'est, un grand tournoiement survolait la montagne.

Au son des tambourins et des pipeaux, les jambes et le ventre nus, la poitrine offerte, Selma dansait. Son corps mince et ambré se cassait en de multiples vagues, tantôt violentes et tantôt caressantes, cependant qu'une incessante houle agitait ses hanches.

Selma dansait, mais ses yeux verts et lumineux ne quittaient pas son amant. Elle n'aimait pas le voir ainsi, détaché d'elle, comme absent. Brusquement, il se redressa et, d'un geste, renvoya les musiciens. « Qu'as-tu ? » lui demanda la jeune femme en se coulant contre lui. Il se dégagea et, sans répondre, sortit de la tente. Un souffle brûlant le happa. Le soleil à la verticale portait à une sourde incandescence chaque pierre, chaque grain de sable. Suivi à distance par deux hommes en armes, Kader gravit un amoncellement de roches. Jadis, El Haïk venait y méditer et Kader, encore enfant, l'accompagnait, se tenant avec respect à quelques pas de lui quand il s'asseyait sur la pierre plate qui chapeautait ce promontoire. Maintenant El Haïk n'était plus. Une balle roumie avait mis fin à son existence sans qu'il ait eu le temps de se défendre ; longtemps, son corps s'était desséché au soleil avant qu'il ne reçoive des siens une sépulture. Mais lui, Kader, l'avait enfin vengé : près du petit bois d'éthels où son père avait campé pour la dernière fois, les corps des quatre cents soldats tombés dans l'embuscade jonchaient le sol. « Qu'ils pourrissent ainsi qu'a pourri le corps de mon père et que leurs os blanchissent ! » cria-t-il. Portée par l'écho, sa voix rauque frappa les flancs de la montagne. Comme s'ils redoutaient la colère de leur chef, les deux Touaregs qui l'escortaient baissèrent la tête.

En dépit de sa victoire sur les Roumis, le fils d'El Haïk n'était pas heureux. Un sentiment qu'il n'aurait su définir, mélange d'insatisfaction et d'inquiétude, l'oppressait. Peut-être justement à cause de ces Roumis qu'il se forçait à traiter comme des chiens pour ne pas s'obliger à leur prêter une âme et les ensevelir. « Oui, que leurs os blanchissent et s'éparpillent au vent ! » reprit-il. Mais cette fois ce n'était plus un cri, à peine un murmure chargé d'appréhension. Il descendit du promontoire pour regagner à grandes enjambées la tente. Selma qui le guettait alla au-devant de lui. Il l'accrocha par le bras et la repoussa à l'intérieur. Il ne lui laissa pas le temps d'ôter ses voiles et la prit avec rage. Peu après qu'il se fut écarté d'elle, ses guerriers vinrent l'avertir de l'approche des Français.

Brusquement, l'horizon s'obscurcit et les oiseaux, cessant leur manège au-dessus du Garet el Djenoun, remontèrent vers le nord.

Avec des sifflements effrayés et de grands claquements d'ailes, ils survolèrent le convoi, laissant derrière eux un ciel teinté de jaune. Une voix hurla : « Le simoun ! » Aussitôt, les soldats se calfeutrèrent dans les camions. Ceux qui n'avaient pu y trouver place se blottirent, enroulés dans des couvertures, contre les roues. Il y eut d'abord un léger crépitement semblable à une pluie fine, puis de violentes rafales gonflèrent les bâches et secouèrent les véhicules. Le vent décapitait la crête des dunes et emportait des paquets de sable qu'il précipitait plus loin, en d'incessantes trombes. Malgré leurs précautions, les hommes avalaient la poussière ; elle s'infiltrait dans leurs narines, se glissait dans leurs oreilles et rougissait leurs yeux. Elle allait jusqu'à s'insinuer sous leurs vêtements pour coller à leur peau. Mille tourbillons faisaient résonner le désert d'un fracas d'océan.

Enfin la tempête s'apaisa. Les militaires quittèrent leurs abris et s'employèrent à dégager leur matériel de l'emprise du sable. Il leur fallut cependant la journée entière du lendemain pour dépoussiérer leurs armes et les graisser. À nouveau, les oiseaux reprirent leur ballet sur les cimes. De temps à autre, ils disparaissaient au creux de la montagne. Saisi d'un pressentiment, Victor pressa ses troupes. Les premiers qui s'engagèrent dans le défilé s'arrêtèrent horrifiés. Les images de cette boucherie se gravèrent à jamais dans la mémoire de Victor. Il fit creuser des fosses dans lesquelles il aligna les cadavres qui commençaient à se putréfier, marqua ce cimetière d'un drapeau, puis regroupa ses hommes, bien décidé à ne pas connaître de répit avant d'avoir rejoint les rebelles de Kader.

Émilienne repoussa les volets. Mêlé à l'air tiède du matin, le soleil s'engouffra dans la pièce et s'étala sur les murs tapissés de papier fleuri. Un long moment, vêtue de sa seule chemise de coton, elle contempla le plateau du Sersou, dominé au nord par le massif de l'Ouarsenis lui-même surplombé par le Kef Sidi Amar. C'était à l'ombre de ce grand pic, cachée dans la forêt de chênes verts, de pins d'Alep et de cèdres, qu'elle avait attendu Virgile Calzani, l'évadé du bagne d'El Chitan. À cette passion, elle avait sacrifié sa fille Clémence, Maxime Lecoutrec son mari, et son père, Aristide Aubert, qui, muré dans son silence, dieu redouté, régnait sur la propriété. Et d'ailleurs, n'était-ce point pour échapper à cette atmosphère de couvent qu'elle enfourchait sa monture et galopait, telle une damnée, d'un bout à l'autre du plateau ? Pour cette même raison, elle avait épousé Maxime, ce tailleur de pierre que le hasard, par deux fois, avait placé sur son chemin. À vrai dire, elle ne l'avait jamais aimé, n'éprouvant pour lui qu'indifférence. Parfois, quand elle ne pouvait éviter de lui céder, elle s'oubliait dans la violence d'un plaisir qui excluait son époux.

Puis Virgile était apparu. Sans rien de séduisant, fruste et sauvage dans ses manières, il l'avait surprise, un après-midi, alors que folle de colère elle s'acharnait sur son cheval exténué qui s'obstinait à ne pas repartir. Il l'avait entraînée sans un mot dans les broussailles et leurs souffles, leurs râles s'étaient mélangés avec la rage de deux amants longtemps éloignés l'un de l'autre. Ils n'avaient pas échangé une parole au cours de ce fol enlacement de leurs corps ; puis, tandis qu'elle remontait en selle, il lui avait jeté sur un ton qui ne souffrait nulle réplique : « Demain ! » Et elle était revenue, non pas domptée, mais avide de ces étreintes qui rompaient avec son univers monotone. Par la suite, ils avaient conçu leur fuite à Alger, attentifs à ne pas éveiller les soupçons. Ce fut alors l'épisode le plus sombre de leur existence, celui qu'ils se refusèrent toujours à évoquer, même au plus fort de leurs déchirements : la mort d'un vieil homme qui les avait reçus comme on accueille ses propres enfants. Émilienne revoyait ces images : la villa au bord de la mer, leur intrusion à elle et Virgile dans cette maison sans domestique ni gardien. L'homme ne s'était pas méfié, il leur avait ouvert avec un sourire de bienvenue. Assommé, il n'avait pas repris connaissance à cause de son cœur trop faible. Virgile et Émilienne n'avaient pas souhaité sa mort, ils n'en voulaient qu'à son argent.

Cloîtré dans son minuscule logement de la rue d'Isly, le couple attendit la peur au ventre l'arrivée des gendarmes. La chance les servit ; un rôdeur, surpris au petit matin non loin de la villa et les poches pleines d'insignifiantes rapines, paya pour eux. Des mois, des années s'écoulèrent qui virent fructifier cet argent dérobé. Nantis d'une nouvelle identité, Émilienne et Virgile coururent comme des affamés la respectabilité, les honneurs. Leurs ambitions satisfaites, ils se rendirent compte que leurs corps ne s'éveillaient plus à leurs attouchements. Bientôt, ils cessèrent de se confier l'un à l'autre et en arrivèrent à se regarder avec méfiance. Sans doute furent-ils tentés, au cours de leurs nombreuses empoignades, de se jeter à la tête la mort du vieil homme, le seul fil qui les liait encore véritablement, mais le prix à payer parut considérable à chacun d'eux et ils se murèrent dans un silence entrecoupé de crises violentes.

Plus tard apparut Juan Ruiz l'Espagnol, et l'incendie se ralluma en Émilienne, aussi dévastateur que lorsqu'elle retrouvait Virgile jadis dans les bosquets ou dans les granges du Sersou. Virgile ignorait-il alors leur liaison ? Elle ne pouvait quant à elle l'imaginer. Dans les années qui précédèrent la guerre, au retour de l'un de ses voyages en métropole, l'ancien bagnard avait ramené à son employé une paire de pyjamas. Juan n'y avait vu qu'une marque d'estime, mais elle savait, elle, qu'il n'en était rien : Virgile offrait sa femme à l'Espagnol en échange de la paix. Peu lui importait donc que les deux amants s'étreignent à loisir. Blessée dans son orgueil, Émilienne s'abstint de réagir, elle ravala sa fierté pour conserver ce « présent ».

Maintenant, Virgile vivait au loin, dans son petit village d'Antisanti perché au-dessus de la plaine d'Aléria où il s'était acheté un passé. Trop habile pour se compromettre avec l'une des parties en conflit, il ne redescendrait pas de son nid avant la fin de la guerre. Quant à leurs enfants, Jacques et Julien, Émilienne en avait eu des nouvelles : ils se morfondaient dans un camp allemand. Du moins, se rassurait-elle, ils étaient en vie. Les pensées d'Émilienne vagabondèrent vers Juan. Pourquoi éprouvait-il le besoin de se lever si tôt ? Les ouvriers connaissaient parfaitement leur tâche et pour la plupart se montraient dévoués. Juan prétendait que rien ne valait l'œil du maître et, imperturbable, quittait le lit à l'aurore pour son inspection avant la répartition du travail. N'importe, cette place creusée dans le lit, cette absence de tiédeur auprès d'elle agaçait la fille de l'Ardéchois.

Émilienne contemplait à présent ses vastes terres et les bâtiments repeints, elle admettait que la ferme était bien tenue ; elle aurait été mal venue de se plaindre du zèle de son amant. Un bruit de sabots attira son attention : conduits par un ouvrier arabe, une demi-douzaine de chevaux s'acheminaient vers l'abreuvoir. Leur robe brune jetait des reflets de soie. Émilienne interpella l'homme. Il répondit qu'il avait vu le *moualem* – le maître – se diriger vers l'atelier de sellerie. Elle s'habilla avec hâte pour le rejoindre. L'atelier occupait une vieille baraque derrière l'écurie. Elle se glissa dans l'entrebâillement de la porte, décidée à le surprendre comme autrefois, à Alger, lorsqu'elle s'introduisait dans sa chambre sitôt son mari sorti. Oui, elle se serrerait contre lui, et peut-être feraient-ils l'amour, couchés sur l'amoncellement de peaux, dans l'odeur forte de cuir. Elle perçut un bruit derrière une cloison et sourit : il était là…

Elle tituba, comme assommée par la crudité de la vision des deux corps nus, sauvagement entremêlés. Elle ne proféra pas un mot, ne lâcha nul cri, nulle plainte et recula, horrifiée. Elle se précipita dans l'écurie et, sans prendre le temps de le seller, sauta sur El Gharb, un étalon noir qui n'obéissait qu'à sa voix. Cramponnée à la crinière de sa monture, elle galopa droit devant elle, comme hypnotisée par le Kef Sidi Amzan de son enfance, aveugle aux ouvriers qui bondissaient hors de son chemin pour ne pas être renversés et aux troupeaux de chèvres et de moutons que son train d'enfer dispersait. Elle lacérait les flancs de son cheval avec ses talons et l'excitait de sa voix, le rendant aussi fou qu'elle, de sorte qu'en s'engouffrant dans la forêt elle ne vit pas la branche qui la cingla.

Lorsqu'elle ouvrit les paupières, elle mit un temps avant de reconnaître les murs de sa chambre et le visage de Juan qui semblait émerger d'une brume. Les paroles de son amant lui parvenaient lointaines, incohérentes. Elle se détourna quand il se pencha pour l'embrasser puis sombra à nouveau dans un irrésistible sommeil. Durant les deux semaines qui suivirent, l'Espagnol vécut dans l'expectative, s'attendant d'un instant à l'autre à être chassé de la propriété ; l'absurdité de cet incident, simple aventure avec une femme de chambre, qui ne pouvait remettre en question son attachement pour Émilienne, le désolait au plus haut point. Il aimait la fille de l'Ardéchois et s'évertua à le lui répéter, mais elle s'enfermait dans son mutisme sans daigner lui répondre et, la nuit, condamnait sa porte. Juan patientait ; il comptait sur le temps pour adoucir sa maîtresse, cependant le pardon ne venait pas. Un soir, il la surprit dans sa chambre et avança vers ses jambes une main caressante. Elle s'écarta brusquement de lui, avec une expression qui le glaça. Alors, il rassembla ses affaires et se casa dans un coin de l'atelier de sellerie, espérant un retour en grâce. Puis vint le moment où il ne put supporter davantage cette humiliation, et il passa certaines de ses soirées à El Boukhari. Mais ni l'alcool, ni les filles qu'il ramassait au hasard de ses équipées ne purent lui faire oublier Émilienne, et son travail à la ferme finit par en souffrir. Bien sûr, on continuait à l'appeler *moualem*, mais il n'inspirait plus de crainte et il se rendit compte que les ouvriers chuchotaient dans son dos. Un matin, bien plus las de ne pouvoir approcher Émilienne que de la déchéance dans laquelle jour après jour il s'enfonçait, il fit sa malle. De sa fenêtre, Émilienne assista bouleversée aux préparatifs de son départ, sans faire un geste pour le retenir.

Ce fut à Abalessa, dans le Hoggar, que les éclaireurs dépêchés par le capitaine Victor Lahire localisèrent le campement des rebelles : durant plus de quatre semaines, pour égarer les Français, Kader et ses troupes pérégrinèrent à la frontière du Niger puis, remontant jusqu'aux abords de Tamanrasset afin de se procurer des vivres, ils obliquèrent ensuite vers l'ouest. S'il comptait sur l'immensité du Sahara pour épuiser les Roumis, le fils d'El Haïk ne tarda pas à prendre la véritable mesure de l'obstination de ses poursuivants qui, par ailleurs, refusaient de se laisser entraîner dans les défilés rocheux où il comptait les surprendre. Au cours de cet interminable périple, Kader acquit la conviction que ses ennemis étaient menés par un chef rompu aux pièges du désert et il se demanda s'il ne s'agissait pas d'un nomade renégat. À plus d'une reprise, Kader avait hésité à livrer un combat frontal, doutant de l'efficacité de ses propres guerriers, plus aptes à l'embuscade et au pillage qu'à tenir tête à une armée mécanisée. Aussi envisageait-il de se retrancher sur le plateau de l'Assekrem, inaccessible aux véhicules et aux armes lourdes. C'est alors qu'il réalisa que les Français s'arrêtaient dans la palmeraie de Silet. Soulagé, il permit à ses hommes qui rechignaient à toujours fuir de mettre pied à terre.
Riche îlot de verdure, la vallée d'Abalessa se présentait aux caravaniers et aux Touaregs comme un mirage planté dans le sable et

la roche. Jadis, fuyant l'occupation du nord de l'Afrique par les Romains, les Berbères s'y étaient repliés, érigeant un fort, détruit puis reconstruit par les envahisseurs latins. Autour de ce même fort, Kader fit dresser les tentes, prenant soin de poster des sentinelles sur les hauteurs. Dans la nuit qui tombait pour la troisième fois depuis son arrivée à Abalessa, il songeait, une fois de plus, à l'opportunité d'une bataille qui galvaniserait ses guerriers autour de sa personne, mais il remit à plus tard sa décision, comme si au fond de lui une voix le mettait en garde contre un excès de précipitation.

Au terme du quatrième jour et à l'issue d'une marche harassante le long de la maigre piste balayée par un vent glacial, les Français cernèrent la vallée puis lancèrent un ultimatum. À l'aube, Victor fit ouvrir le feu. Le soleil était déjà haut quand les derniers rebelles, une poignée, se rendirent. Plus de deux cent cinquante combattants arabes gisaient sur les flancs verts de la vallée. Ni parmi les morts et les blessés ni parmi les prisonniers, les militaires ne découvrirent le fils d'El Haïk. Dans sa tente, cependant, ils ramassèrent une jeune femme qui avait été frappée d'une balle dans la gorge. Les soldats enfouirent les cadavres dans le sable, enchaînèrent les prisonniers qu'ils entassèrent dans un camion puis, le cœur lourd, reprirent la direction du nord.

Dressé sur l'extrême bord de l'Assekrem, pieds et mains écorchés, insensible à leur brûlure, Kader embrassait du regard la forêt d'aiguilles et de pitons rocheux qui montaient vers lui, chaos de pierres dans lequel se faufilaient, parmi d'autres reptiles et insectes, la vipère à cornes et le redoutable scorpion amoureux. Nulle végétation ne teintait ces arêtes tranchantes enserrées dans une gangue de silence. Et pourtant, Kader le savait, la moindre averse pouvait transformer ce paysage, le couvrir d'un herbage flamboyant, il est vrai aussi éphémère que subit.

Deux semaines après le carnage d'Abalessa, Kader ne parvenait pas encore à contenir sa fureur. Lui, le fils d'El Haïk, élevé dans le désert dont il connaissait chaque repli, s'était laissé abuser par des étrangers, ces Roumis qu'il projetait, quelques jours auparavant, d'exterminer. À présent, après une marche hallucinante dans le sable et la rocaille, il était contraint de se réfugier sur ce plateau aride. Privé de ses troupes, il se sentait tel un prophète impuissant. Il eut une pensée pour Selma qui lui avait fait un rempart de son corps. Selma au ventre doux, si docile et jalouse à la fois. Pourquoi lui avait-il permis de le suivre ? Et lui-même, n'aurait-il pas dû rester à Alger au lieu de céder aux instructions de Messali Hadj, son compagnon et chef ? Il ne se laisserait pas abattre par sa défaite ; il regagnerait Alger et la Casbah où il retrouverait ses amis, et ferait de la ville une poudrière, le tombeau des Européens... Emporté par cette vision, il lui semblait déjà entendre le grondement des armes... Un bourdonnement interrompit sa rêverie. Au loin, il aperçut, caracolant dans un nuage de poussière, le convoi des Français qui progressait vers le nord. Il hurla à leur adresse une malédiction séculaire et s'accroupit, le regard tourné vers le couchant. Il demeura ainsi, comme prostré, jusqu'à l'embrasement de l'horizon, puis quand le soleil s'accoupla aux dunes, il s'en détourna et se leva.

La nuit s'installa sur l'Assekrem, des myriades d'étoiles s'allumèrent. Comme s'ils répondaient à un signal, les chiens du désert s'interpellèrent. Et tandis que leur écho s'amplifiait, le visage enveloppé dans son *taguelmoust*, Kader se retira dans l'anfractuosité d'une roche. Enfin apaisé, il ferma les yeux.

Dans la dernière semaine de mars, peu après le passage des soldats conduits par le capitaine Victor Lahire, un vent chaud venu du sud, semblable à un simoun amoindri par une longue course, traversa le Sersou. Il provoqua quelques dégâts, dessécha les gosiers et recouvrit les maisons d'une pellicule dorée. Quand il se fut calmé, les femmes balayèrent le sable infiltré sous les portes et les hommes firent boire les bêtes. Durant ces heures de tourmente, Émilienne mena son monde tambour battant et certains, parmi les anciens, ne manquèrent pas de souligner que la fille de l'Ardéchois tenait bien de son père.

Après le départ de Juan, Émilienne, désemparée, faillit courir à sa suite, mais son orgueil domina et peu à peu, au fil des jours, le visage de l'Espagnol tout comme le souvenir de ses étreintes s'estompèrent. Elle ne vivait plus désormais que pour la ferme et son élevage de chevaux. Parfois, quand le désir d'un homme la tenaillait de trop, elle galopait jusqu'à l'épuisement puis s'enfermait dans sa chambre avec une bouteille de vin. Avec les colons des alentours, elle n'entretenait pas de relations, de même elle ignorait délibérément le voisinage de Marcel et de sa femme, interdisant même à ses ouvriers de frayer avec ceux du domaine des Orangers. Lorsque les militaires, de retour d'Abalessa, exprimèrent le souhait de camper sur ses terres, elle s'y opposa, mais consentit à leur livrer de l'eau et des vivres. Comme jadis Aristide Aubert, Émilienne se complaisait dans son isolement.

Avril survint. Partout, dans les champs et les vergers, des taches colorées apparurent et les pentes de l'Ouarsenis se vivifièrent d'éclats verts. L'air s'enrichissait d'une infinité de parfums dont Émilienne se gorgeait avec volupté. Souvent, à l'heure du crépuscule, elle s'asseyait au pied d'un arbre et laissait errer ses pensées. Elle ne regrettait rien du passé ; en femme résolue, elle avait mené son existence comme elle l'entendait, repoussant les obstacles et brisant tout ce qui pouvait l'entraver. Et maintenant, dans le soir qui tombait, elle n'aspirait plus qu'au silence.

Une nuit, réveillée par un bruit, elle se leva pour s'assurer de la fermeture de la porte. Dans le vestibule un bras l'emprisonna soudain et, tandis qu'elle sentait sur sa gorge le froid d'une lame, une voix lui intima l'ordre de ne crier ni bouger. Elle fit signe qu'elle obéirait. L'homme la tenait si serrée contre lui qu'elle respirait son odeur, mélange de sable et de sueur. Il desserra enfin son étreinte tout en la maintenant sous la menace de son poignard. « J'ai faim », dit-il d'une voix abrupte. Elle le conduisit dans la cuisine et lui servit les restes d'un repas. Il avala la nourriture avec la précipitation d'un affamé, une main posée sur son arme. Émilienne fixait l'inconnu sans crainte excessive, cherchant à surprendre son regard ; mais lui, comme s'il se refusait à tout échange humain avec cette femme, baissait la tête et piquait de sa fourchette un morceau de viande qu'il mastiquait ensuite fébrilement. Une dernière fois, il but à la carafe une lampée de vin puis s'essuya la bouche en chiffonnant la serviette, prêt à se lever. Émilienne fut frappée par la façon dont l'homme se tenait à table ; et puis, ces gorgées de vin bues sans sourciller, si peu habituelles aux Arabes... « Vous êtes Kader », dit-elle tout à coup. Il eut un geste instinctif vers le poignard dont sa main s'était éloignée.

« Vous ne pouvez ignorer, poursuivit-elle sans se laisser impressionner, que vous êtes dans la ferme de l'Ardéchois. » Comme il ne répondait pas, elle continua : « Mon père et le vôtre se sont longtemps combattus, mais ils avaient aussi été liés par une profonde amitié, celle de deux hommes enchaînés aux mêmes fers... Vous ne dites rien, vous êtes donc venu me tuer ? » ajouta-t-elle comme pour le provoquer. La main crispée sur le poignard, Kader parut hésiter puis son poing s'ouvrit et il rejeta l'arme loin de lui. Alors, ils se parlèrent ; les images d'autrefois fracturèrent leur mémoire et tous deux se sentirent pris d'un impérieux besoin de réconcilier, par-delà la mort, El Haïk et l'Ardéchois.

La nuit perdait de sa profondeur. Cependant, ni Kader ni Émilienne ne semblaient s'en préoccuper. Plus tard, lorsque le jour perça, le fils d'El Haïk se leva : « Il faut que je parte », dit-il. Après un temps, il reprit doucement, avec une pointe de regret : « Je ne pense pas que nous nous reverrons... » Il se racla la gorge, pour aider les mots à jaillir ou peut-être pour les arrêter. Sans une parole, elle lui prit la main et le guida jusqu'à sa chambre. Debout, face à la fenêtre, il la vit dans le contre-jour doré, pareille à une ombre chinoise, qui se dévêtait. À son tour, il fit tomber sa tunique.

Peu avant le crépuscule, les paysans qui rentraient des champs aperçurent un Touareg monté sur un pur-sang à la robe noire. Tandis que les sabots de la bête soulevaient la terre, le cavalier penché sur sa crinière la harcelait de ses cris. L'homme et l'étalon disparurent vers l'Ouarsenis.

Chapitre V

Mai 1941 – Paris

« Quand donc les chasserons-nous ? » s'emporta Adélaïde. Antoine lui fit signe de se taire : la patrouille allemande venait à peine de les dépasser et l'un des soldats, comme s'il avait entendu la réflexion de la vieille dame, fixait son regard sur eux. Enfin, il se détourna et ajusta son pas sur celui de ses camarades. Antoine et Adélaïde se laissèrent distancer puis bifurquèrent dans la rue Rambuteau, aussi pauvrement approvisionnée que la rue Montorgueil. Coupant à travers le quartier, ils parvinrent à proximité de l'Hôtel de Ville, défendu par des postes de garde et des chevaux de frise. Après une dernière vague de froid, le temps s'était réchauffé et les Parisiens, heureux d'abandonner leurs manteaux, déambulaient avec des airs de vacanciers, oubliant, sous le soleil, les tourments de l'Occupation.

Un peu plus tard, Robespierre apparut. Ignorant délibérément son patron et Adélaïde qui n'en parurent pas affectés, il alla s'asseoir à une extrémité de la terrasse et déplia son journal. Antoine enregistra le signal, et se rendit dans les toilettes où il défit les sangles de sa jambe mécanique pour en extraire un pistolet qu'il coinça entre le mur et le réservoir de la chasse d'eau. Dès qu'il le vit, Robespierre se leva à son tour. Il dut, pour regagner ensuite sa place, se frayer un chemin entre des gradés allemands. Les officiers parlaient peu, mais leurs yeux suivaient avec convoitise le déhanchement des jeunes femmes. Ils partirent au bout d'un moment, laissant leur monnaie sur la table.

Midi sonnait quand Robespierre quitta le café et se joignit aux badauds qui, contenus sur le trottoir par des soldats, assistaient aux allées et venues des voitures escortées par des motocyclistes. De temps à autre, un nom de dignitaire nazi courait dans la foule. Mentalement, Robespierre retraça son itinéraire et les gestes à accomplir ; rien n'avait été laissé au hasard mais il ne parvenait pas à se débarrasser de son appréhension, sans doute parce qu'il vivait exactement ce qu'il redoutait : à son tour, il venait d'être happé par la spirale de la violence. Aux curieux se mêlaient à présent les employés de bureau. Robespierre se glissa au second rang de l'assistance, loin des Allemands. Devant lui, un vieux couple commentait le passage des véhicules et des personnalités, comme s'il s'était agi de la réception officielle de souverains en visite dans la capitale.

À un moment, la circulation marqua le pas. Sur la banquette arrière d'une voiture, Robespierre entrevit un officier dont le visage gras paraissait souffrir de la chaleur. L'homme retira son képi et s'éventa avec. Puis, comme si cela n'était pas assez, il passa la tête au-dehors. Posément, Robespierre tira à deux reprises.

À cet attentat qui coûta la vie au colonel von Rauser les autorités allemandes répliquèrent par l'arrestation d'une trentaine d'otages, ramassés au hasard d'une rafle et dont ils fusillèrent la moitié. Depuis plusieurs semaines déjà, le cycle des attentats et des représailles s'amplifiait au point que les différents mouvements de résistance s'interrogeaient sur la nécessité de ces actions qui, invariablement, se retournaient contre de malheureux civils. Si d'aucuns suggéraient de se cantonner au seul sabotage, les plus intransigeants entendaient bien faire payer à l'ennemi le prix du sang pour son occupation. Tout en manifestant certaines réserves, Antoine et Adélaïde penchaient en faveur des radicaux cependant que Robespierre qui rechignait à la violence s'obligeait désormais à taire ses scrupules.

Sollicité en décembre par Matthieu qui souhaitait étoffer son réseau, Antoine prit le temps de réfléchir. Non par refus de s'engager, mais à la proposition de « Georges de Montazille » qui envisageait de disperser les marchands dans différents groupes de résistance, lui préférait les organiser en cellules homogènes. Sa rencontre dans les premiers jours de janvier avec Saturnin Octobre le décida : ce matin-là, il se rendait aux Halles, espérant y glaner quelques colis. Oh, il ne se faisait guère d'illusions sur la qualité de la marchandise, mais elle suffirait sans aucun doute à contenter les ménagères en charge de famille qui, dès l'aube, battaient le pavé dans l'attente, toujours hypothétique, d'un arrivage sur le marché. Ce fut en revenant des pavillons qu'Antoine tomba nez à nez avec Saturnin Octobre. Le successeur de Désiré Prichard avait pris de l'âge et de l'embonpoint, et ne se déplaçait plus qu'en s'aidant de sa canne, mais il conservait encore l'esprit clair et l'œil vif pour diriger la corporation des boutiquiers en fruits et légumes. Saturnin entraîna Antoine à La Pointe Saint-Eustache, dans l'arrière-salle où une poignée de mandataires désœuvrés échangeaient des propos amers. Au père Tonguet qui, déférent, venait lui-même prendre la commande, les deux hommes commandèrent un calva. Avec des précautions de contrebandier, le patron du bistrot sortit une bouteille et emplit les verres, attentif à ne pas gaspiller la moindre goutte. Son service accompli, il resta là, planté devant ses clients comme s'il quémandait un compliment. Saturnin se résolut à émettre un claquement de langue appréciateur et, satisfait, Tonguet disparut.

« Voilà, dit Saturnin à voix basse, parmi nos commerçants, il y en a qui pensent que nous devrions nous organiser, faire quelque chose pour nous débarrasser des Boches. Mon idée est que cela ne changera pas grand-chose à notre situation, mais, qui sait ? Notre profession nous amène à de constants déplacements et la Résistance estime que nous pourrions lui rendre quelques services. Vous comprendrez que je suis bien trop vieux pour m'imaginer à la tête d'une telle activité, mais vous, Antoine…

— Avec ma jambe de bois ? »

Saturnin haussa les épaules.

« J'ai eu l'occasion de vous voir à l'œuvre. Votre jambe de bois, comme vous dites, ne vous a pas empêché de réussir la manifestation contre les magasins à prix unique. Par ailleurs, vos hommes vous respectent et les nôtres vous estiment ; ils savent de qui vous tenez. Enfin, je vous rappellerai que ce n'est pas la première fois que nous mettrions nos forces en commun : je me souviens encore de cette grande marche des Halles à l'Assemblée nationale. L'Adélaïde et notre président, Désiré Prichard, se tenaient côte à côte. Ah, c'est qu'en face ils étaient prêts à nous sabrer ; nous y avons laissé ce brave Riri Lalouette, mais on nous a entendus. » Avec un geste fataliste, Saturnin ajouta : « Peut-être aurons-nous encore à payer pour notre dignité. »

Une semaine plus tard, Antoine poussait la porte de L'Écuelle, un restaurant niché dans la rue de l'Arbre-Sec, entre une remise à voitures et l'atelier d'un encadreur. Rien dans ce local aux murs noircis et aux rideaux tachés de graisse n'éveillait l'appétit, et du reste un écriteau tracé d'une main maladroite avertissait qu'en raison du manque de ravitaillement on n'y servait plus de repas que les jours impairs. Barrant de sa forte corpulence le passage entre les deux travées de table aux plateaux de marbre ébréchés, le patron surgit de la pénombre. Le visage garni de moustaches tombantes qui cachaient mal une bouche affligée d'un bec-de-lièvre, il portait, en dépit de la froide humidité des lieux, une chemise ouverte sur une poitrine broussailleuse. Au nom de Saturnin Octobre, sa méfiance se dissipa et, par une porte dans l'arrière-salle, il conduisit Antoine, à travers une succession de cours jusqu'à un escalier puis à des mansardes.

Resté seul, le fils d'Adélaïde jeta un regard sur les lieux : trois minuscules pièces en enfilade, meublées de quelques lits et chaises. D'étroites fenêtres donnaient sur les toits. À un bout, on entrevoyait un coin de la rue du Louvre. La serrure de la porte joua et Antoine se trouva face à un homme d'une cinquantaine d'années qui lui tendit la main avec un sourire : « Saturnin Octobre m'a beaucoup parlé de vous, monsieur Lebally, et votre famille ne m'est pas inconnue... »

Parce qu'il la savait écorchée depuis le départ de la maison de ses deux enfants, Antoine ne souffla mot de ses nouvelles responsabilités à Madeleine. En revanche, il mit dans la confidence sa mère qui, les poings sur les hanches, s'écria aussitôt : « J'en suis !

— Voyons, maman, à ton âge... »

Adélaïde le foudroya du regard, et Antoine battit en retraite.

« En tout cas, j'en connais un à qui cela fera plaisir : le commissaire, il a beaucoup d'admiration pour toi.

— Quel commissaire ? » s'étonna Adélaïde.

À quelques jours de là, Antoine surprit dans le garage Robespierre qui s'appliquait à remonter le pistolet qu'il venait de graisser. « Toi aussi ? » lui dit-il. Le commis hocha la tête d'un air grave : « Je ne pouvais pas rester en dehors de cette guerre, patron. »

Chauffée à blanc, la foule scandait le nom de son chef et battait des pieds le plancher, insouciante de la poussière qu'elle respirait. Germain Prouvaire écarta un coin du rideau de velours : habilement éclairée, la salle vibrait. Pas un strapontin qui ne fût occupé. Au pied de l'estrade, des jeunes gens en uniforme sombre s'étaient massés, accroupis ou assis à même le sol. Au fond et jusqu'au mur qui soutenait la cabine de projection, hommes et femmes s'entassaient dans une atmosphère de kermesse. Et tout ce monde n'attendait que lui, Germain Prouvaire, l'ancien marchand de salades. Investi, de par sa propre volonté d'une mission de rédemption de la France, il entendait rendre à son pays sa force morale héritée des croisés et son rayonnement, en attendant de l'unir à l'Allemagne, dans une même volonté de puissance.

Germain inspecta les plis de sa tenue puis fit signe au machiniste. Les rideaux dansèrent et il se retrouva face au public, accueilli par une interminable ovation. Il l'écouta, savourant avec un sourire son triomphe, le résultat de tant de mois de travail, de voyages et de réunions. À force de palabres, mais aussi de menaces, il avait réussi à rassembler sous sa houlette des mouvements et des groupuscules jaloux de leur indépendance. Au besoin, il n'hésitait pas à lâcher ses « chiens » sur les plus récalcitrants. On en retrouvait certains au petit matin, lardés de coups de couteau ou abattus d'une balle le long d'un caniveau, comme pour bien signifier qu'ils ne méritaient que le chemin de l'égout.

Parfaitement encadré, le parti créé par Germain progressait, débordait de la zone occupée et faisait des adeptes au-delà de la ligne de démarcation. Il la traversait d'ailleurs souvent, cette ligne, muni d'un laissez-passer obligeamment fourni par son « ami », le colonel Walter Konrad Stauchmann. Avec une rare obstination, Germain avait tissé sa toile, séduisant par des idées et des mots simples les petites gens, ouvriers et employés, transfuges pour certains du parti communiste, qui tous éprouvaient le besoin de se raccrocher, autant à un père qu'à un fils prodige. Du reste, Germain ne se réclamait-il pas du maréchal Pétain, le sauveur de la France ?

D'une voix que la colère faisait vibrer, Germain dressa à la manière d'un réquisitoire l'état du pays avant la guerre, son manque de préparation industrielle et militaire ainsi que l'absence de civisme. Il dénonça les capitaux étrangers, coupables de tous les maux et, surtout, de la destruction du petit commerce. Il jeta en pâture à ses fidèles les francs-maçons, les communistes et les juifs. De même fit-il conspuer les noms de Blum, de Mandel et de Jean Zay. Et à propos de Blum, il raconta ainsi qu'une confidence comment lui Germain Prouvaire avait tenu entre ses mains la vie du chef socialiste. « Il s'en est fallu de peu, gronda-t-il avant d'ajouter : Et sans doute m'aurait-on envoyé à la guillotine. Mais aujourd'hui... » Il n'eut pas à achever, la foule trépignait et hurlait : « À mort, à mort Blum ! » Germain laissa la tempête déferler. Il le savait, c'était l'inépuisable rancœur humaine qui se déversait là, une énorme ardoise sur laquelle s'additionnaient pêle-mêle la politique et la mesquinerie quotidienne : règlements de comptes avec un gendre, une belle-fille insoumise, des voisins, un fournisseur ou un propriétaire intraitables. Et dans cette commune célébration de la haine, chacun se figeait dans ses certitudes, dans son importance, se plâtrait dans son dégoût de l'autre. Ce grouillement de médiocrité, Germain s'en servait pour monter encore plus haut, afficher son pouvoir, emporter de nouvelles places et s'assurer d'autres appuis. Et peu lui importait si plus tard il devrait piétiner ce troupeau qui le nourrissait aujourd'hui.

Soudain, alors qu'il s'apprêtait à reprendre sa diatribe, il aperçut au troisième rang son père et sa mère, heureux, fiers de leur progéniture, de ce dieu vivant auquel ils avaient donné naissance. Alors, il alla vers eux et, les prenant par la main, tels des enfants ravis, les conduisit sur l'estrade. Un tonnerre d'applaudissements suivit lorsqu'il les présenta. Debout auprès de son fils, Sidonie contemplait cette marée de têtes en adoration. Son visage chafouin, prématurément creusé de rides, rayonnait. Ce matin-là, pour la première fois de son existence, elle avait confié sa broussaille aux ciseaux et aux fers à friser d'une coiffeuse. Elle s'était également aventurée dans une boutique de mode. Oh, rien de déraisonnable, une robe de bonne toile, de celles qui vous durent une éternité, mais ça la changeait, la posait parmi ces dames. Ces minutes au côté de son Germain, lui-même ému, la payaient de toute une vie de chien, de s'être attelée, des années durant, à la charrette et des matinées glacées qui lui sciaient les reins. À présent, au marché, elle régnait sur ses collègues qui la courtisaient pour un bon d'essence, un laissez-passer ou la libération d'un fils prisonnier en Allemagne. À Germain qui lui offrait de se retirer à la campagne, dans l'une de ces maisons proches de la capitale sur laquelle, depuis un bout de temps, il lorgnait, elle avait crié : « Tu veux donc m'enterrer ! » Et elle les avait défendus toutes griffes dehors, ses marchés qui l'avaient pourtant usée. Sans doute pour la joie de triompher enfin de ses voisins qui l'avaient si longtemps écrasée de leur mépris avant de la jalouser. Non, qu'on la laisse se délecter de sa victoire, elle ne s'en lasserait pas.

Cette nuit-là, la tête encore emplie des ovations de son public, Germain se rendit chez Madame Yvette. Il y était désormais chez lui. Il serra des mains françaises, des mains allemandes ; on le congratulait, on recherchait sa compagnie, il devenait un personnage auquel « Vichy aurait fait des avances ». Adrien, une fois de plus à Paris où il menait au nom du Maréchal des tractations pour la libération d'un contingent dans lequel il espérait bien inclure son fils Anselme, félicita Germain dont des extraits du discours avaient été retransmis par la radio. « Un moment, lui dit-il, j'ai craint que vous ne livriez mon nom à la vindicte de vos sympathisants : n'est-ce pas moi qui vous ai empêché d'achever Blum. »

Durant quelques instants, les deux hommes s'isolèrent. Adrien confia à Germain que les Allemands lui marchandaient âprement le retour des prisonniers, exigeant en compensation l'envoi d'une main-d'œuvre qualifiée. Cette demande parut convenir à son interlocuteur, au mieux avec les autorités d'occupation. D'emblée, il proposa ses services, se faisant fort d'organiser des convois de travailleurs volontaires. Adrien freina son ardeur : la collaboration à outrance n'était pas à l'ordre du jour. « Tout de même, s'écria Germain, Montoire ! » Le ministre haussa les épaules : la poignée de main avec le vainqueur ainsi que le message de Pétain annonçant que la France entrait dans la voie de la collaboration n'étaient destinés qu'à adoucir le sort des Français et à endormir la méfiance des occupants... Germain l'interrompit, ironique : les mesures prises par Vichy à l'encontre des juifs ne devançaient-elles pas les souhaits allemands et n'illustraient-elles pas au contraire la collaboration croissante entre Pétain et Hitler ? Adrien ne répondit pas. À la différence de la plupart de ses collègues du gouvernement, il n'éprouvait nulle haine à l'égard des juifs ; du reste, le seul juif qu'il eût connu intimement, Nathan Engelbert, s'était montré, durant les années de collège et d'université, un compagnon d'une inébranlable fidélité. La vie, leurs opinions les avaient ensuite séparés : Nathan à Londres – la nouvelle lui en était vite parvenue – et lui à Vichy, ministre sans portefeuille, chargé de missions délicates où, chacun s'accordait à le reconnaître, il excellait. Cette estime lui avait valu d'échapper à la purge qui avait suivi la destitution puis l'arrestation de Laval à la fin de l'année passée. Pour autant, Adrien s'interrogeait sur son avenir. Louise d'ailleurs le mettait en garde : les conquêtes allemandes atteignaient la démesure et indisposaient les Américains. Il fallait également considérer cette loi du « prêt-bail » qui permettait le réarmement de l'Angleterre comme un engagement significatif des États-Unis. Et puis, à l'Est, rien n'était encore joué. L'alliance germano-russe par essence contre nature ne tarderait pas à craquer en dépit, de part et d'autre, de protestations d'amitié.

Louise étonnait Adrien par sa clairvoyance, sa connaissance précise des événements, comme si elle disposait à leur sujet de sources occultes d'information. D'où tenait-elle de semblables renseignements, elle qui évitait de sortir et ne recevait plus qu'avec parcimonie ? Elle jugeait indigne de ses fréquentations ce ramassis de courtisans qui bourdonnaient avec voracité autour du Maréchal. Non, décidément, Louise ne cessait de le surprendre ; elle régentait la villa de Vichy comme autrefois la maison de Chaillot, étendant son emprise sur tous ceux qui l'approchaient... et sur lui-même. Car Adrien ne s'y trompait pas : n'était-ce pas Louise qui après la naissance d'Anselme, leur aîné, avait exigé de lui qu'il renonçât à se comporter en père gâteux pour se consacrer à sa carrière ? Avec cet air de ne toucher qu'avec des pincettes à la politique, elle l'avait habilement stimulé, guidant avec discrétion ses choix, l'obligeant tantôt à une décision et tantôt à une opportune expectative. L'aimait-elle ? À cette question, il ne pouvait répondre.

Leurs étreintes ne relevaient plus que d'un lointain souvenir et, si elle lui tolérait ses maîtresses ou ses incursions dans les maisons closes, elle veillait avec un soin jaloux à ce qu'aucune femme ne s'incruste dans son existence et ne mette en danger son domaine. Parfois, Adrien se demandait si Louise n'avait pas orchestré la tragique disparition d'Anna la Napolitaine, sans doute avec la complicité du commissaire Debrousse qui, il ne l'ignorait pas, continuait à grenouiller à la préfecture…

« Vous ne m'avez pas répondu. » La voix de Germain, que le silence de son interlocuteur agaçait, interrompit ses pensées. Adrien s'excusa et répéta que le temps d'une collaboration dépourvue d'ambiguïtés ne lui semblait pas encore venu. Il préférait quant à lui évoquer une « coopération de circonstances » – encore une expression soufflée par Louise. Germain s'emporta et accusa le gouvernement de Vichy de se livrer à un double jeu. Pêle-mêle, il dénonça la disgrâce de Laval, la nomination de Darlan à la vice-présidence du Conseil et aux Affaires étrangères. Il épargna cependant le Maréchal, selon lui prisonnier de son entourage, un résidu de francs-maçons et de politicards issus de la Troisième République, puis il affirma sans ambages que la France devait résolument se ranger aux côtés de l'Allemagne victorieuse. Adrien eut un imperceptible sourire en écoutant Germain fustiger le gouvernement de Vichy, lequel justement l'avait prié d'approcher l'ancien marchand de salades. Décidément, il en resterait là. Et tandis que son vis-à-vis se lançait dans une vision idyllique d'une collaboration sans freins entre Français et Allemands, Adrien fixait distraitement l'autre extrémité du salon, où une foule de personnalités civiles et militaires se mêlaient à des filles à peine vêtues. Hommes et femmes évoluaient, une coupe de champagne à la main, deux doigts pincés sur un petit-four, bien loin du rationnement quotidien. Très entourés, les officiers allemands répondaient avec une suffisance de vainqueurs aux sollicitations des industriels, soucieux d'obtenir pour leurs usines ou leurs ateliers des contrats avantageux.

Au milieu de cette effervescence, Adrien aperçut Virginie. La jeune prostituée, à peine débarrassée de son dernier client, devait se défendre contre la convoitise de certains habitués, pourtant avertis des « droits » d'Adrien sur elle. Sa beauté juvénile, ses formes souples mises en valeur par une robe de soie moulante profondément échancrée suscitaient un mouvement d'admiration. Adrien abandonna Germain à un journaliste de Radio-Paris, puis se fraya un chemin vers Virginie, bien décidé à l'accaparer pour la soirée. La voix de Madame Yvette l'accrocha : « Monsieur le Ministre ! » Il se retourna, contrarié. « Permettez-moi de vous présenter le commissaire Debrousse... mais je crois que vous vous connaissez. »

D'un pas de promeneur, le commissaire Debrousse remonta depuis l'hôtel Saint-Georges en direction de la place Pigalle. Libérés du couvre-feu, les noctambules s'éparpillaient. Certains, éméchés, la chemise débraillée, la veste fripée, titubaient le long des murs, poursuivis par les plaisanteries des ouvriers en bleu de chauffe qui gagnaient la bouche de métro. Devant une porte cochère, une concierge, la blouse tachée, maugréait en balayant les excréments encore fumants d'un chien. À ne considérer que ce paisible tableau, on aurait pu douter de la réalité de l'Occupation mais il suffisait de porter son regard un peu plus haut, vers le boulevard, dans l'alignement des cabarets qui dégageaient dans une exhalaison d'alcool, de fumée et de transpiration des fournées d'uniformes vert-de-gris, pour y être brutalement ramené. Là, c'était une patrouille qui se livrait à un contrôle, ici deux véhicules militaires stationnés à un croisement. Plus loin, un éboueur serrait les dents à la vue d'une bande de miliciens à la démarche arrogante. Debrousse haussa les épaules : décidément, rien ne changerait jamais la nature humaine, constituée en partie de crapules et en partie de la masse des obscurs, immense troupeau travaillé par les roués de la politique et les affairistes, toujours prêt à emboîter le pas à ceux qui promettaient le plus et entretenaient leurs instincts primaires. Seuls émergeaient de ce cloaque quelques justes, une poignée de purs selon la tradition biblique. L'âme écorchée, ils s'efforçaient par leurs protestations, leurs cris, de fissurer la gangue d'indifférence qui étouffait les consciences. Debrousse, lui, ne cherchait pas à se situer. Du moins se reconnaissait-il un certain passé de crapulerie : n'avait-il pas, des années durant, accepté les enveloppes de Madame Yvette dont il protégeait les filles et l'établissement, allant même, ces derniers temps, jusqu'à pourvoir en pensionnaires l'hôtel Saint-Georges ? La défaite, l'Occupation avaient réveillé chez le fonctionnaire un patriotisme qu'il ne s'était guère donné la peine de manifester en 14. Sans doute parce que la capitale, et plus précisément son fief montmartrois, bien qu'à portée de feu de la Grosse Bertha, n'avait pas subi l'envahissement des Boches. Ce fut la rencontre du commissaire avec l'un des proches du général de Gaulle qui le détermina à s'engager dans une résistance, il est vrai, embryonnaire.

Si dans les premiers moments Debrousse s'était imaginé que le hasard seul avait présidé à cette rencontre, il apprit par la suite sa minutieuse préparation depuis Londres. Ainsi bouscula-t-il « par mégarde », un soir, place du Châtelet, un pied-bot auquel il fit perdre la canne et l'équilibre. Tandis qu'il l'aidait à se relever, l'homme se présenta : Georges de Montazille, propriétaire fermier dans le Sud-Ouest. Il insista pour offrir un verre au policier et ils se retrouvèrent tous deux assis à la terrasse d'un café que baignait la lumière crépusculaire d'un été finissant. Quelques jours plus tard, Georges de Montazille mettait en présence le commissaire Debrousse et Nathan Engelbert, venu à Paris pour organiser la résistance.

Chapitre VI

Octobre 1941 – Paris

L'homme, un chemineau d'une trentaine d'années, traversa la route et s'arrêta à distance de la villa dont il pouvait surveiller la grille. Assis sur un muret, il extirpa de sa poche une poignée de mégots et en récupéra le tabac dans une enveloppe fripée avant de le rouler entre ses doigts. Les gestes lents, il semblait prendre à cette préparation un plaisir de gourmet. La tête rejetée en arrière, il soufflait de parcimonieuses bouffées nacrées sans perdre de vue le pavillon. À plusieurs reprises, le portail s'ouvrit pour livrer passage à des fournisseurs ou du personnel domestique. Quant aux fenêtres, elles demeuraient obstinément closes. Un bref moment, le soleil se libéra de l'emprise des nuages et baigna d'une lumière crue la villa. Au loin, une cloche annonça 11 heures. Au même moment, un groupe de femmes, vêtues de noir, leur missel à la main, débouchèrent d'un chemin et longèrent le talus, prenant soin de ne pas tremper leurs pieds dans les flaques d'eau. Un camion les dépassa à vive allure et étoila de boue leurs jupes.

À nouveau, la porte de la villa s'ouvrit. Cette fois, le chemineau se redressa. Une jeune fille au visage languissant franchit le seuil et, après un instant d'hésitation, s'engagea dans le sentier qui bordait l'Allier. L'homme lui emboîta le pas, attentif à ne pas se faire remarquer. Lorsqu'ils furent à l'abri des regards, sous les arbres, il la rejoignit et, sans un mot, lui glissa la lettre. Elle n'en fut pas surprise, mais ses joues se colorèrent en enfouissant l'enveloppe dans son corsage. « Je repasserai demain à la même heure », murmura l'homme. Tandis qu'elle repartait, il s'assura que nul ne la suivait, puis il se laissa tomber sur un banc. Ouvrant sa muselière, il en sortit un quignon de pain et une portion de fromage qu'il grignota.

Ma chérie,

Je suis où tu sais. Parfois dans ma chambre et parfois là-haut, très près du ciel, je ne cesse de penser à toi, à nos promenades dans cette Touraine que nous aimons tant, à notre première rencontre. T'en souviens-tu ? Tu avais failli glisser sur le verglas et je t'ai retenue. Comment aurais-je pu oublier la chaleur de ton corps et ce baiser échangé sous la neige ? « Je t'aime, je t'aime ! » Ces mots d'amour, je les crie dans ma solitude à ton image qui me sourit et m'obsède. Le temps passe et je hais ces jours sans toi, cette guerre qui nous vole nos étreintes, notre jeunesse. Parfois, je me sens si vieux, si étranger à mes vingt ans que je m'en effraie. Tu t'en doutes, j'ai hâte de te revoir et j'attends avec impatience le « moment » promis...

Assise sous le feuillage d'automne, Guénola ne se lassait pas de relire la lettre de Jean-Luc. Elle se délectait de chaque mot, l'interprétait selon son cœur et se pénétrait de sa musique. Mon dieu, que n'aurait-elle donné pour se trouver auprès de lui, dans cette mansarde londonienne proche de Trafalgar Square, chez cette vieille miss Tippelburry qu'elle imaginait surgie d'un roman de Dickens ? Que faisait Jean-Luc en cet instant ? Peut-être survolait-il la campagne anglaise ? Elle replia la lettre et la relogea dans le chaud de son corsage. Le vent se levait et secouait les arbres, arrachant aux branches des brassées de feuilles mordorées. À nouveau, le ciel se couvrit et assombrit l'Allier qu'une barque lourdement chargée remontait. Guénola reprit le chemin de la maison ; comme elle y parvenait, la pluie commença à crépiter. Dans l'escalier, la jeune fille croisa sa mère qui l'observa avec curiosité. « Il vous a donc écrit ? » lâcha Louise. Puis, comme Guénola protestait, elle reprit : « Votre visage vous trahit. » Dès qu'elle se fut enfermée dans sa chambre, Guénola se précipita vers la coiffeuse. Sa mère disait vrai : tout son être irradiait.

À la mi-novembre, alors que débutait la bataille de Moscou, les montagnes autour de Vichy blanchirent et la ville elle-même ne tarda pas à recevoir ses premiers flocons de neige. En dépit de la vigilance des gardes municipaux, dans les bois et les parcs des troncs furent abattus, et une partie des canards auxquels les enfants jetaient des croûtons disparurent. Le 7 décembre, les Japonais détruisirent par surprise la flotte américaine de Pearl Harbor avant de pénétrer en Malaisie et en Thaïlande. Et la machine de guerre américaine s'ébranla à son tour.

Le lundi de la deuxième semaine de décembre, le chemineau reprit sa place sur le muret et, une fois encore, roula une cigarette. Ce matin-là, le froid avait verglacé les routes et les sentiers. Cependant, Guénola sortit, prit la lettre du chemineau et alla la lire à l'endroit habituel. Il lui semblait ainsi pouvoir communiquer avec Jean-Luc. Il ne s'agissait en fait que d'un court message : « Bientôt. Je t'aime. » L'âme en fête, Guénola retourna à la maison. Elle enfouit des vêtements chauds dans un sac et le cacha sous son lit. Désormais, elle ne vivait plus que dans l'attente du « moment ».

Noël tomba dans la tristesse d'un pays occupé et pillé. Les pensées allaient aux morts, aux disparus et aux prisonniers qui se morfondaient outre-Rhin. Aux enfants qui réclamaient leurs papas, les mères présentèrent un pauvre jouet, une friandise économisée ou un album d'images… Cette nuit-là, chargées d'un infini désespoir, bien des prières montèrent vers le ciel. Au lendemain de Noël, le chemineau réapparut. Il ne portait aucun mot, mais à son regard Guénola comprit : elle saisit son sac et quitta la maison.

Mes chers parents,

Pardonnez-moi cette grande peine que je vous cause, mais mon existence à Vichy m'est devenue insoutenable. Notre beau pays est enchaîné et martyrisé, et cela, je ne peux davantage le supporter. Je commence aujourd'hui avec celui que j'aime un long combat. Sans doute me faudra-t-il payer le prix de cette révolte, mais d'ores et déjà j'y consens dans l'espoir d'un avenir plus exaltant. Ne m'en veuillez pas de ce sursaut quand tant d'autres, jeunes ou vieux, ont déjà offert leur vie à la liberté de la France. Je ne me permettrai pas de juger papa, mais j'ai acquis la certitude qu'il se trompe de voie, que son honneur est abusé...

Peut-être parce qu'elle soupçonnait depuis des semaines l'échange de correspondance entre sa fille et Jean-Luc Engelbert, le fils de Nathan, et qu'elle s'attendait à quelque initiative, Louise prit connaissance sans sourciller de la lettre d'adieux de Guénola. Refusant de laisser l'émotion prendre le pas sur la raison, elle envisagea le meilleur parti à tirer de cette situation. D'une certaine façon, le hasard servait ses projets : soucieuse de ménager l'avenir, elle entrevoyait là le moyen de poser un pied dans cette autre France qui bruissait dans l'ombre et dont l'entretenait à chacun de ses voyages le commissaire Debrousse. Elle eut cependant des difficultés à calmer la fureur de son mari, qui parlait de lancer les gendarmes aux trousses de la fugitive. Adrien ne pouvait comprendre ni admettre la « trahison » de sa fille, qui avait préféré à un nid douillet l'exil des réprouvés. Durant quelques jours, il tint rigueur à son épouse du départ de Guénola, l'accusant de ne pas l'avoir assez surveillée. Il en voulait également à son ancien condisciple Nathan et à son fils d'être « entrés en rébellion contre l'État ».

Louise fit aussitôt répandre dans le voisinage la nouvelle que Guénola était allée rejoindre en Touraine sa grand'mère malade et nul ne songea à mettre en doute ces affirmations. Et la vie reprit son cours selon l'ordre immuable établi par la maîtresse de maison. Sollicité par les affaires du gouvernement, Adrien courut à nouveau à travers le pays, tantôt chargé d'une mission et tantôt pour représenter le Maréchal à des manifestations patriotiques. Certains soirs cependant, lorsqu'il rentrait de l'un de ces périples, à la fois soucieux et harassé, il ne pouvait s'empêcher de pénétrer dans la chambre vide de Guénola. Il observait avec tristesse le lit de merisier, la petite commode aux tiroirs encore garnis de linge et la photo de la jeune fille dans le jardin de l'hôtel de Chaillot. Elle n'était encore qu'une enfant et portait, telle une couronne, une tresse nouée autour de sa tête. Toutes ces années s'étaient écoulées sans qu'il l'ait vue vraiment grandir, et maintenant elle courait d'obscurs chemins, pourchassée par les Allemands. Elle était sa fille, issue de son propre sang, pouvait-il l'oublier ? Et pourtant, elle avait ouvert en lui, par sa lettre, par ses mots, une blessure vive : « Je ne me permettrai de juger papa, mais j'ai acquis la certitude qu'il se trompe de voie, que son honneur est abusé... » Comment osait-elle s'exprimer ainsi et que pouvait-elle savoir, si jeune encore, de l'intérêt d'un peuple ? Lui du moins n'avait pas déserté et, plutôt que d'abandonner le sort du pays à l'occupant, il s'était dressé avec le Maréchal, Laval et tant d'autres pour le protéger. Ah certes, il regrettait comme une marque infamante les excès à l'encontre des juifs, rejetés de la nation, mais la paix revenue, tout rentrerait dans l'ordre.

Cette nuit de janvier, Adrien revint morose d'une réunion de gouvernement qui une fois de plus avait révélé et exaspéré les querelles de personnes. Dans le couloir qui menait à sa chambre, il vit un rai de lumière sous la porte de sa femme. Jamais, auparavant, il n'avait éprouvé le besoin de se confier à elle, de l'entretenir de politique. Et, à vrai dire, ils semblaient tous deux cohabiter plutôt que vivre ensemble. Il hésita puis frappa. Louise était au lit ; fidèle à ses habitudes, elle épluchait les comptes de la maison avant de s'endormir, cherchant par principe à déceler le moindre gaspillage. Elle abandonna son livre en remarquant l'air chagrin de son époux. « Venez », dit-elle. Il s'assit au bord du lit et se laissa prendre la main. Pendant quelques instants ils n'échangèrent aucune parole, puis Louise murmura : « Je sais que vous vous sentez bien seul, mais, quoi que vous imaginez, je n'ai cessé de me tenir auprès de vous, de vous suivre par la pensée dans toutes vos démarches et d'écarter de vous le danger. La guerre est là, ni vous ni moi n'y pouvons rien, mais elle doit nous servir et non nous nuire : j'y veillerai. »

Elle passa ses doigts dans les cheveux blanchissants d'Adrien. Subitement, il se sentit las. Il se laissa bercer comme un enfant. Mon dieu, elle ne lui avait jamais parlé ainsi. Il ferma les yeux. Alors, avec des gestes lents elle le déshabilla, éteignit la lumière et l'attira à elle.

Le vent piquant de janvier soufflait sans discontinuer dans la plaine champenoise et, par moments, des bandes de corbeaux s'abattaient en croassant sur la terre gelée qu'ils frappaient quelques instants de leur bec avant de reprendre leur envol. Le sac en bandoulière, le col de la vareuse relevé, Thomas Lebally avançait courbé sous la morsure du froid, bien décidé à ne pas s'arrêter avant d'atteindre la route. Pourtant, lorsqu'il fut à proximité de l'arbre où, plus d'un an auparavant, il avait été blessé par une balle allemande, il ne put s'empêcher de se retourner : là-bas, entre la grange et l'étable, il apercevait encore la silhouette immobile de Mathilde Roussay. Il fut tout à coup saisi d'un regret : pourquoi devait-il céder le terrain à l'autre, à cet homme qui prétendait l'aimer et dont elle n'avait pas osé lui livrer le nom ? Elle l'avait sauvé lui, Thomas, veillé des jours et des nuits tandis qu'il délirait. Comment pouvait-elle oublier ce qui les liait, ces regards échangés, ces confidences, ces caresses ébauchées ? Il s'était embarqué pour l'Angleterre avec la certitude qu'elle l'attendrait, sans jamais s'étonner, une fois à Londres, de ne pas recevoir de réponse à la mesure de ses lettres enflammées. Une retenue qu'il attribuait à une certaine pudeur. Maintenant, il comprenait...

Quelques secondes, chacun à un bout du chemin, ils se firent face. Peut-être attendait-il un geste, un cri, mais cet appel ne vint pas. Mathilde aurait souhaité éviter de lui faire du mal, le persuader d'accepter son amitié. Ils auraient été comme frère et sœur, mais il n'avait rien voulu entendre et il était reparti à peine arrivé. Qu'y pouvait-elle ? Le cœur ne se commande pas : elle aimait Georges de Montazille, elle l'avait aimé dès leur première rencontre, rue Montorgueil. Parfois, elle comparait Georges de Montazille à Thomas : l'un était enraciné comme un roc dans la vie, calme, sûr de lui-même, maître de ses émotions ; l'autre, passionné, idéaliste... un poète. Certes, elle appréciait ses discours, sa générosité lorsqu'il envisageait de transformer la société, de la rendre plus humaine, mais elle appartenait, elle Mathide, à la même espèce que Georges de Montazille ; tous deux connaissaient la terre, tous deux savaient ses exigences. Elle avait besoin d'un homme solide, de bras dont elle sentirait la force.

Elle adressa un dernier signe d'adieux à Thomas puis rentra dans l'étable pour la nettoyer. Il lui fallait se dépenser. Les vaches mirent de la mauvaise volonté à se ranger et Mathilde dut repousser avec des claques dans les flancs la persillée qui s'amusait à la bousculer.

La gorge nouée, Thomas se remit en marche. Il essuya ses yeux humides et accéléra l'allure. Allons, n'était-il pas un soldat ? « Une, deux, une, deux... » Il ne devait plus songer qu'à sa mission : cet amour que Mathilde lui refusait, la France entière le lui offrirait un jour, lorsqu'il la délivrerait de ses occupants... Il perçut soudain le bruit d'un moteur et se cacha derrière un tronc. Bientôt, il distingua la forme caractéristique d'un camion à gazogène et se précipita sur la route. Le conducteur, un Parisien qui finissait d'écumer la région en quête de ravitaillement, ralentit et le considéra avec méfiance, puis brusquement reprit de la vitesse. Thomas lui montra le poing. Sur le bas-côté, des corbeaux s'acharnaient sur une étroite bande de terre retournée par les cantonniers. Le jeune homme leur lança des pierres avec rage, ensuite il eut honte de sa colère et s'effondra. Un peu plus tard, aux environs de midi, un charretier s'arrêta. L'homme, un vieux paysan, ne desserra pas les dents tout au long du trajet et, du reste, accaparé par son chagrin, Thomas n'avait pas envie de parler. Il le laissa quelques kilomètres plus loin avant de bifurquer et lui glissa dans la main un demi-paquet de tabac en grommelant que ce n'était pas grand-chose. « Non, vraiment pas grand-chose ! » répéta-t-il en agitant les rênes pour faire avancer sa jument.

Quatre jours après avoir quitté la ferme des Roussay, Thomas parvint aux abords de la capitale. Une barbe naissante tachait son visage amaigri, et ses chaussures bâillaient.

Chapitre VII

Janvier 1942 – Paris

Adélaïde n'avait pas voulu décacheter tout de suite l'enveloppe de papier ivoire dont elle avait reconnu, avec le timbre, l'écriture hachée : depuis son retour en Argentine, quelques semaines avant le déclenchement de la guerre, Salvatore lui écrivait chaque mois, avec une régularité exemplaire, une lettre qui ne lui parvenait qu'avec retard et souvent mal refermée par l'administration de la censure. Mais, curieusement, celle-ci paraissait avoir échappé à la vigilance des inquisiteurs.

Adélaïde s'était installée dans le fauteuil à bascule qu'occupait naguère Paul Lebally lorsqu'il fumait sa pipe. Elle se demandait comment il aurait supporté l'Occupation et, surtout, comment il aurait réagi en apprenant qu'Adrien était ministre du gouvernement du maréchal Pétain. La veille, Adélaïde avait reçu un mot de Louise l'informant que Guénola avait rejoint « son fiancé ». Les termes mondains de ce courrier ne pouvaient toutefois abuser Adélaïde qui savait à quoi s'en tenir : n'avait-elle pas couvert en Touraine, dans la propriété héritée de son vieil ami l'ambassadeur Philippe du Merry, l'idylle naissante entre Guénola et Jean-Luc, le fils de Nathan Engelbert, l'ancien condisciple et confident d'Adrien au collège Saint-Joseph ?

Adélaïde sourit à l'idée que son fils, membre influent d'un gouvernement qui avait édicté des lois à l'encontre des juifs, aurait peut-être un jour à s'expliquer sur cette relation de sa fille avec un gaulliste, juif de surcroît. Adélaïde soupira : au fond, elle comprenait l'ambition et l'acharnement à la tâche d'Adrien ; ne les avait-elle pas elle-même favorisés ? Mais, tandis qu'elle s'était toujours laissé guider par son intuition et son cœur, lui ne réagissait qu'en froid calculateur, écrasant sans pitié ceux qui risquaient de contrecarrer ses projets. Elle se rappelait qu'enfant elle le comparait déjà à une meule en mouvement. Un seul être parvenait toutefois à le manœuvrer : Louise Cellier Mersham du Jarre, son épouse ou plutôt son associée, aussi calculatrice et déterminée que lui, mais plus lucide et redoutablement mesurée.

Adélaïde eut un geste devant les yeux comme pour chasser les images déplaisantes qui la tourmentaient, puis elle se décida à ouvrir la lettre posée sur ses genoux.

Ma très chère Adélaïde, je suis dans la véranda, l'après-midi touche à sa fin et le ciel se colore de teintes délicates semblables à celles des roses que je vendais par bottes entières sur les marchés. Qu'il est loin ce temps-là ! J'aperçois Sonia et Aldo qui reviennent au galop de notre nouvel enclos. Pourtant le Dr Valéria a recommandé à Sonia de se ménager... à cause du petit qui devrait naître dans moins de quatre mois. Oui, je sais, tu vas t'indigner, crier à la trahison, me traiter d'hypocrite, mais attends un peu : nous avions tant subi de déconvenues ces dernières années qu'aucun d'entre nous ne se serait hasardé à en parler si Valéria ne nous avait assuré que, cette fois, le bébé était solidement accroché. Sonia veut dès à présent l'habituer au cheval, c'est sans doute pour cela qu'elle n'écoute pas trop notre bon docteur. Nous disons tous « il » à propos du petit parce que Félicia, notre vieille servante indienne, celle qui a élevé Aldo, affirme que c'est un garçon. Félicia connaît beaucoup de ces choses et de remèdes qui lui ont été transmis par ses ancêtres. Elle nous a tous soignés avec des plantes ou de la terre qu'elle seule sait choisir ou ramasser et qu'elle mêle à des incantations. Bien sûr, il entre dans ces pratiques une part de superstition, mais le résultat est là. Quoi qu'il en soit, fille ou garçon, cet enfant sera le bienvenu.

Sais-tu, Adélaïde, j'ai tant attendu ce moment qu'il m'arrivait de penser que Dieu me refusait son pardon, qu'il se vengeait sur

Sonia et Aldo de mes péchés. Que serais-je devenu sans toi, dans quel bagne aurais-je échoué ? À moins que la guillotine...

Tu me manques. J'en arrive à regretter de ne pas avoir insisté davantage pour t'emmener. Des rumeurs nous parviennent sur les destructions et les massacres de juifs auxquels se livreraient les Allemands. On dit qu'ils les déportent par communautés entières dans d'immenses camps entourés de barbelés où ils les font mourir de faim et d'épuisement, quand ils ne les dirigent pas directement du train dans des salles pour les gazer.

Ici, les affaires sont si florissantes que nous avons dû agrandir l'hacienda. Nos bêtes se comptent désormais par milliers et nous exportons beaucoup, principalement vers les États-Unis. Aldo a rencontré un ingénieur américain qui devra lui établir les plans d'une chaîne d'abattage et de congélation. Depuis qu'il sait que Sonia attend un enfant, il déborde d'activité.

Bien que tu n'en aies pas besoin, j'ai donné des instructions à ma banque afin qu'elle opère un transfert sur ton compte. Ne te mets pas en colère, n'allume pas de fureur tes beaux yeux gris, c'est la guerre et les prix flambent !...

Adélaïde reposa la lettre sur ses genoux et remonta sur son front les lunettes qu'elle avait chaussées pour lire : la lettre de Salvatore la touchait. Cet amour qu'il lui témoignait la ramenait loin en arrière, au temps de ses combats à la tête des marchands. Comme il avait changé cet homme, cet incorrigible séducteur qu'elle aurait poignardé si Paul Lebally ne l'en avait empêché...

Des coups frappés à la porte interrompirent sa méditation. Elle s'y précipita avec appréhension. Qui cela pouvait-il être, à quelques minutes du couvre-feu ? Ouvre, grand'mère, c'est moi, Thomas ! » Elle fit jouer la serrure, tourna le verrou et demeura interdite devant ce visiteur aux cheveux en broussaille et au visage piqué de barbe. Elle avait vu partir à la guerre un adolescent dans un uniforme neuf et il en revenait vieilli, amaigri, nippé comme un vagabond. « Ne m'embrasse pas, la prévint-il en s'écartant d'elle, je suis trop sale. » Elle le serra tout de même dans ses bras. En dépit des apparences, il n'était encore qu'un enfant, son petit-fils. « Tu dois avoir faim », dit-elle en l'entraînant dans la cuisine, mais il voulut d'abord se décrasser. Elle disposa la lessiveuse, mit de l'eau à chauffer, sortit le rasoir de Paul et quelques vêtements qui lui avaient appartenu. « Je n'ai jamais pu me résoudre à m'en séparer, lui confia-t-elle avec émotion, j'aurais eu l'impression de le chasser de sa propre maison... »

Thomas s'immergea dans la lessiveuse. L'eau presque brûlante absorbait sa fatigue, réduisait la tension nerveuse de ces derniers jours. Depuis qu'il avait été parachuté voici plus d'une semaine, il avait peu dormi, marchant des dizaines de kilomètres les sens en éveil. Maintenant seulement, il consentait à s'abandonner. Il ferma les yeux : il était, des années en arrière, dans ce même appartement, chez sa grand'mère Adélaïde. Il y passait d'ailleurs autant de temps que chez lui, rue Mandar, sous le prétexte d'y copier ses devoirs ou de réviser ses leçons au calme. Il s'enfermait alors dans la chambre d'Adrien, l'oncle honni dont personne ne se serait aventuré à prononcer le nom en présence d'Adélaïde. Une fois, pourtant, il avait essayé de comprendre : « Dis, grand'mère, pourquoi l'oncle Adrien... » Elle l'avait foudroyé du regard et plus jamais il ne s'était permis de lui en parler. Cette chambre figée, ces étagères où s'alignaient livres et cahiers, ce petit bureau avec son encrier de porcelaine le fascinaient tel un lieu de mystère. Parfois, comme s'il risquait de se brûler les mains, Thomas feuilletait avec précaution les ouvrages d'histoire. Il y découvrait la vie d'hommes illustres. Il éprouvait de la sympathie pour les révolutionnaires, les utopistes, et détestait les tyrans. À vrai dire, tout n'était pas clair pour cet esprit d'enfant : les figures se mélangeaient autant que les idées, mais son intelligence se forgeait, balisait d'exemples sa mémoire. Et, à mesure qu'il s'imprégnait de ces lectures, s'amplifiait en lui un irrépressible besoin d'équité et une soif de partager ses connaissances. Plus tard, lorsque à son tour il fit son entrée au collège, il monta chez Robespierre, sachant qu'il lui prêterait une oreille complaisante. Robespierre, cet amoureux fou de la France, qui dans son exil croyait dur comme fer que cette terre était semée de roses...

Thomas oubliait le temps. Il renaissait, réintégrait son univers, se réappropriait des sensations familières. Cependant, Adélaïde s'inquiétait de ce silence prolongé. « Thomas ? » appela-t-elle à travers la porte. « Tout va bien, grand'mère », la rassura-t-il avant de plonger la tête dans l'eau savonneuse. Il réapparut enfin, rasé, coiffé, dans les vêtements trop larges, trop courts de son grand'père. « Cela me fait tout drôle de te voir ainsi fagoté », dit Adélaïde avec un pincement au cœur. Elle se ressaisit et l'embrassa à nouveau. Puis, après qu'ils eurent rangé la lessiveuse, elle le fit asseoir dans la cuisine et lui prépara une omelette au fromage qu'il dévora avec d'épaisses tranches de pain. Elle lui ajouta un restant de cake qu'il engloutit également. Tandis qu'il picorait les miettes du gâteau tombées autour de son assiette, Adélaïde pensa à Antoine et Madeleine. Les avait-il prévenus ?

« J'ai préféré venir d'abord chez toi. Tu connais maman, elle aurait été effrayée de mon allure. J'irai demain. »

Adélaïde remarqua que Thomas n'avait pas touché à la carafe. Autrefois, avant la guerre, elle n'aurait pas pensé à lui en proposer, il n'était qu'un gamin. Comme elle s'apprêtait à le servir, il l'en empêcha : « Au début, j'en buvais pour faire comme les autres, pour me donner du cœur au ventre, et puis, c'était frais et l'eau n'était pas toujours potable. Puis je me suis trouvé dans un bataillon avec un vétéran, un poilu, qui m'a raconté que les officiers abrutissaient leurs hommes de pinard avant de les jeter à l'assaut des tranchées. J'ai alors cessé de boire. Tu comprends, grand'mère, je voulais demeurer maître de ma propre volonté, garder l'esprit clair afin de réfléchir à ce grand chambardement tant de fois répété. Pourquoi des êtres humains éprouvent-ils le besoin de s'entre-tuer ? Est-ce une fatalité ? Je ne crois pas à la fable des marchands de canons : ceux-là ne règnent que parce que notre folie les y autorise. Je crois que nous devons apprendre le langage de la fraternité : ceux qui se connaissent et s'apprécient n'ont pas envie de s'étriper. Après la guerre, lorsque le pays se sera libéré des Allemands, je réunirai d'autres hommes qui pensent comme moi et nous lutterons ensemble pour détruire les vieilles idées… »

Adélaïde écoutait en souriant son petit-fils : lui aussi voulait tâter de la politique ; il ne suffisait donc pas d'Adrien ? Étrange famille que la mienne, se dit-elle. Quels démons les poussent au combat ? Bon sang ne saurait mentir, ils tenaient tous d'elle, chacun avec son idéal, ses ambitions – jusqu'à Antoine qui traînait dans sa jambe mécanique un revolver ou un explosif. Et elle-même, vieille tête de mule qui se refusait à dételer, jouait au facteur pour la Résistance et continuait à recevoir des lettres d'amour de ce fou de

Salvatore... Tout à ses pensées, elle ne s'était pas rendu compte que, vaincu par la fatigue, Thomas s'était endormi. « À propos, Thomas... » Elle réalisa qu'il avait fermé les yeux. Dommage, elle aurait voulu lui demander des nouvelles de cette jeune fille qui l'avait sauvé... Mathilde, oui, c'était bien ainsi qu'elle s'appelait. Elle l'aida à gagner la chambre d'Adrien, le coucha puis s'installa dans le fauteuil de Paul. Bien que la nuit fût assez avancée, elle n'avait pas encore sommeil : les vieilles personnes dorment moins. Peut-être, pensait Adélaïde, parce qu'il leur restait peu de temps.

Mme Férillard, la concierge rousse et quinquagénaire du 10, rue Saint-Lazare, détestait les chats et les chiens de ses locataires autant que les rats, souris et blattes qui poussaient l'outrecuidance jusqu'à traverser sa loge ou à y nicher. Aux uns et aux autres, elle livrait une lutte sans merci à grand renfort d'avertissements placardés dans les escaliers, d'insecticides, de pièges à ressort et de mort-aux-rats qu'elle disséminait dans le dédale des caves qui reliait les trois corps de bâtiment placés sous sa vigilance. Si elle n'aimait pas les bêtes « dites » de compagnie, l'expression était d'elle et soulignée à l'encre rouge, Mme Férillard appréciait encore moins leurs maîtres qui, sous le prétexte de l'Occupation, en prenaient à leur aise avec le règlement de l'immeuble. « Ah, soupirait-elle, si les Français s'étaient montrés aussi disciplinés que les Allemands, le pays n'en serait pas là. »

En concierge rompue au métier, Mme Férillard ne traitait pas tout son monde sur le même pied : elle avait ses têtes. Celles bien sûr recommandées par le propriétaire et une poignée de courtisans qui payaient d'obséquiosités leur tranquillité. À aucun de ces locataires, toutefois, Mme Férillard ne témoignait autant de respect qu'à celui du rez-de-chaussée – surélevé, troisième cour, au fond à droite : un an plus tôt, un monsieur bien mis, avec canne et chapeau, avait frappé à sa loge. Il venait de la part du propriétaire et souhaitait visiter le trois pièces libre. « Cela sent un peu la cave, l'avait prévenu Mme Férillard. Forcément, c'est juste bâti au-dessus. – Forcément », avait répondu l'homme avec son accent du Midi et comme s'il s'agissait d'un détail négligeable. Il avait fait en claudiquant le tour des chambres, s'était assuré de la bonne fermeture des portes et des fenêtres, et, après avoir jeté un coup d'œil à sa cave, avait conclu : « Cela me convient parfaitement. » Et il s'en était allé non sans avoir auparavant glissé avec élégance un billet à la concierge. Le bail signé, les travaux expédiés en quelques semaines et la cave elle-même remise en état, le nouveau locataire avait aménagé et Mme Férillard avait ajouté de sa plus belle écriture à son tableau : M. Georges de Montazille.

La générosité de Georges de Montazille n'avait pas tardé à rendre la concierge à sa dévotion : il l'avait travaillée par petites touches, sollicitant un petit service, une faveur qu'il récompensait aussitôt. Puis il lui avait confié le ménage de l'appartement, la chargeant d'y accueillir en son absence tantôt un ami, tantôt un parent de passage : « Vous comprenez, lui avait-il dit, j'habite le Sud-Ouest et je ne viens à Paris que pour mes affaires... » Mme Férillard comprenait tout à fait et, du reste, les délicatesses que lui ramenait à chacun de ses voyages son locataire ne pouvaient que bien la disposer envers l'« excellent homme » et ceux qui s'en réclamaient.

Le dernier jour de janvier, le froid redoubla d'intensité. Plantée au beau milieu de la cour, emmitouflée dans son châle, la tête serrée dans un fichu, Mme Férillard s'interrogeait : ne devrait-elle pas couper l'eau cette nuit et purger les canalisations dont certaines, mal gainées, couraient sur des parties découvertes au risque de geler, voire d'éclater ? Elle disposait de l'après-midi pour en aviser les locataires. Certes, rien ne l'obligeait à se substituer au propriétaire ou au plombier, mais quoi, elle régentait cette maison, murs et âmes confondus, depuis près de vingt-cinq ans et souffrait pour chaque éclat de peinture, pour chaque pierre endommagée. Elle en était encore à balancer sur ce qu'elle ferait lorsque la porte cochère livra passage à un homme chargé d'une mallette. Avant qu'il ne franchisse la voûte, elle le cueillit d'une voix bourrue, celle dont elle usait pour épingler et chasser les quêteurs, placiers et autres indésirables qui assaillaient les escaliers en dépit de la plaque d'interdiction émaillée fixée devant la loge. « Eh, vous là-bas ! » Il s'immobilisa comme dans un garde-à-vous tandis qu'elle se précipitait autant que le lui permettait sa corpulence pour l'examiner, le flairer. Mais dès qu'elle l'eut rejoint, elle se radoucit : avec ses lunettes rondes, sa mèche sur le front et sa mallette, il avait l'air d'un adolescent ou d'un étudiant, plus apte à compter les étoiles que ses sous. Il lui tendit un papier. « De la part de M. de Montazille », dit-il doucement.

Mme Férillard avait allumé le poêle et maintenant, les mains tachées de charbon, elle préparait le café, du vrai café qu'elle accompagnait, selon les instructions de M. de Montazille, de vrais gâteaux secs. Elle allait et venait dans l'appartement, dérangeait un objet, le remettait à sa place et revenait tourner autour du garçon qu'elle entretenait du temps, des rigueurs de l'Occupation, espérant en retour quelque confidence. Quand elle se rendit compte qu'elle n'obtiendrait pas davantage que des murmures indistincts, elle l'abandonna.

À peine dehors, elle fut reprise par cette étrange sensation qui se répétait sitôt qu'elle quittait le logement de M. de Montazille, une impression d'insolite, un peu – mais c'était absurde de l'imaginer –, comme si la première pièce avait été raccourcie. Peut-être était-ce dû à cette tapisserie en trompe l'œil à laquelle, après un an de ménage dans les lieux, elle ne parvenait pas encore à s'habituer. Un courant d'air glacé la ramena à sa préoccupation première : elle se résolut à interrompre dès la tombée de la nuit l'alimentation en eau de la maison et fila dans sa loge pour y rédiger, sur des feuilles de cahier, les affichettes qu'elle placarderait au pied de chaque escalier : « Avis aux locataires... »

L'oreille collée à la porte, Thomas s'était assuré que le martèlement des sabots de la concierge s'était bien éloigné ; ensuite, il s'était rapproché du poêle pour s'y réchauffer. Enfin, il put se débarrasser de son manteau. Il inspecta les pièces. Il n'en aimait ni la tapisserie en trompe l'œil, ni la façon dont les chambres avaient été meublées, du rustique bon marché. Il renifla : une odeur de moisi, ou plutôt de cave imprégnait l'air. Il ouvrit les fenêtres, conservant les volets clos. Au fond du séjour, séparé de la cuisine par un mur mitoyen, un cabinet de toilette avait été aménagé. Il comprenait une douche maçonnée, un lavabo neuf avec sa robinetterie chromée à cabochons d'émail blanc et, au-dessus, solidement fixée, une glace biseautée. Machinalement, Thomas s'y pencha. Il ramena en arrière une mèche de cheveux rebelles puis tira sur ses joues qui lui semblaient gonflées : en moins d'une semaine, comme si elles s'étaient donné le mot, Madeleine et Adélaïde avaient réussi à le remplumer. Trop, estima-t-il en se promettant de se surveiller...

Georges de Montazille avait toujours pensé que la présence d'un miroir dans un local, quel qu'il fût, agissait sur les êtres humains à la manière d'un aimant. Aucune femme, aucun homme ne résistait à la tentation de s'y regarder, d'aimer ou de détester à cet instant précis sa propre image. Il avait esquissé un sourire amusé quand, à travers la glace sans tain, il avait vu Thomas se pincer les joues ainsi qu'un enfant qui s'adressait des grimaces. Bien que la photo du garçon figurât au sein de la galerie de portraits qu'Adélaïde s'était constituée dans la salle à manger et que Mathilde Roussay le lui eût décrit en soulignant ses traits de caractère, Montazille avait l'impression de découvrir de l'autre côté de la glace une personnalité bien différente de celle qu'il imaginait. Une longue expérience des rapports humains et du commandement avait affiné son jugement : le jeune homme qui se dressait à quelques centimètres de lui était doué d'une intelligence aiguisée et d'une sensibilité peu commune, proche de l'exaltation. Il devinait combien il avait dû souffrir en apprenant, à son retour de Londres, que Mathilde ne l'aimait pas. « Je n'éprouve pour lui, avait-elle confié à Montazille, qu'une affection fraternelle, celle d'une sœur envers un frère un peu fragile... »

Montazille avait dû se contenir pour ne pas révéler à Mathilde sa véritable identité, qu'il ne boitait pas et qu'il dirigeait un réseau de résistants. Plus tard, lorsqu'il l'avait accompagnée à la gare et qu'ils s'étaient embrassés une dernière fois sur le quai, elle lui avait soufflé : « Je sais que vous ne pouvez pas me parler, me raconter tout ce qui est au fond de vous, mais je vous aime et je vous attendrai... » Noyé dans les volutes de fumée de la locomotive, le train avait disparu entre les entrepôts et la haie de maisons grises adossées à la voie ferrée. Longtemps, Montazille était demeuré immobile sur le quai, bousculé par le flot des voyageurs et le va-et-vient des porteurs de bagages. Peut-être aurait-il dû la retenir auprès de lui, comme elle l'avait tant désiré, lui faire partager, pour le meilleur et pour le pire, son existence précaire ? Mais n'aurait-il pas mis en danger son réseau ? Et comment aurait réagi Thomas devant une « trahison » aussi flagrante ? Qu'aurait-il expliqué à Adélaïde ?

Thomas but au robinet du lavabo, jeta encore un coup d'œil à la glace et aplatit la touffe de cheveux qui n'en finissait pas de rebiquer. Puis il éteignit la lumière et sortit du cabinet de toilette. Dans la chambre, l'air frais avait presque dissipé l'odeur de la cave. Il somnolait, étourdi par la chaleur, lorsque Georges de Montazille poussa la porte de son appartement.

Chapitre VIII

Mars 1942 – Antisanti, Corse

Il aimait sortir de la maison avant l'aube et s'asseoir sur une pierre à l'extrême bord du plateau qui surplombait la vaste plaine d'Aléria. Et c'était pour lui un constant émerveillement que d'assister comme autrefois quand il n'était qu'un gamin à l'enfantement du soleil. Nul cri, nul murmure ou bruissement de feuillage, pas même le battement d'ailes d'un insecte ne troublait ces instants de silence : la nature tout entière paraissait suspendue à l'accomplissement de ce miracle chaque jour renouvelé. Et voici que la terre et le ciel tout à l'heure accouplés se séparaient, voici que la plaine rougeoyait puis se colorait de bruns et d'ocres. Ici et là, comme sous le pinceau d'un peintre jaillissaient des taches vertes, des coulées scintillantes. Et dans le même temps, issues des pentes voisines, mille senteurs s'entrelaçaient, dominées par le parfum persistant d'un figuier, porté comme dans les bras d'un amant par l'air marin.

Un peu plus tard, il descendait vers la place. Déjà ouvert, le café Alberti servait ses premiers clients attablés à l'extérieur. Il les connaissait tous par leur nom, certains siégeaient avec lui au conseil municipal. Il avait mis des mois à réduire leur méfiance, employé une immense patience à les apprivoiser, et maintenant ils le saluaient comme un des leurs, avec cependant un ton de respect pour le député qu'il avait été. Il leur répondait en soulevant son canotier, sans modifier son allure, martelant le sol de la pointe de son bâton. Il poursuivait son chemin jusqu'au cimetière et se recueillait quelques minutes devant l'imposante sépulture de ses « ancêtres Calni ». Puis, après s'être assuré que personne ne l'épiait, il poussait vers la tombe des époux Calzani. Par-delà la simple dalle de pierre, le fils s'adressait à ses parents ; il leur racontait ce qui se passait sur le continent et ailleurs dans le monde : les Anglais avaient bombardé les usines Renault, causant la mort de six cent vingt-trois personnes, et la veille, 27 mars, il l'avait appris par la radio, un commando britannique avait fait sauter des installations à Saint-Nazaire. Il circulait aussi des rumeurs sur les juifs de France qu'on expédiait vers l'Est par trains entiers. Il leur parlait de ses deux garçons, Jacques et Julien, toujours prisonniers en Allemagne. Parfois, il les entretenait d'Émilienne et du domaine de l'Ardéchois, dont il avait des nouvelles par son ancien compagnon de chaînes Emilio Giordano. Il ne regrettait pas sa passion pour Émilienne : tout comme le bagne d'El Chitan, elle ne constituait qu'un épisode de son existence. S'il le fallait, il tuerait encore, mentirait et intriguerait : la vie était ainsi faite qu'elle ne permettait aucune faiblesse. Plus rien ne semblait l'impressionner ou le toucher, sauf ce grand mystère de la nature et de la Création. Peut-être parce qu'il se sentait parfois solitaire et fort à l'égal de Dieu lui-même.

Un bruit de pas furtifs derrière les murs d'enceinte du cimetière l'alerta. Il s'écarta promptement de la tombe de ses parents. Un instant après, un jeune homme se faufila entre les sépultures. Il portait un ample pantalon de toile serré à la taille par un bout de corde, un gilet en peau de chèvre et un béret. Gilles Calni reconnut le visage mince, doré et taillé comme un silex qui émergeait des stèles. C'était Ludo, un berger de Casavecchie. Il venait déposer quelques fleurs sauvages sur la tombe d'Elena, son épouse, une native d'Antisanti éventrée voici cinq mois, avec le bébé dont elle était enceinte, par la charge d'un solitaire rendu furieux lors d'une battue imprudemment organisée par un industriel bastiais.

Ludo qui était éperdument amoureux de sa femme n'avait pas versé une larme durant l'enterrement, mais ses yeux disaient son désespoir et aussi sa rage. Malgré les supplications de ses proches, il avait passé le reste de la journée et la nuit au cimetière. À l'aurore, il était rentré chez lui, s'était saisi d'un poignard dont il avait lui-même gravé le nom sur le manche d'olivier et était parti à la recherche du vieux sanglier. Nul villageois, nul chasseur n'aurait osé lui ravir sa vengeance. Il ratissa la région, de la punta Suarella au col de Perelli. Les gens qui l'apercevaient hochaient tristement la tête et se signaient : la mort l'accompagnait. Il découvrit l'énorme bête au poil noir et dru comme une brosse à étriller sur une rive du rio Magno où elle se désaltérait dans les reflets de cuivre du crépuscule. Trois jours s'étaient écoulés depuis l'enterrement d'Elena, mais ni la fatigue ni le sommeil ne pesaient sur Ludo. Il était pareil à un ressort remonté, sa haine bandait ses muscles et ses nerfs.

Ludo s'était arrêté à bonne distance de l'animal afin de ne pas éveiller son attention mais déjà le sanglier levait son groin dans sa direction et humait l'air avec des grognements. Il avait flairé la proximité d'une présence humaine et tournait sur lui-même, piétinant le sol avec colère. Curieusement, il ne tenta pas de fuir. Peut-être pressentait-il le caractère inéluctable de cet affrontement. Ludo s'était rapproché. À présent, l'homme et la bête se faisaient face et ne se quittaient plus des yeux. Ludo trancha l'air de sa lame dépolie, pour signifier à son adversaire que le combat serait sans merci ; à son tour le sanglier manifesta sa fureur : il grogna et gratta la terre de ses sabots. On aurait dit un toréador et son taureau prêts pour l'ultime assaut...

Ludo ne bougea pas lorsque le sanglier s'élança. La terre tremblait et un nuage de poussière l'enveloppait. Une fraction de seconde, Ludo vacilla, puis il se redressa cependant que la masse noire poursuivait sa course. Brusquement, elle s'abattit, la tête dans le rio Magno. Alors le jeune homme se précipita sur la bête, retira le poignard planté dans sa gorge et le replongea dix, vingt fois dans son échine et dans ses flancs. Il poussa ensuite un hurlement et, de ses dents, arracha dans le cou du sanglier un lambeau de chair qu'il recracha au loin. Puis il découpa les oreilles et les roula dans des feuilles de chêne. Il s'en alla sans se retourner, la figure barbouillée de rouge, tandis qu'à gros bouillons le sang de l'animal se déversait dans le rio Magno.

Les gens d'Antisanti, ceux de Casavecchie et des environs crurent qu'après avoir terrassé le solitaire le berger en resterait là et s'occuperait à nouveau de ses chèvres et de ses brebis ; au fil des mois, son chagrin s'atténuerait et il finirait par épouser une fille du cru : tant de garçons quittaient l'île pour tenter l'aventure du continent qu'il ne manquait pas de jeunes femmes à marier. Les jours qui suivirent semblèrent leur donner raison : Ludo menait ses bêtes sur les pentes escarpées et, le soir, il s'asseyait un moment au café Alberti où il commandait une bouteille de vin qu'il ne finissait pas. Mais, contrairement à ses habitudes, Ludo ne parlait pas beaucoup. On le saluait et il répondait brièvement... Ce n'était plus comme autrefois, lorsqu'il payait une tournée ou racontait l'une de ses histoires de berger, faite de douceur et de poésie. Non, Ludo s'installait devant sa bouteille et il ne desserrait presque pas les dents. Mais dans sa tête c'était une véritable ébullition : Elena... Elena, il ne pensait qu'à elle et au petit qui était en elle, prêt à sourire au monde. Les gens comprirent que Ludo ne guérirait pas facilement de sa femme et ils en eurent encore plus pitié. Et voilà qu'un jour, sans avertir personne, Ludo abandonna ses bêtes et disparut.

Un matin, les journaux annoncèrent avec de gros titres qu'un industriel de Bastia avait été sauvagement assassiné dans sa maison et que le meurtrier avait logé dans le ventre du malheureux une paire d'oreilles de sanglier. Au café Alberti où l'un des clients lut l'article à voix haute, on fit tout de suite le rapprochement avec Ludo, mais nul ne songea à le blâmer. Chacun se disait qu'à sa place...

À leur tour, les gendarmes parvinrent à la même conclusion. Ils découvrirent le cadavre mutilé du solitaire, quadrillèrent la région, fouillèrent le maquis, les montagnes. En vain. Lorsqu'on les interrogeait à propos de Ludo, les gens répondaient comme s'ils s'étaient donné le mot que le pauvre bougre avait dû se jeter dans un précipice ou dans la mer. Cependant, la nuit, après que le café Alberti eut clos ses volets, des portes s'ouvraient et des ombres déposaient contre un mur un paquet bien ficelé ou une cruche. Au bout de quelques semaines, lassés de ne rien trouver, les gendarmes imaginèrent que l'assassin avait traversé la Méditerranée en direction de la France ou de l'Italie. Ils plièrent armes et bagages, mais avec un peu trop d'ostentation pour les villageois, qui flairèrent une ruse. Aussi continuèrent-ils à semer leurs paquets et leurs cruches.

Un soir, alors qu'il fumait un cigare sur le pas de sa porte, Gilles Calni s'entendit interpeller : « Monsieur le Député, c'est moi, Ludo... » Plus tard, lorsqu'il regagna sa chambre dans l'obscurité pour ne pas réveiller sa servante, Gilles Calni souriait : dans quelques semaines lui serait donné l'occasion de parachever le travail de plusieurs années. Il allait s'attacher à jamais la reconnaissance d'Antisanti, de Casavecchie et des villages avoisinants : après l'argent qui achetait la raison, le geste qui liait les cœurs.

Ce matin-là, au cimetière, après le départ du député, Ludo dénicha dans le bac à fleurs qui ornait la sépulture des Calni une enveloppe de papier brun. Sans l'ouvrir, sans même la nettoyer de la terre qui y adhérait, il la glissa entre peau et chemise et se sauva. Le 21 avril 1942, alors que Laval revenu au pouvoir sous la pression des Allemands promettait à la France de l'intégrer dans l'ordre européen créé par l'Allemagne, le *Folcone di Maria*, un bateau de pêche italien qui se livrait à la contrebande débarqua sur une petite plage proche de Cap-d'Ail son chargement, le laissant à la garde d'un homme coiffé d'un béret. C'était par une de ces nuits de crachin où l'on ne voyait pas à deux pas et où les gendarmes et les douaniers préféraient bavarder à l'abri de leur poste plutôt que de se tremper les os en vadrouillant sur les rochers. Quelques minutes après, un camion bâché emportait les caisses le long de la grande corniche. Au côté du conducteur, l'homme au béret fixait la route faiblement éclairée par des phares voilés sans daigner prononcer un mot. Son visage mince et doré, taillé comme un silex, dissuadait le chauffeur de lui poser des questions.

Madame Yvette ouvrit les yeux avec l'impression que sa tête éclatait. La veille, elle avait forcé sur le champagne et le cognac. Elle savait bien qu'elle ne devait pas se laisser entraîner à boire, mais c'était plus fort qu'elle, un verre suivait l'autre. Et puis, il fallait bien accompagner la clientèle, les Français surtout, qui levaient le coude plus souvent que les Allemands. Elle resta quelques minutes encore au lit avant de faire sa toilette et, comme chaque jour à son réveil, de subir l'épreuve de la glace. Mon dieu, où était donc cette jolie jeune fille qui vendait des bonbons sur les marchés parisiens, que l'on surnommait la « fille bonbons », et dont les yeux verts avaient séduit plus d'un garçon et rendus fou le fringant Salvatore Altimonte au point de l'arracher aux bras de la Lionne des Marchés ? Ce masque bouffi, ces paupières alourdies, ces chairs flasques, ces lèvres réduites à une ligne et qu'elle s'évertuait à épaissir de son bâton de rouge, était-ce bien elle, Violette Sarrazin ? Elle avait beau se maquiller, s'asperger de parfums dispendieux, s'enrober d'étoffes rares, adopter des manières de grande dame, l'inexorable dégradation de ce corps dont jadis elle s'enorgueillissait se poursuivait. Seul l'éclat de son regard en était préservé : ses yeux vert jade émergeaient de ce naufrage comme deux phares. Si au moins elle avait pu espérer de l'amour, mais là encore sa vie était pareille à un désert traversé de mirages. Soit qu'elle les effrayât par son caractère autoritaire, soit qu'elle les jugeât peu dignes de partager son existence, les hommes ne l'approchaient qu'à travers des courtisaneries dont ils attendaient en retour de menus privilèges. Elle avait cinquante-huit ans, un âge, songeait-elle avec mélancolie, où une femme aspire à un bonheur tranquille auprès de son compagnon. Il lui restait l'argent.

La sous-maîtresse frappa à sa chambre pour lui annoncer un visiteur. « Un drôle d'oiseau qui sent à plein nez sa campagne », précisa-t-elle avec une moue de dégoût. Lorsqu'elle fut prête, Madame Yvette reçut l'homme dans son bureau. Il était gauche, sec comme un nerf de bœuf, vêtu comme un bouseux, empestait la chèvre ou le mouton, peut-être bien les deux à la fois. Il tendit une lettre à la tenancière et dit : « Je m'appelle Ludo. » Madame Yvette décacheta la lettre et la parcourut. Puis elle considéra à nouveau le garçon et haussa les épaules. Drôle d'idée qu'avait eue le député Gilles Calni de lui adresser ce berger. Qu'allait-elle en faire ? Bah, elle verrait ça plus tard. Pour l'instant, un bon décrassage et des vêtements moins ridicules s'imposaient. Elle sonna la sous-maîtresse et lui donna ses instructions : « Et surtout, insista-t-elle, débarrassez-le de cette horrible odeur de bouc ! »

En quelques jours, Ludo devint présentable. Il portait un costume sombre finement rayé, une chemise à large col d'un blanc immaculé et un chapeau élégamment cabossé. L'odeur de son troupeau l'avait quitté ou presque. La sous-maîtresse n'avait lésiné ni sur la brosse ni sur le savon. Il avait cependant un défaut, à moins que ce ne soit, pensait Madame Yvette, une qualité : il ne souriait à personne et ne se mélangeait ni aux clients ni aux filles – dont certaines d'ailleurs le trouvaient fort à leur goût. Ce nouveau venu dans la maison ne manqua pas d'être remarqué par le commissaire Debrousse et Georges de Montazille, mais Madame Yvette affirma qu'elle répondait de lui : elle entendait l'utiliser pour « vider » les indésirables.

Ludo s'acquitta avec sérieux de sa tâche. Il avait une façon de s'occuper des fauteurs de troubles qui les décourageaient de toute récidive. Cela tenait à sa force, mais probablement davantage à son expression dure, un peu, se dit Madame Yvette, comme un silex taillé. Ludo travaillait et ne demandait rien, ni salaire ni récompense. Il ne sortait que pour aider le cuisinier à rapporter les provisions, et depuis quelque temps pour accompagner Madame Yvette. Elle s'était mise en tête de disposer d'un garde du corps et celui-ci lui convenait parfaitement : il parlait peu, se pliait à toutes ses volontés et l'attendait sans broncher autant que nécessaire. Les filles observèrent que leur patronne mettait plus souvent le nez dehors et qu'elle accordait encore plus de soins à son maquillage et à ses toilettes. Elles chuchotèrent entre elles et se demandèrent si Ludo n'y était pas pour quelque chose.

Chapitre IX

Juin 1942 – Paris

Antoine pestait. Depuis quelques semaines, il ne recevait plus d'ordres de mission, comme si on se méfiait de lui ou qu'on voulait le tenir à l'écart. « Là-haut, lui avait-on donné à entendre, on cherchait à calmer le jeu à cause des otages qui étaient ramassés et fusillés en représailles. Alors, Antoine explosait : il fulminait contre la présence des Boches, l'approvisionnement de plus en plus difficile et coûteux, les tickets de rationnement, les marchés qui se vidaient de leur substance quand on ne s'abstenait pas de les monter. Il en avait aussi après l'indiscipline de certains commerçants qui prétendaient ne plus avoir de comptes à rendre à un syndicat moribond. C'était l'heure de la grande débrouille, du chacun pour soi, du marché noir ; pour arranger le tout, sa jambe mécanique faisait des siennes et le moteur du camion à gazogène choisissait son moment pour des caprices. Antoine avait passé des heures à décrasser le véhicule, à le bichonner et à lui susurrer des encouragements comme à un cheval de trait vieillissant. Madeleine se résignait à ces orages d'homme, à ces coups de gueule qui le libéraient de son trop-plein : c'était la guerre avec ses familles disloquées, ses veuves, ses mères en noir. Et elle, ne contenait-elle pas sa peine ? N'attendait-elle pas des nouvelles de son fils Pascal, guettant dans la cage d'escalier le passage du facteur ? « Non, madame Lebally, désolé, toujours rien pour vous... » Parfois, le cœur battant, elle remontait avec une lettre, une maigre enveloppe fatiguée d'avoir été ouverte, recollée, triturée, décortiquée par la censure. Et malgré cela, Pascal avait réussi à leur apprendre qu'il travaillait en Poméranie. « Pauvre garçon », songeait Madeleine tout en bénissant le Seigneur d'avoir épargné son enfant. Et Thomas, ce grand benêt, s'imaginait-il qu'elle n'avait pas compris ? Cela crevait ses yeux de mère. Elle souriait de ses précautions, de ses ruses : « Va mon bonhomme, va, je t'ai fait, décrotté et mouché, tu es la chair de ma chair et je te connais bien mieux que tu pourrais te connaître toi-même. » Et Madeleine s'oubliait dans ses pensées ; elle se revoyait aux premières années de son bonheur : comment, sinon, supporter cette vie d'angoisse ?

Ce matin, Antoine pestait contre la dernière trouvaille de Vichy, l'étoile jaune. Quoi, voilà qu'on voulait marquer les juifs comme du bétail ! N'était-ce pas assez de les priver de leurs emplois, de leurs commerces. Quelle honte pour la France, si belle, si généreuse, que ce gouvernement qui allait au-devant des ordres des occupants et s'abandonnait à tant de bassesses ! La veille, Antoine avait dit à Schoumaremserski en frappant du poing sur la table : « Il n'y aura pas d'étoile chez moi ; ici, nous ne comptons que des êtres humains. » Et Robespierre avait souri. Non qu'il ait eu la moindre intention de coudre cette étoile sur sa poitrine, mais la colère d'Antoine était pour lui comme un soleil qui se levait sur un paysage grisâtre : sa France, celle de ses rêves d'enfance, celle de ses espérances, vivrait toujours. Et il se souvint de cette citation de la Bible qu'aimait à lui rappeler son père pour l'inciter à se maintenir dans le droit chemin : « Quand bien même il ne demeurerait dans cette cité qu'un seul juste, je l'épargnerai tout entière… Ainsi Dieu avait-il parlé à Abraham avant que sa colère ne se déchaînât et ne réduisît en cendres Sodome et Gomorrhe, les deux villes dévoyées. »

« Allez zou, on y va ! » Antoine venait de donner un bon coup de manivelle au moteur et, contre toute attente, celui-ci avait ronronné sans fausse note. Les deux hommes grimpèrent dans la cabine et roulèrent vers Crépy-en-Valois, distante d'une soixantaine de kilomètres. Aux termes d'un accord conclu avec un paysan, ils devaient y enlever un chargement de fruits et légumes et une quantité de sucre provenant des cultures betteravières, nombreuses dans la région.

Le camion roulait à une allure modérée sur une route mal restaurée après les bombardements. À plusieurs reprises, Antoine dut s'arrêter à des barrages, les uns tenus par des gendarmes français qui tentaient d'endiguer le marché noir, les autres par des Allemands qui cherchaient à empêcher la circulation des armes et des résistants. Le dernier contrôle fut particulièrement éprouvant : les Allemands, après avoir vérifié les papiers d'Antoine, s'attardèrent sur ceux de Robespierre, des documents falsifiés au nom de Pierre Maressois, né le 28 avril 1917 à Orléans. Le soldat triturait la carte d'identité d'un air soupçonneux. Il ordonna aux deux hommes de descendre et fouilla le camion vide, enfonçant sa dague dans les interstices du plancher cependant que derrière s'allongeait la file des véhicules. Finalement, il leur rendit les papiers et leur fit signe de déguerpir. Ils remontèrent dans la cabine sans manifester d'empressement. Un bon moment, l'image du militaire resta fixée sur le rétroviseur. « J'ai eu chaud, dit Robespierre, je crois qu'il se doutait de quelque chose. » Tout à ses pensées, Antoine ne répondit pas. Durant ces quelques minutes, son intelligence, son énergie s'étaient trouvées accaparées par l'idée qu'il ne se laisserait pas emmener par les Boches. Il aurait dénoué sa jambe mécanique, saisi le revolver qui y logeait et tiré. « Jusqu'à la dernière cartouche », s'était-il dit. Il admettait toutefois – à présent que le danger s'était écarté – que cela aurait été stupide. « Tu es trop impulsif, lui reprochait souvent Adélaïde, laisse venir, il sera toujours temps de riposter... » Mais il n'y pouvait rien, c'était son caractère, une personnalité à l'emporte-pièce qui ignorait les concessions et lui avait valu des frictions avec certains de ses collègues, aux heures glorieuses du syndicat, lorsqu'il s'avisait de forcer les décisions.

Ils parvinrent en fin de matinée à la ferme et furent assaillis par un couple de molosses au poil noir qui se ruèrent avec des aboiements sauvages sur le camion et le griffèrent jusqu'à ce que la voix puissante de leur maître les obligeât à se replier. Le paysan, la soixantaine solidement charpentée, fut soulagé de les voir arriver. « Les Allemands multiplient les réquisitions, leur dit-il, j'ai beau posséder les autorisations nécessaires, on ne sait jamais avec eux... » Il déboucha une bouteille de rouge qu'il tenait au frais dans le puits et conduisit ensuite ses visiteurs vers une remise préservée du soleil par le feuillage d'un bouquet d'arbres. En traversant la cour que formaient les bâtiments disposés en carré, Antoine ne put s'empêcher de regarder avec envie la volaille qui s'ébattait librement et les cochons qui se bousculaient autour d'une auge. « Cela fait du bien d'entendre ces bruits, de sentir ces odeurs », confia-t-il avec émotion au fermier.

Sous une toile s'empilaient des cageots de fruits et légumes et une demi-douzaine de sacs de sucre. « Tout est là ! » dit le paysan. Antoine lui mit dans la main une liasse de billets : « Vous ne les comptez pas ? » s'étonna-t-il en constatant qu'il les empochait sans y jeter un coup d'œil. « Nous sommes de revue », lui répondit l'homme avec un haussement d'épaules. Lorsqu'ils eurent chargé la marchandise, le fermier y ajouta une boîte à chaussures : deux douzaines d'œufs y couchaient dans un lit de paille... « Pour votre femme, ils sont de ce matin », précisa-t-il.

Ils reprirent la route vers Paris. Par moments, quelques nuages glissaient avec nonchalance sous le ciel bleu et voilaient le soleil. Le barrage allemand qu'ils appréhendaient de repasser avait été levé. Ils furent cependant arrêtés aux abords de la capitale par des gendarmes français qui s'appesantirent sur l'examen des documents. L'un d'eux s'extasia sur la quantité de sucre ; il palpait avec convoitise les sacs et laissait entendre qu'il ne serait pas insensible à un geste. Antoine ne broncha pas malgré l'insistance du fonctionnaire qui achevait l'inspection en traînant les jambes et les mains. « Vos papiers sont en règle », dit l'officier qui commandait le poste, louchant lui aussi sur le sucre. Sans un mot, Antoine rabattit les portes du camion et, suivi de Robespierre, grimpa dans la cabine.

Tandis qu'ils repartaient, Robespierre s'exclama avec un sifflement d'admiration : « Tout de même, patron, vous n'avez pas froid aux yeux ! » Antoine sourit : une fois de plus, il n'avait rien cédé, mais n'avait-il pas eu tort de brusquer les gendarmes ? Il aurait suffi d'un rien pour que les choses tournent mal. Non, décidément, il lui faudrait se contenir s'il voulait arriver libre et vivant au bout de cette guerre. « L'ennui, se dit-il, c'est que je suis une vraie tête de bois. »

Rue Mandar, Antoine et Robespierre remisèrent la marchandise dans la cour puis, aidés de Madeleine et un peu plus tard d'Adélaïde venue les visiter, ils emportèrent une partie du sucre destinée à la vente du lendemain après-midi sur le marché de Breteuil. Dans la soirée, Thomas les rejoignit et ils dînèrent ensemble. La voix chaude d'Antoine emplissait la salle à manger. Il racontait avec volubilité les péripéties de la journée. Adélaïde l'observait avec curiosité : à cinquante-trois ans, Antoine paraissait la vivante ébauche de Pierre Dechaume, son père. Il lui manquait cependant cette distinction, cette élégance naturelle qui avait fait tourner plus d'une jolie tête, et d'abord la sienne. Mais Antoine avait hérité de l'avocat cette force de persuasion qui avait porté l'homme, encore jeune, du prétoire à la députation. Parfois, Adélaïde se demandait comment réagirait son fils s'il apprenait la vérité sur sa naissance. Elle le croyait capable de traiter la nouvelle avec désinvolture. Il n'aimait ni s'attarder sur le passé ni jardiner dans l'avenir. Seul lui importait cet espace entre l'instant présent et le futur immédiat, parce que propice à sa vision des événements et à l'action. Le reste, affirmait-il volontiers, appartenait à Dieu ou au diable.

Les heures s'écoulaient et il fallut songer bientôt au couvre-feu. Thomas et Ropespierre raccompagnèrent Adélaïde rue Montorgueil puis ils prirent la rue Réaumur en direction du boulevard Sébastopol. Thomas, pensif, gardait le silence et répondait par des hochements de tête à Robespierre qui l'entretenait du livre qu'il lisait. Depuis le début de la guerre, les restrictions rendaient moins fréquentes les sorties au marché et il occupait son temps libre à s'instruire. En ce moment, il s'intéressait à la philosophie de Kant dont il avait déniché un ouvrage chez un bouquiniste des quais. Il en avait retenu une maxime qui lui revenait à la manière d'une obsession : « Agis de telle sorte que la maxime de ton action puisse être érigée en règle universelle. » « Il n'a rien inventé, affirma Thomas, désabusé. L'humanité, si on peut appeler ainsi ce grand foutoir universel, produit depuis des siècles des grands principes qui n'ont jamais empêché les gens de s'entr'égorger. Ce qui est remarquable, c'est que plus la philosophie progresse et plus l'humanité régresse. Dame, cela se comprend, chacun l'accommode à sa sauce. Veux-tu que je te dise, Schoum, nous sommes d'indécrottables barbares, nourris dès notre plus jeune âge de haine et de violence quand elles ne sont pas déjà inscrites en nous... » Robespierre considérait avec étonnement Thomas : était-ce ce même garçon qui naguère le rejoignait dans sa mansarde pour lui communiquer son espérance des hommes ? Le doux rêveur convaincu que le monde était comme une pâte à modeler, qu'était-il devenu ?

Ils avaient atteint la rue Saint-Denis. Thomas et Robespierre ne la connaissaient que trop : elle s'étendait à gauche et à droite de la rue Réaumur, avec sa multitude de meublés où voisinaient des familles d'ouvriers et des prostituées, ses hôtels borgnes, ses enfilades de cours, ses passages chichement éclairés, ses façades noires, craquelées sinon fissurées, ses fenêtres de guingois et ses pignons mal en point. Le jour, lorsque s'ouvraient les maisons de bonneterie en gros autrefois prospères, les détaillants couraient d'un établissement à l'autre à la recherche de quelque article, fût-il démodé, pour un de leurs clients disposé à en payer le prix. Derrière un comptoir, on apercevait l'expression soucieuse d'un visage, sans doute celle d'un juif qui fixait la rue comme dans l'attente d'une nouvelle calamité : après le statut particulier, le recensement et l'humiliation de l'étoile jaune, l'existence physique des juifs paraissait désormais en sursis. Et cela, ni Thomas ni Robespierre ne l'ignoraient. Après la déportation des juifs allemands, le massacre des communautés polonaise et russe, pourquoi les nazis épargneraient-ils les juifs de France ? La nuit, la rue Saint-Denis baignait dans une atmosphère différente : des batteries de filles occupaient le trottoir, chacune sur son bout de territoire, attentive à ne pas empiéter sur celui de ses consœurs, un découpage minutieux où chaque devanture de boutique, chaque porche, chaque angle avaient dû faire l'objet d'âpres palabres. À l'essaim qui se formait autour d'elles, les filles offraient un ventre et une jambe nus, une bretelle de robe tombante, juste assez pour fouetter un sang déjà vif. Et tout ceci sous la surveillance attentive d'un proxénète, identifiable à sa dégaine, qui calculait le rendement de son cheptel.

Thomas saisit par le bras Robespierre : « Allons-y ! » dit-il sur un ton de défi qui s'adressait plus à la rue qu'à son compagnon. Robespierre protesta : l'heure du couvre-feu approchait, il préférait rentrer. Mais déjà Thomas le poussait. Ils traversèrent la foule : permissionnaires allemands qui commentaient crûment la passe, miliciens en uniforme qui rivalisaient de plaisanteries salaces, simples civils tourmentés par un excès de solitude. Tous, sous des dehors effrontés ou timides, soupesaient les formes, supputaient leur plaisir.

Thomas avait envie de cracher sur cet indécent maquignonnage : il avançait tête haute, les épaules rejetées en arrière, ivre d'une force intérieure, épris de pureté. Il méprisait les Allemands, les miliciens, cet amalgame d'hommes assoiffés de bestialité. Robespierre s'efforçait d'égaler son pas, il avait l'impression de suivre un archange. Un peu plus loin, à hauteur de la rue Greneta, un attroupement s'était constitué : un jeune milicien, blond, les cheveux plaqués, les lèvres minces et les yeux haineux invectivait un Arabe d'une trentaine d'années qui prétendait monter avec l'une des filles que tous deux attendaient, sous le prétexte naïf que c'était son tour. Le Maghrébin prenait l'assistance à témoin. Indifférent au fait qu'elle lui était hostile, il lui racontait qu'il était un goumier démobilisé et qu'il avait le droit pour lui puisqu'il était là le premier. Il n'en démordait pas, sans toutefois perdre son calme lorsque des curieux tournaient en dérision son français approximatif. Excité par ses camarades le milicien brandissait un couteau dont la lame luisait dans la clarté d'un lampadaire placé juste au-dessus. « Alors, l'Arbi, qu'est-ce que tu en dis ? Je vais te faire grimper sur ton djebel, et dare-dare... » Thomas se raidit. La partie lui semblait par trop inégale : cet Arabe dont personne ne prenait la défense avait servi la France quand ce coquelet la déshonorait en singeant l'occupant. Mais il n'eut pas à intervenir, une lame dépolie avait jailli dans la main du goumier et frappé l'épaule de son adversaire qui vacillait, la chemise ensanglantée. Profitant de la stupeur des badauds, le Maghrébin bondit hors du cercle, poursuivi par un groupe de miliciens.

« Filons ! » cria Robespierre. Des coups de sifflet striaient l'air et se mélangeaient aux hurlements. Une houle irrésistible animait la foule : elle avançait, refluait, tourbillonnait, s'immobilisait brusquement sans qu'on en sache la raison, puis repartait. Des coups de feu retentirent, et, durant quelques secondes, la marée se coucha ou se colla aux murs avant de se remettre, avec autant de désordre, en mouvement. Thomas et Robespierre galopaient dans la rue Greneta où, dans un coin, les miliciens se livraient à un véritable lynchage sur le goumier qu'ils avaient rattrapé. À une hésitation de Thomas,

Robespierre sentit que son compagnon risquait de se jeter dans la mêlée. Il l'accrocha solidement par le bras. À l'extrémité de la rue, une patrouille allemande venait de s'engager, ramassant hommes et femmes sur son passage. Thomas et Robespierre essayèrent de pousser quelques portes : toutes étaient verrouillées. Là-haut, des volets claquaient précipitamment. Les deux jeunes gens tentèrent de rebrousser chemin, mais de l'autre côté également les Allemands ratissaient. « Fichu ! » grogna Thomas. Bien que ses papiers fussent en règle, il n'était pas tranquille et craignait d'être identifié. « Thomas ! » appela Robespierre. Une porte cochère venait de s'entrouvrir. Ils s'y glissèrent. Tandis qu'elle se refermait, le martèlement de bottes se rapprocha et les dépassa. Ils restèrent encore un moment sans bouger puis, quand rassurés ils se retournèrent, ils virent une jeune fille, un doigt sur les lèvres…

« … Mes ancêtres paternels, les Lentini, étaient des Siciliens de Catane, à l'époque un petit port au pied du flanc sud de l'Etna. Ils vivaient de la pêche et de son industrie. C'étaient des gens modestes attachés à ce qui les avait vus naître, habitués aux colères du volcan. Une année, en 1669, une coulée de lave submergea la ville. Les Lentini s'accrochèrent à leurs ruines et n'eurent de cesse que leur maison fut rebâtie. Vingt-quatre ans plus tard, le port reconstruit sur la lave avait prospéré et la population s'était en grande partie embourgeoisée, lorsque se produisit un violent tremblement de terre. En quelques instants, les Lentini y perdirent leurs biens et leur vie, à l'exception de Giuseppe, un garçon de vingt ans qui se trouvait sur un bateau de pêche au moment du cataclysme. Après avoir pleuré et enterré les siens, il se résolut à rejoindre son oncle à Nizza, Nice.

Grâce à Giuseppe, les Lentini se reconstituèrent. Certains retournèrent en Sicile, d'autres essaimèrent tout au long de la Botte italienne. La branche aînée, elle, demeura à Nice. En 1860, après le rattachement de Nice à la France, les Lentini s'établirent successivement à Marseille, Aix-en-Provence et Avignon. Puis ils remontèrent le Rhône jusqu'à Lyon où, sans doute à l'issue d'une erreur de transcription, ils perdirent un i et devinrent des Lentin. Mon grand'père Léonard Lentin, maître maçon, débarqua à Paris en 1899 et travailla sur le chantier de l'Exposition universelle qui devait être inaugurée par le président Émile Loubet… »

Elle s'appelait Paulette Lentin. Elle avait le teint clair, de grands yeux noisette, un front large que marquait comme une perpétuelle interrogation un pli, et des lèvres pleines comme des cerises. Thomas aimait son regard parfois doux, parfois farouche, le timbre légèrement métallique de sa voix et sa manière si simple de raconter. C'était elle qui leur avait entrouvert la porte. « J'étais penchée à la fenêtre et je vous ai vus, vous et votre ami, au milieu de la foule tandis que des deux côtés de la rue les Allemands avançaient. Alors j'ai dévalé les deux étages… – Pourquoi nous ? » avait demandé Thomas. Paulette avait haussé les épaules sans répondre puis elle avait repris . « J'aurais peut-être ouvert à d'autres ; enfin, pas à n'importe qui », corrigea-t-elle avant de disparaître dans l'escalier.

Thomas était ensuite revenu seul rue Greneta. Il lui fallut une semaine avant de la revoir. Elle filait avec un paquet de blouses qu'elle et sa mère cousaient pour des commerçants. Quand elle se rendit compte qu'il la suivait, elle pressa le pas puis se retourna, farouche. « Il faut me laisser ! » s'écria-t-elle. « Je tenais à vous remercier », dit Thomas. Elle répliqua : « Vous ne me devez rien ! » Et elle le planta là. Il revint les autres jours, patient, obstiné ; elle se sauvait toujours, l'air moins farouche et toujours rougissante. Il n'avait pas encore compris qu'il lui plaisait, qu'elle cherchait à se défendre contre ce sentiment naissant. Il coulait encore en elle de ce sang sicilien, farouche et passionné, celui des Lentini qu'elle s'efforçait de faire taire parce qu'il la rendait vulnérable.

Chapitre X

Juin 1942 – Uriage

Cédric boucla sa valise et, le cœur étreint par l'émotion, s'assit sur le bord de son lit. Une dernière fois, il voulait s'imprégner de cette chambre à présent désertée qu'il avait, quatre années durant, partagée avec les mêmes camarades. Il avait laissé, fixé au-dessus de son chevet, un dessin aux couleurs passées, une maison entourée d'arbres avec une cheminée qui fumait et, devant la porte ouverte, une femme aux cheveux jaunes et bouclés qui tendait les bras à un petit bonhomme. De quand datait-il ?

En bas, il entendait des voix familières se saluer et le crissement des pneus sur la terre sèche semée de cailloux. Depuis trois jours, le collège Saint-Pierre d'Uriage se vidait pour les grandes vacances. À la fin de la semaine, il n'y resterait plus que les Amodru, les gardiens, un couple de paysans qui veillaient sur le collège comme s'il se fût agi de leur propre bien. Dès son arrivée à Saint-Pierre, les Amodru avaient manifesté à Cédric leur sollicitude : le mari, d'ordinaire bourru avec les pensionnaires, s'adoucissait lorsqu'il s'adressait à lui ; l'épouse, haute de taille, le menton en galoche, prenait grand soin de son linge et, à l'occasion, lui glissait quelque gâterie. « Cachez vite cela, monsieur Cédric, je me ferais gronder... »

Cédric aimait le visage tanné de la vieille femme, ses mains fines traversées par le relief des veines. Il aimait aussi ses yeux lavande indulgents comme ceux d'une grand'mère. Parfois, lorsque tout était endormi mais que lui ne parvenait pas à trouver le sommeil, elle s'approchait de son lit et posait ses lèvres sur son front, comme si elle comprenait combien, cette nuit-là plus que d'autres, il souffrait de sa solitude et à quel point sa mère lui manquait. Elle et son mari savaient-ils ? En avaient-ils été informés dès le premier jour par le principal, l'austère père Hébréard, ou par les journaux de l'époque ? Quoi qu'il en soit, il semblait à Cédric que quelque chose de particulier les liait, les Amodru et lui, quelque chose qui n'avait pas besoin d'être exprimé. Il songeait qu'avec Maxime, son père, ils constituaient le maillon le plus solide de sa jeune existence.

Par la fenêtre, Cédric apercevait les sommets des Alpes qui se chevauchaient. Il connaissait la plupart de ces pentes, des lieux d'excursion ou plus rarement de pique-niques derrière la charrette du père Amodru, chargé du transport des victuailles et aussi du ramassage des traînards. Qui n'avait, ne serait-ce qu'une fois, simulé l'épuisement pour le seul plaisir de se jucher auprès du vieil homme qui, en grognant pour le principe, prêtait les rênes ? Cédric ne retournerait plus à ces montagnes. À la rentrée prochaine, il irait au lycée Condorcet à Paris. Ainsi en avait décidé Maxime. « Je me fais vieux, lui avait-il dit doucement, j'aimerais t'avoir auprès de moi. Et puis, avait-il ajouté pour le consoler de ce déracinement, Condorcet est l'un des meilleurs établissements de la capitale... » « ... J'eusse préféré, avait écrit le père Hébréard au sculpteur, que Cédric fût inscrit au collège Stanislas qui lui aurait assuré un enseignement dans la continuité de Saint-Pierre d'Uriage. Mais enfin, puisque telle est votre volonté... » Plus loin, il avait poursuivi de cette écriture que l'âge faisait légèrement trembler : « C'est un garçon extrêmement sensible, à l'intelligence vive, hélas profondément blessé par la disparition prématurée de sa mère. Mais je le pressens apte à s'ouvrir aux autres et, qui sait ? à marcher un jour sur les traces de son illustre grand'père, le député Pierre Dechaume. Dieu veillera sur cet enfant. »

Cédric vit arriver dans la cour la traction avant noire capitonnée de cuir de son père que conduisait son chauffeur et remarqua la banquette arrière sans passager : Maxime était trop fatigué pour entreprendre ce voyage, il le savait par une lettre reçue deux jours auparavant. Cédric se prépara en traînant. Il avait envie de pleurer et tentait d'y résister. Que diable, il avait quatorze ans, l'âge d'homme. Il s'efforça de figer ses larmes, mais elles débordèrent.

Il entendit frapper à la porte et la voix redevenue bourrue de M. Amodru lui annonça qu'on l'attendait. Les Amodru, gauches et visiblement bouleversés, se tenaient sur le seuil. Le mari cherchait ses mots sans parvenir à les assembler. Il finit par bredouiller qu'il espérait que M. Cédric leur écrirait puis s'exclama : « Donnons-nous la main, comme il convient à des hommes ! » Mais sa voix se lézardait et il se hâta d'empoigner la valise et de descendre.

« Vous allez bien nous manquer, monsieur Cédric, soupira Mme Amodru, nous nous étions habitués à vous, un peu comme si vous étiez… notre petit-fils. » Il se jeta dans ses bras et cette fois ne tenta pas de se contenir. Tandis qu'il hoquetait dans son giron, elle lui caressait la tête : « Il ne faut pas, monsieur Cédric, nous nous reverrons… » Elle n'y croyait pas vraiment, à cause de la distance, de la guerre et aussi de leur monde respectif. Elle pleurait également : « Suis-je bête ! » s'écria-t-elle en se détachant du garçon. Elle lui remit dans un panier des bocaux de miel, de confiture de fraises et d'abricots, ainsi qu'un gros pain d'épice aux noix qu'elle avait confectionné la veille. Il l'étreignit à nouveau. Il aurait tant aimé lui dire : « Merci, grand'mère. » Mais il ne réussit qu'à articuler : « Merci pour tout, pour votre gentillesse », et il se sauva. En bas, il fit ses adieux au père Hébréard et aux rares professeurs encore présents puis, avant de monter dans la voiture, il leva son regard vers la fenêtre de sa chambre : Mme Amodru était là, immobile avec son visage tanné, son menton en galoche et ses yeux lavande. Elle lui sembla tout à coup plus petite, comme tassée. Alors, il cria : « Au revoir, grand'mère ! » Et il monta précipitamment dans la voiture que referma M. Amodru. Cependant que la traction avant s'éloignait, le vieux paysan se mouchait en grommelant : « Maudit rhume des foins… »

À Paris, Cédric retrouva son père dans le nouveau logement de la rue Moncey, un hôtel particulier de deux étages, nanti en son arrière d'un espace de verdure ceint de hauts murs tapissés de lierre. L'atelier de Maxime, une vaste pièce éclairée par une verrière, s'ouvrait sur un massif de roses odorantes auxquelles un gros tilleul en fleur mêlait son parfum. Cédric qui n'avait pas revu son père depuis les vacances de Pâques fut frappé par sa métamorphose : entre les moustaches à la gauloise, blanchies mais toujours fournies, le visage considérablement amaigri se creusait de sillons et les yeux, rougis comme d'avoir pleuré, s'enfonçaient davantage dans leurs orbites. Ses vêtements trop amples lui conféraient un aspect de fragilité. Seules les mains tachetées de brun semblaient conserver leur puissance. Cédric sentait chez son père une infinie lassitude. Il savait que Maxime, déjà affecté par une trop longue solitude, ne supportait pas l'Occupation. Bien que les Allemands lui eussent témoigné jusque-là une grande déférence, il répugnait à les côtoyer et s'abstenait de répondre à leurs invitations. Ainsi avait-il décliné la proposition du capitaine Walter Konrad Stauchmann, un admirateur, qui souhaitait consacrer une exposition à son œuvre. Stauchmann n'avait rien laissé paraître de sa déconvenue : il considérait qu'à l'instar d'autres artistes de renom Maxime Lecoutrec finirait par lui manger dans la main. C'était une question de temps, et le temps, pensait l'élégant capitaine, jouait en faveur de la volonté allemande.

Cédric s'installa au second, dans la chambre que lui avait fait préparer Maxime et dont les fenêtres surplombaient le jardin. Parfois, lorsqu'il s'y penchait, il apercevait son père qui profitait d'une pause pour allumer sa pipe. Il s'asseyait à l'ombre du tilleul ou marchait à pas lents, le dos voûté et le regard lointain. Peut-être songeait-il à cette femme, cette épouse qu'il avait tant aimée, à sa mère à lui, Cédric. La maison tout entière attestait de cet amour, de ce refus d'oublier Agathe. Elle était présente dans chacune de ces statuettes, de ces bustes qui meublaient le vestibule, le salon, les niches. Mais à cette femme de pierre, à ces yeux aveugles, Cédric préférait la mère logée dans son cœur et sa mémoire, jeune, souriante avec ses cheveux, boucles de soleil au vent, et ses yeux qui réfléchissaient un ciel de printemps. Il se souvenait de cet incendie, six années auparavant, au collège Saint-Joseph. Il y avait assisté avec ses camarades, fasciné par les flammes qui léchaient les murs et les étincelles qui s'en détachaient, sans se douter que sa mère y était prisonnière. Il n'avait pas compris pourquoi ces chuchotements autour de lui, ces coups d'œil apitoyés. Certes, avant de se coucher dans l'appartement du directeur – encore un traitement de faveur –, il avait réclamé sa mère. « Elle viendra plus tard », lui avait-on dit, sur un ton de commisération qui aurait dû l'inquiéter. Mais quoi, une mère n'était-elle pas par essence indestructible, éternelle ?

Au milieu de la nuit, Maxime l'avait emporté, roulé dans une couverture, ensommeillé. Et ce n'est que le lendemain, à son réveil, en appelant « maman », qu'il avait appris. « Ta mère est partie pour un long, très long voyage, lui avait dit doucement son père, mais nous continuerons à l'aimer comme si elle était toujours auprès de nous. » Davantage que les mots, c'étaient la voix rompue et le visage ravagé de Maxime qui lui avaient fait réaliser qu'il ne reverrait plus jamais Agathe. Ainsi donc, une mère pouvait mourir, abandonner son enfant ?

Ce fut une blessure profonde, une amputation, de celles qui présentent une apparence de cicatrisation mais demeurent vives à l'intérieur. Un rempart venait de s'affaisser et le livrait nu aux intempéries de l'existence, même si Maxime ne devait cesser de veiller sur lui. Les années s'écoulaient, Cédric grandissait et le sentiment d'avoir été injustement frappé taraudait son esprit. Il égalait à présent son père en taille et tenait de lui sa puissance de travail. Il supplantait dans la plupart des matières ses camarades de classe et se montrait curieux de l'évolution sociale des hommes. De sa mère, il possédait la détermination, le regard, les boucles blondes et cette intelligence dont l'acuité quasi instinctive le guidait dans ses rapports avec autrui.

Souvent, au cours de sa scolarité à Saint-Pierre d'Uriage, Cédric s'était interrogé sur les circonstances de la mort de sa mère au collège Saint-Joseph où elle enseignait le dessin. On lui avait rapporté qu'elle était descendue dans la cave avec une lampe et que sans doute elle avait glissé. Mais son imagination de gamin préférait vagabonder, parer Agathe d'un rôle héroïque... Or, il avait maintenant quatorze ans, l'âge de comprendre, de chercher la vérité, estimait-il. Et peu à peu lui revenaient des bribes de conversations entre sa mère et sa tante Florence où il était question d'un imposteur qui s'était approprié la maison du grand'père Dechaume. Ah, cette maison, ce palais de légende où les deux sœurs, Agathe et Florence, avaient passé leur enfance, elles en parlaient avec nostalgie et aussi avec colère lorsqu'elles évoquaient l'usurpateur. Cédric ne se souvenait pas du nom de cet homme et, à vrai dire, il ne croyait pas l'avoir entendu, on ne lui donnait que du « il », un « il » méprisant. Aujourd'hui, Cédric se demandait si cette vieille histoire avait un lien avec la disparition de sa mère.

En attendant la rentrée au lycée Condorcet, le garçon parachevait son installation rue Moncey. À un mur de sa chambre, il avait accroché une toile, un de ces paysages apocalyptiques qu'aimait peindre Agathe. Parfois, il fixait ce tableau essayant de déchiffrer dans ce magma de formes et de couleurs un message qui lui aurait été destiné. En vain, il restait planté là, des minutes entières sans en appréhender le sens, malheureux comme si on lui refusait l'accès à un univers qui lui aurait appartenu de droit. De temps à autre, Cédric sortait avec son père. Ils se faisaient conduire à Fontainebleau, à Barbizon ou sur les bords de la Marne. Ils se promenaient puis déjeunaient dans l'une de ces cours d'auberges en retrait de la route, ombragées et fleuries, si paisibles qu'elles paraissaient vivre dans l'ignorance de l'Occupation.

Était-ce la compagnie de Cédric ? Maxime semblait reprendre des forces, ses rides se réduisaient et sa taille se redressait. À nouveau, il s'intéressait à ce qui l'entourait et souriait plus volontiers. Il se racontait, se livrait comme s'il cherchait à abolir les six années de séparation avec son fils. Un après-midi, à Barbizon, ils venaient de se lever de table et déambulaient dans le village lorsque Maxime s'arrêta devant une vieille demeure et en caressa les pierres érodées. « Vois-tu, confia-t-il à Cédric, j'ai toujours éprouvé de la fascination pour la pierre. Quand j'étais enfant, je lui attribuais un pouvoir magique, elle recelait l'âme des disparus. Je me disais qu'elle était là depuis des siècles, qu'elle avait vu défiler des générations, assisté à des guerres, des révolutions, à des événements heureux. Je détaillais les fresques, admirais les entrelacs, m'extasiais devant la finesse d'une statue. C'était comme si, à travers ces figures que je découvrais, la pierre s'animait, devenait un être à part entière. Souvent, je m'asseyais auprès d'un tailleur de pierre, un compagnon du Devoir, et je le regardais des heures durant buriner. Un jour, il me mit ses outils dans les mains et me dit : "À toi de frapper, gamin." J'ai frappé sur mes doigts et il a ri. Je me suis sauvé, furieux. Mais le lendemain, je suis revenu. Au bout d'un moment, il m'a dit : "Approche, je vais te montrer comment te servir de ces instruments." Il m'a appris mon métier. Des années plus tard, j'ai ressenti le besoin de m'affranchir des règles de mes aînés : j'ai créé des formes, des visages, je les ai modelés à ma façon. Était-ce de l'orgueil, une manière de rompre ma solitude tout en me préservant des autres hommes ? Je portais cette évolution en moi et rien n'aurait pu l'empêcher de s'accomplir... » Il s'interrompit tout à coup, conscient d'ennuyer le garçon. « Et toi, reprit-il, le père Hébréard m'a laissé entendre que tu tiens de ton grand'père Dechaume. »

Cédric répondit avec embarras qu'il n'avait pour l'instant choisi aucune voie. Certes, l'évolution des hommes le passionnait ; il avait l'impression en les observant de se pencher sur une fourmilière. Il tâchait d'en discerner les règles, de comprendre les raisons de leurs transgressions. Cela pouvait-il le conduire à la politique ? Il n'en savait rien. « En tout cas, affirma-t-il, je ne bâtirai pas ma carrière sur le désarroi des gens. » Maxime entoura affectueusement les épaules de l'adolescent : autrefois, lui aussi aspirait à la pureté et aurait souhaité transformer le monde. Mais aujourd'hui, il n'était plus qu'un vieil homme désabusé que les honneurs ne touchaient plus. Désormais, sa seule raison de vivre était ce garçon, cet héritage d'Agathe. Il aurait voulu tout lui donner, son expérience et ce qui subsistait en lui de vitalité. Mais les années, il le pressentait, lui étaient comptées.

Ils quittèrent Barbizon au coucher du soleil, si proches l'un de l'autre qu'ils ne ressentaient plus la nécessité de parler. La forêt s'était tue et les dernières lueurs du jour irisaient la cime des arbres. Dans le ciel à peine assombri, les étoiles s'allumaient. Parfois, Cédric ne bougeait pas de sa chambre. Il lisait, écrivait à ses anciens camarades de Saint-Pierre d'Uriage ou rêvassait, bercé par le gazouillis qui montait du jardin. Certains jours, cependant, il se levait tôt et partait seul à la découverte de la capitale qu'il connaissait peu. Il passait d'un quartier à l'autre, sensible aux mille détails à peine perceptibles qui concouraient à l'atmosphère de chaque rue. Son regard s'attardait sur les files d'attente devant les magasins d'alimentation, hommes et femmes mêlés dans une même résignation, lisant, tricotant ou remâchant leurs préoccupations, nourrissant leurs bavardages de rumeurs, de petites choses qui se cognaient comme des papillons éblouis à leur existence. Un éclat de voix, une bousculade rompaient pour un instant leur monotonie. Il arrivait que la file se disloquât à l'annonce de l'épuisement d'un stock, non sans grognements. Puis, à nouveau résignée, elle allait se recomposer ailleurs, au gré des « aubaines », sous l'œil impavide d'un agent de police.

Durant ses promenades, Cédric croisait des patrouilles allemandes ; elles ne l'impressionnaient pas. Il continuait son chemin, évitant simplement, ainsi que le lui avait recommandé Maxime, de les toiser avec insistance. Les miliciens lui paraissaient autrement dangereux, sans doute à cause de leur démarche provocante et de leur hargne envers les juifs, qu'ils repéraient grâce à leur étoile jaune. À Saint-Pierre d'Uriage, Cédric s'était heurté à l'un de ses condisciples qui affichait ses sympathies pour la collaboration avec les Allemands et proclamait son intention de s'engager dans les rangs de la Milice dès que son âge le lui permettrait. Cédric lui avait tourné le dos avec ostentation ; l'autre l'avait insulté et empoigné. C'était l'une des rares fois où Cédric s'était battu au collège. Il avait écrasé son adversaire mais n'en avait éprouvé aucune fierté.

Un soir, Cédric revenait exténué de l'une de ses sorties et grimpait la rue de Clichy, pressé de rentrer d'autant que son appétit se creusait. Il était parvenu à hauteur du Casino de Paris lorsqu'il perçut le bruit d'une cavalcade, puis il vit un homme courir : âgé d'une trentaine d'années il haletait et regardait derrière lui les quatre soldats allemands qui le poursuivaient. Des coups de feu fusèrent. Le fugitif se retourna et, à deux reprises, tira sur les Allemands, sans résultat. Affolés, les passants se jetèrent à plat ventre sur les trottoirs ou se plaquèrent contre les murs. Inconscient du danger, Cédric assista, immobile, à la scène tandis que les balles sifflaient autour de lui. Brusquement, il se sentit agrippé par la manche et poussé dans l'encoignure d'une porte : « Reste tranquille petit. » La voix était calme, un rien chantante. Une curieuse odeur de chèvre ou de mouton s'exhalait de l'homme. La fusillade s'éloigna vers la Trinité. Lorsqu'elle fut réduite à un écho, les gens se relevèrent et commentèrent l'événement avec l'importance de ceux « qui ont frôlé la mort ». Cédric bredouilla quelques mots de remerciements à l'intention de l'homme. « Ce n'est rien, petit », répondit ce dernier en ajustant son chapeau. Il s'épousseta, alluma une cigarette. Son visage apparut, mat, taillé comme un silex. Un moment, Cédric suivit des yeux sa mince silhouette qui descendait la rue, puis il se dépêcha de rejoindre l'hôtel de la rue Moncey, bien décidé à ne rien dire de cette fusillade à Maxime.

Chapitre XI

Juillet 1942 – Paris

« Profiteur !
— Tu veux mon poing ? »
C'était le matin, à l'heure de la répartition, dans la chaleur d'étuve du pavillon des fruits et légumes, face à la masse noire de suie de Saint-Eustache dont les gargouilles se penchaient telles des vigies sur l'immense déploiement des ossatures d'acier que chauffait le soleil au zénith. Gointais, un marchand du Cours-la-Reine, un invalide de la Grande Guerre qui ruminait son frein depuis des semaines, s'en prenait à Barel, un de ses collègues sur le marché du Point du Jour, chargé du partage des arrivages chez les grossistes et mandataires des Halles. Il l'accusait de se servir plus que de raison et de favoriser ses amis. Les autres commerçants, qui formaient un cercle autour d'eux et de la précieuse marchandise, se taisaient, mais sur la plupart des visages se lisait la désapprobation. Barel, sentant sa position faiblir, prit à témoin le grossiste, un sexagénaire corpulent en tablier de forte toile qui assistait impassible à la scène : « Ben quoi, Primaud, tu me connais, dis-y quelque chose ! » Primaud se contenta d'un vague mouvement de la tête qui ne risquait pas de l'engager : le vent pouvait tourner et il ne souhaitait se fâcher avec personne. Du moment qu'on le payait... Pourtant, il désapprouvait l'arbitraire du répartiteur, un bon client en temps ordinaire, qui profitait de sa situation au syndicat des

Marchands. « J'ai rien demandé, moi, reprit violemment Barel, on est venu me chercher. Alors, pour ceux que ça dérange, ils peuvent toujours monter au syndicat réclamer. » Il toisa avec défi les marchands qu'il dominait de sa taille. Ils ne bronchèrent pas. Nul n'avait vraiment envie de se frotter à ses larges épaules, d'autant qu'il circulait à son sujet de bien vilaines histoires : on l'aurait vu frayer avec des Allemands et lever le coude en leur compagnie. Certains répliquaient qu'il fallait bien ça pour éviter les tracasseries des occupants et obtenir les autorisations de circuler. À quoi d'autres rétorquaient qu'il en faisait plus que nécessaire.

Cependant, Barel qui avait retrouvé son aplomb poursuivait sa répartition sans tenir compte des grognements, des parts inégales qu'il constituait selon d'obscurs critères. Tandis qu'il commençait à attribuer les lots, le cercle s'ouvrit et une voix tonna : « Ben mon cochon, et toi qui te vantes d'avoir décroché haut la main le certif. On a du mal à te croire, ou alors tu es passé tout juste à côté des fractions. J'en sais quelque chose, moi qui n'ai pas eu ta chance. Que dirais-tu de revoir ta copie ? Allez zou, Robespierre, on mélange tout et on redistribue les cartes. »

Aidé de son commis et de l'employé de Primaud, Antoine recomposait les lots sous l'œil de Barel qui ravalait sa rage, sachant ce qu'il pourrait lui en coûter de s'opposer au fils d'Adélaïde.

Lorsqu'il ne resta plus de marchandise sur le carreau et que Primaud se fut retiré derrière sa caisse, Barel prit à partie Antoine et, la voix gonflée par la colère, lui reprocha d'avoir miné son autorité. Antoine répliqua qu'il s'était lui-même déconsidéré par ses pratiques arbitraires : un administrateur du syndicat se devait de montrer l'exemple plutôt que d'ajouter au joug des Allemands. Barel lui jeta un regard de haine : « Tu ne m'as jamais aimé, n'est-ce pas ? Déjà, du temps de l'Adélaïde tu cherchais à m'exclure du syndicat.

— Dame, tu t'étais rangé du côté de Migonnier et de sa clique que l'on nommait par dérision les barons "des marchés", des nantis, des égoïstes. Vous avez intrigué pour évincer Adélaïde de la présidence du syndicat qu'elle avait fondé.

— Migonnier a été élu régulièrement, à la majorité.

— Parlons-en, de cette majorité : rappelle-moi, Barel, combien vous avez payé le poissonnier Potravec pour qu'il retourne au dernier moment sa veste. Avec quelles folles promesses avez-vous circonvenu les autres ?

— Allions-nous nous laisser envahir par les gueules cassées et tous les loqueteux de l'après-guerre ? Ils auraient dégoûté la clientèle avec leur face tordue. Je ne regrette rien, nous avons agi dans l'intérêt de nos marchés.

— Oublies-tu que ces gueules cassées qu'Adélaïde défendait se sont battus pour la liberté de notre pays, pour ta liberté, Barel ? Ils ont versé leur sang, mêlé leur chair à la terre boueuse pendant que toi, Potravec et Migonnier continuiez à vaquer tranquillement à vos affaires. Vous n'avez jamais su partager, il vous fallait tout : les métrages, les royales et le dessus du panier aux Halles, sans mettre la main à la poche. Vous terrorisiez ceux qui ne rentraient pas dans le rang, vous menaciez ou achetiez les préposés et faisiez miroiter vos relations auprès de la préfecture.

— Migonnier et Potravec sont morts.

— Cela ne les absout pas pour autant. Peu importe, d'ailleurs, leur âme n'est pas de mon ressort. Mais toi, Barel, tu es bien vivant et tu ne rates pas une occasion de médire de moi. Crois-tu que j'ignore tes manigances ? La rancune te ronge. Tu es pareil à ces charognards qui guettent le moment propice pour s'abattre sur leur proie blessée ou agonisante ! »

Et, sans un mot de plus, Antoine quitta à grandes enjambées le pavillon. Il n'entendit pas derrière lui Barel qui, le poing tendu, jurait de se venger.

Antoine et Robespierre ramassèrent leurs achats et les chargèrent dans le camion. C'était bien peu au regard des besoins de la clientèle mais, assurait le fils d'Adélaïde, cela « nous procure au moins le sentiment de ne pas être tout à fait inutiles ». Un peu avant 14 heures, ils parvinrent à Breteuil. Avec ses deux longues travées de tubulures noires piquées de rouille, ses pannes de bois écorchées qui supportaient les rouleaux de toile goudronnée et ses tables inoccupées, le marché offrait un aspect de désolation qu'accentuait dans la perspective de l'avenue de Saxe la gigantesque silhouette de Meccano de la tour Eiffel, au-dessus de l'École militaire. Cependant, quelques camions poussifs, des charrettes à bras et d'antiques tapissières auxquelles étaient attelés des couples de mulets commençaient à s'aligner en bordure du terre-plein. Peu pressés de déballer sous la canicule, la plupart des marchands filaient se rafraîchir chez le père Dominique, abandonnant à une épouse ou à un commis la garde du chargement alors que se formaient déjà les files d'attente.

Une poignée de commerçants entouraient le comptoir où, malgré son grand âge, ses rhumatismes et sa vue qui baissait, le père Dominique s'obstinait à officier. Certes, la main tavelée de taches brunes tremblait un peu, mais les clients feignaient de ne rien remarquer, d'autant que le vieil homme se rattrapait avec générosité. Thérèse, tout en servant dans la salle, jetait un regard ennuyé vers son père. Elle soupirait, haussait les épaules et levait les yeux vers le ciel. Elle souffrait de cette marchandise gâchée et plus encore de voir son père s'arc-bouter à son comptoir. Les marchands auxquels se mêlaient quelques rares femmes buvaient leurs consommations à petites gorgées et fumaient avec parcimonie des cigarettes qu'ils roulaient avec du mauvais tabac ou des restes de leurs propres mégots.

Tandis que Robespierre apprêtait de toiles cirées les tables, Antoine se rendit au bistrot. On l'y accueillit avec des murmures flatteurs : son intervention chez Primaud n'avait pas manqué de courir d'un marché à l'autre. On le félicita d'avoir mouché cette grande gueule de Barel dont beaucoup avaient eu à se plaindre. Antoine se mit à une table, un peu à l'écart du comptoir. Il grimaça. Par les fortes chaleurs, sa jambe le faisait souffrir : de petits coups de canif à l'endroit de la cicatrice. Rien de bien méchant, mais c'était assez pour l'agacer. Il commanda à Thérèse un ballon de rouge. Elle se hâta de le lui apporter. Un bref instant, elle parut vouloir lui parler, mais elle se ravisa et s'éloigna, repoussant distraitement d'une tape une main coquine sur ses hanches et souriant machinalement d'une plaisanterie crue.

Antoine conserva quelques secondes dans sa bouche le bordeaux, une vieille cuvée que Thérèse réservait à ses meilleurs clients : le parfum inonda son palais et remonta dans ses narines. Lentement, il laissa ensuite le vin filtrer dans sa gorge. Il goûta son picotement, les yeux fermés. C'était une sorte de rite auquel il se consacrait, comme un coup de chapeau à un nectar chichement servi. Son verre vidé, il claqua la langue puis alluma une cigarette. Il les payait assez cher, mais ne pouvait s'en passer. Depuis le comptoir lui parvenaient des bribes de conversations. Elles gravitaient bien sûr autour des difficultés d'approvisionnement, de l'envolée constante des prix, de la clientèle « qui s'imagine qu'on s'en met plein les fouilles », et du harcèlement de la maréchaussée qui brandissait à tout propos un règlement devenu désuet et verbalisait sans vergogne « comme s'il ne suffisait pas de subir les Boches ». On évoquait aussi les prisonniers de guerre, un fils, un frère, un ami qui ne revenaient pas, malgré les promesses du gouvernement. Parfois, quelqu'un lâchait le nom d'un camarade disparu, un joyeux drille dont, la gorge nouée, on rappelait les facéties sur le marché. Un silence triste pesait alors puis, insensiblement, le brouhaha reprenait, des discussions sans fin, des interrogations qui ne sollicitaient nulle réponse, un chapelet cent fois égrené par habitude et parce qu'il fallait bien accompagner le vin.

Était-ce la chaleur, le bordeaux ? Était-ce l'âge ? Antoine se sentit tout à coup las, comme usé par une vie qui lui paraissait déjà longue. Il sourit à la pensée qu'à soixante-dix-sept ans Adélaïde, elle, paraissait toujours vaillante, prête à lui en remontrer, à lui son fils qui abordait la cinquantaine. Aujourd'hui encore, les marchands ne l'avaient pas oubliée, comme si elle avait été le pivot de leur existence. Ils disaient pour situer un événement : « C'était du temps de l'Adélaïde... » Antoine lui avait succédé mais son ombre présente, protectrice, le dominait. Il ne l'ignorait pas, il n'était et ne serait longtemps encore que « le fils de l'Adélaïde ». Hors de cette filiation, il ne possédait pour les autres que le pouvoir d'une « grande gueule ». Et pourtant, certains jours, il rêvait de tout transformer : le syndicat, les marchés, les rapports entre les marchands. Il ambitionnait de forcer les commerçants à abandonner leur individualisme, il voulait les préparer à l'après-guerre. Il pressentait une nouvelle organisation du pays, la montée en puissance des grandes épiceries : s'engagerait une concurrence féroce dont il redoutait l'issue. Souvent, il confiait ses appréhensions à Madeleine. Elle le rassurait : la population avait besoin de ses marchés ; elle y trouvait tout ce qui lui était nécessaire au plus juste prix. Pourquoi irait-elle se faire gruger dans les grandes épiceries ? Comme tant d'autres, Madeleine ne percevait pas la menace. Peut-être même fermait-elle les yeux pour ne pas la voir ? Antoine pour sa part n'en démordait pas : avec leur statut et leurs installations précaires, les marchands seraient balayés au premier affrontement. Mais lui Antoine y veillerait : il ne laisserait pas les marchés livrés aux loups.

Il commanda un second verre de bordeaux. Il avait soif, à moins qu'il ne voulût éprouver à nouveau dans son palais ce curieux picotement tout en sachant qu'il serait différent du précédent parce que lui-même n'était plus cet homme d'il y a quelques instants... Voilà donc qu'il philosophait, à présent. N'importe, il apprécia le bien-être qui l'envahissait. Peu à peu, ses pensées glissèrent vers les images de son enfance : il revit sa grand'mère Odette Lebally, petit bout de femme drapée dans le deuil de son mari tombé en 70 à Sedan et qui avait obtenu du président Thiers en personne ses premières places de marché. En l'absence d'Adélaïde toujours à courir de réunion en manifestation, Odette les avait élevés, lui, Claire et Adrien ainsi que leur demi-frère Marcel, le mal-aimé, qui s'était exilé en Algérie. Il y avait aussi Paul, ce père paisible, presque effacé et cependant si clairvoyant, qui s'était échiné pour assurer leur subsistance avant de s'éteindre doucement dans son fauteuil à bascule avec la pipe qu'il fumait.

Antoine songeait également avec tendresse à sa sœur Claire, douée pour le piano et devenue l'une des plus grandes concertistes. Elle avait épousé à Vienne le comte Josef von Hager avant de s'installer aux États-Unis. Antoine se souvenait de ce mariage fastueux. Seigneur, que d'invités et de lumières ! Deux garçons, Johan et Paul, étaient nés de leur union, et Claire dans l'une de ses dernières lettres s'inquiétait à leur sujet : « J'ai peur que la guerre les rattrape, ils parlent même de se porter volontaires pour en découdre avec les Japonais... »

Et puis, il y avait aussi le mystère Adrien. Était-il, comme il le prétendait et comme l'affirmait Adélaïde, le fils de Pierre Dechaume ? Antoine en doutait : au contraire du député blond et élancé, Adrien était brun et trapu, affligé d'une démarche lourde. Fallait-il que Pierre Dechaume fût aveugle pour ne pas remarquer leur dissemblance ? Plus Antoine y réfléchissait et plus il se persuadait que Paul s'était fait voler son fils et en était mort. « Il faudra bien, se dit-il, qu'un jour Adélaïde avoue la vérité et qu'Adrien rende compte de son imposture. De même devra-t-il payer pour sa dévotion au Maréchal et pour les relations qu'il entretient avec

Laval et les occupants. » Au fond de lui, toutefois, Antoine n'éprouvait pas de haine pour Adrien ; il n'hésiterait pas, le cas échéant, à lui tendre la main. N'était-il pas son frère en même temps que le père de Guénola, cette fleur née dans un champ de soufre ? Il s'était pris d'affection pour elle, peut-être parce que d'une certaine façon elle était à l'image d'Adélaïde, passionnée et combative. Où était-elle à cette heure-ci, vers quels dangers se précipitait-elle ? Assurément, son courage rachetait l'honneur perdu d'Adrien...

Tout de même, soupira Antoine en desserrant légèrement les sangles de sa jambe mécanique, qui aurait cru à un tel destin pour de modestes marchands de quatre saisons ? Rien de cela n'aurait été sans Adélaïde. Elle s'était engouffrée avec la force d'un vent tourbillonnant chez les Lebally et y avait greffé son rameau. Et voilà que le greffon avait mangé l'arbre et les racines avec. Et à son tour il avait produit des fruits, les uns d'une fine saveur, les autres amers ou empoisonnés. Le sang des Lebally s'était ajouté à d'autres troncs ; désormais, des êtres inconnus d'Antoine s'ouvraient à l'existence comme des bourgeons éclatés. Antoine aurait aimé les voir se fortifier. Il aurait souhaité découvrir sur leurs visages les traits d'Adélaïde, et peut-être aussi ceux de Paul Lebally, son père.

« Monsieur Antoine... » Thérèse se tenait devant lui, l'air embarrassée, et s'essuyait machinalement les mains dans son tablier. Elle devait bien approcher la soixantaine mais ne le paraissait pas. Sous la masse à peine grisonnante de ses cheveux ramenés par commodité en chignon, le visage se formait dans un rectangle qu'adoucissait l'ovale du menton. Il semblait à Antoine qu'elle n'avait pas changé, et pourtant il n'avait que six ou sept ans et elle probablement douze ou treize ans lorsqu'il avait accompagné pour la première fois ses parents chez le père Dominique. « Voilà, se décida-t-elle, c'est à propos de mon père, il me cause bien du souci. Il ne veut rien entendre et cependant il tient tout juste sur ses jambes. Il finira par s'écraser le nez sur son comptoir. Il pourrait dételer, se reposer. À son âge, il l'aurait mérité. Peut-être qu'il vous écoutera vous, monsieur Antoine, il vous a en estime. » Antoine secoua la tête. « Je vous rendrais là un bien mauvais service, Thérèse. Votre père ne se maintient que par son bistrot et les odeurs qu'il y respire. Il y puise un reste d'énergie. Ne l'en privez pas. Si vous deviez le déloger du fort Chabrol qu'il s'est constitué, vous le tueriez à coup sûr. Croyez-moi, il n'y aura pas pour lui de plus belle fin que de tomber le nez sur son comptoir.

— Vous avez sans doute raison, monsieur Antoine, mais cela ne m'empêchera pas de souffrir de le voir s'accrocher ainsi. »

Elle se retira, refusant de se faire payer pour le second verre de bordeaux. Tandis qu'elle retournait à son service, Antoine jeta un regard vers le comptoir d'où émergeait le père Dominique. Le vieil homme glissait comme sur des rails d'un client à l'autre, le dos cassé, le visage creusé de sillons, mais l'œil allumé d'une jubilation intérieure. Antoine frappa du poing sur la table : « Chienne de vie ! » gronda-t-il. Il se reprit : pourquoi diable cette sensiblerie ? Pourquoi donc devait-il prendre plus que sa part des misères de ce fichu monde ? Il se moucha bruyamment pour se débarrasser de cette émotion qui en profitait pour remonter sa gorge et s'insinuer dans ses narines. Il consulta sa montre et se leva : Robespierre avait dû achever l'installation. Il s'en voulait de l'avoir laissé travailler seul.

Tandis qu'il quittait le bistrot, il fut rejoint par Petit Meneau, un charcutier qui avait adhéré au syndicat au lendemain de la Grande Guerre et avait été depuis de tous les combats auprès d'Adélaïde et d'Antoine. Petit Meneau s'inquiétait ; il avait croisé Barel aux Halles. « Je l'ai entendu proférer des menaces à ton encontre. – Ce ne serait pas la première fois, répondit Antoine, il ne m'impressionne pas. » Petit Meneau insista : Barel s'était adressé à lui sachant qu'il le répéterait à Antoine. « Il dit que tu fais du tort au pays en protégeant ton juif.

— Quel juif ?

— Je suppose qu'il veut parler de ton commis… »

Madame Yvette fronça les sourcils en découvrant dans le salon la plupart de ses filles inoccupées. Quelques-unes, vautrées dans les coussins, bavardaient tandis que d'autres, un verre à la main, profitaient d'un moment de solitude. Bien que Madame Yvette l'eût formellement défendu parce que cela donnait mauvais genre à la maison, certaines des filles jouaient aux cartes, prenant soin toutefois de ne pas élever la voix. La tenancière était trop préoccupée pour songer à les admonester ou à leur infliger une amende, d'autant que la scène se déroulait sous l'œil indifférent de la sous-maîtresse qui bâillait à s'en décrocher les mâchoires. Et jusqu'à Virginie elle-même qui trompait son ennui en se limant les ongles. Que se passait-il donc ce soir ? Habituellement, à cette heure-ci, la maison bourdonnait, la clientèle se disputait les filles, et le champagne dont raffolaient les officiers allemands coulait à volonté. Or, non seulement Madame Yvette n'entendait pas de bouchons sauter, mais elle ne distinguait parmi la poignée de clients aucun uniforme vert-de-gris. À croire qu'ils s'étaient tous donné le mot pour la bouder. Un instant, elle se demanda si on ne lui avait pas préféré l'hôtel particulier de la rue de la Faisanderie où, épisodiquement, la Marquise conviait le Tout-Paris masculin à saluer un nouveau contingent de filles.

Madame Yvette était perplexe : fallait-il envoyer une partie des filles se coucher ou attendre un peu ? Ce qui la surprenait également, c'était l'absence inexplicable de son noyau de fidèles : Debrousse, de Montazille, le capitaine Walter Konrad Stauchmann, de même que Germain Prouvaire qui se réservait Virginie pour le mercredi ; aucun d'eux ne s'était montré. Et pourtant, ils s'étaient tous joyeusement manifestés deux jours auparavant pour le 14 Juillet, officiellement interdit de manifestations et de festivités. On avait vu des officiers allemands danser la carmagnole et trinquer à la prise de la Bastille. Il est vrai aussi que l'atmosphère était plutôt chaude et que de Montazille avait dû raccompagner le capitaine Stauchmann.

Plutôt que de déverser sa mauvaise humeur sur les filles, Madame Yvette retourna discrètement dans sa chambre. Elle ouvrit son livre de comptes. Allons, elle n'était pas à plaindre, l'argent rentrait et s'amassait dans la cavité secrète sous le plancher. Elle sourit à la pensée que dans deux heures Ludo la rejoindrait. Il n'était certes pas bavard, mais qu'importait ? Elle s'assoupit.

Elle fut brusquement réveillée par Ludo qui lui annonçait le commissaire Debrousse. Le fonctionnaire paraissait bouleversé. Il se laissa tomber dans un fauteuil sans y avoir été invité. Madame Yvette lui tendit un verre de cognac qu'il avala d'un trait, puis il se leva. Il ne tenait pas en place. « Et de Montazille qui ne vient pas... » Il regarda sa montre : « Quatre heures, dit-il, ils ont dû commencer... – De quoi parlez-vous ? » demanda Madame Yvette. « Les juifs... la police ramasse tous les juifs... »

Qu'il se couchât tôt ou tard, Antoine ouvrait immanquablement les yeux quelques minutes avant 4 heures. Il n'y pouvait rien. Cela ne dépendait ni du réglage du réveil chromé ni des tenues de marché. En y réfléchissant, il se disait qu'il avait sans doute contracté cette habitude au cours de ses premières années : il avait toujours eu le sommeil léger, de sorte qu'il entendait ses parents sortir avant l'aube malgré leurs précautions pour éviter tout bruit.

Lentement, afin de ne pas déranger Madeleine, Antoine se retourna et appuya sur le pignon du réveil pour empêcher la sonnerie de se déclencher. Un instant encore, il demeura couché, fixant distraitement l'imperceptible mouvement des aiguilles phosphorescentes rythmé par le tic-tac. Puis il s'assit sur le bord du lit et, saisissant sa jambe mécanique, l'emboîta et la sangla. Il se glissa ensuite dans la cuisine, se débarbouilla au-dessus de l'évier et mit à chauffer la cafetière avant de passer dans la salle à manger, où il trouva ses vêtements pliés sur une chaise. Il s'habilla, alla chercher la cafetière et s'installa devant la table. C'était ainsi tous les matins. Il but à sa tasse puis déplia le journal de la veille, deux feuilles insipides tartinées du blanc de la censure. Au bout d'un moment, il froissa le papier avec rage et se leva brusquement, renversant sa chaise. Décidément, il ne parviendrait jamais à se faire à ces changements : les achats aux Halles le matin à cause du couvre-feu et les marchés l'après-midi. Il souffrait d'être privé de l'atmosphère nocturne des pavillons et des rues avoisinantes. Il aimait faire le tour des grossistes et des mandataires, soulever les cageots, palper et flairer la marchandise à la recherche d'un bon lot avant de le négocier au centime près, quitte à dépenser tout de suite après avec son fournisseur les quelques sous âprement disputés. C'était un jeu qu'il pratiquait avec un rare bonheur et dont, en face, on lui donnait bien volontiers la réplique. Cette fièvre qui le poussait à courir entre les piles de cagettes et les amoncellements de sacs lui était indispensable comme la forêt au chasseur. Enfin repu d'allers et retours, de marchandages et de feintes colères, il embarquait ses caisses de légumes et ses plateaux de fruits qui, au gré des saisons, lui titillaient les narines de leurs multiples parfums. Mais, songeait avec nostalgie Antoine, ce temps était révolu, et qui sait même si, après la guerre, les choses reprendraient leur cours ordinaire ? Trop de mauvaises habitudes avaient été prises, bousculant parfois jusqu'aux consciences les plus intègres.

Antoine regardait par la fenêtre. La rue Mandar faiblement éclairée était déserte, traversée à intervalles par un chat ou un chien vagabonds qui fouillaient dans un petit tas de détritus, enfournaient leur museau dans une boîte de conserve déjà léchée. Antoine perçut le ronflement d'un moteur. Il provenait de la rue Montorgueil et se rapprochait sensiblement. Bientôt, un vieux panier à salade pointa son nez dans la rue et s'arrêta sous sa fenêtre. Quatre policiers en uniforme mirent pied à terre. L'un d'eux consulta un carnet et désigna la maison d'Antoine. Que cherchaient-ils ? Et soudain Antoine fut saisi d'un pressentiment. « Robespierre ! » s'écria-t-il en se précipitant vers l'escalier. Il se cramponna à la rampe et grimpa vers les mansardes grognant après chaque marche : « Nom de dieu de nom de dieu ! »

Chapitre XII

Juillet 1942 – Domaine des Orangers, Algérie

Le soleil n'avait pas encore atteint le zénith mais déjà ses rayons écrasaient la terre sèche, craquelée par endroits, et rendaient l'air difficilement respirable. Les oiseaux s'étaient tus et les quelques bêtes demeurées dehors, immobiles, haletantes, se lovaient dans l'ombre rétrécie d'un boqueteau ou d'un mur. Un chapeau de paille sur la tête, Marcel piochait la terre autour d'un jeune oranger maintenu par un tuteur. Attentif à ne pas en blesser les racines, il frappait à petits coups. Lorsque la terre fut réduite en mottes, il s'accroupit et l'effrita entre ses doigts avant d'y déverser le contenu de ses deux seaux. L'eau stagna un instant puis dans un bouillonnement disparut, absorbée. Marcel se redressa, satisfait comme s'il venait de donner à boire à son enfant. Bien que le mois de juillet fût particulièrement chaud, il ne s'inquiétait pas outre mesure. Et du reste il disposait à présent, avec son puits, de deux réservoirs maçonnés de belles dimensions ainsi que d'un camion-citerne qui, le cas échéant, ferait la navette jusqu'à Ksar El Boukhari ou Thiénet El Haad.

Marcel perçut l'écho d'un grondement de moteur. Au loin, sur la route de Ksar El Boukhari, un nuage de poussière se formait. Au bout d'un moment, il distingua la camionnette de la poste qui caracolait vers le domaine. Elle n'y était pas montée depuis une dizaine de jours. Marcel regagna la maison et se rafraîchit le visage et les mains au robinet de l'abreuvoir avant de se camper devant le portail. Également alertée, Catherine le rejoignit tout à la fois impatiente et anxieuse à la pensée d'une mauvaise nouvelle. Enfin, le véhicule franchit le portail et s'arrêta dans la cour. Le facteur sortit de la cabine avec un paquet de lettres. « C'est le courrier de toute la semaine, dit-il, en s'épongeant ostensiblement le front pour signifier qu'il boirait bien quelque chose. Avec les restrictions d'essence, poursuivit-il, on monte moins souvent, forcément. » Catherine avait saisi le paquet et opérait un tri cependant que Marcel emmenait le fonctionnaire dans la cuisine. Quand ils en revinrent, Catherine souriait. « Matthieu va bien, dit-elle tandis que la camionnette repartait. Je me demande ce qu'il fait à Paris. Il parle des rues, des boulevards, décrit les monuments mais pas un mot de ses occupations. Quel drôle de garçon, il a toujours été réservé, secret. » Elle haussa les épaules : « Il ne change pas. » Elle lui tendit l'enveloppe de papier bistre. « Tu me la rendras, des fois que j'aurais sauté un passage. Il y a aussi une lettre de ta mère. » Marcel soupesa l'enveloppe : elle devait au moins contenir trois ou quatre feuillets. Il s'abstint de l'ouvrir tout de suite, il préférait la lire seul. Catherine, amusée, le vit s'éloigner vers les orangers d'un pas qu'il voulait naturel mais dont elle devinait la hâte retenue.

Lorsqu'il fut à l'abri du regard de sa femme, Marcel s'adossa au pied d'un arbre et déplia la lettre de son fils. Les lignes dansèrent, floues devant ses yeux. Bien sûr, il avait oublié de chausser ses lunettes. Il les trouva dans l'une des poches de sa chemise. Marcel avait l'impression de parcourir le devoir d'un écolier appliqué : l'écriture était soignée, sans taches ni ratures, et la ponctuation aussi régulière que celle d'un livre. Marcel revoyait Matthieu encore enfant, assis à la table de la salle à manger. Il trempait sa plume dans le flacon d'encre, l'égouttait puis dessinait ses lettres avec des pleins et des déliés, la langue tirée et le visage penché, trop près du cahier. Catherine disait vrai, la correspondance de Matthieu paraissait aussi impersonnelle qu'une page de guide touristique. Quoiqu'il pensât comme son épouse que le garçon se livrait peu, Marcel estimait que le contenu de cette lettre n'était pas habituel à son fils. Il y manquait quelques confidences. Rien de bien intime, certes, mais tout de même... Il se demanda si Matthieu ne se heurtait pas à des ennuis et s'il ne cherchait pas par ce moyen à les en avertir. Il haussa les épaules : le voici donc qui glissait dans le rocambolesque. Bah, après tout, Catherine était dans le vrai, Matthieu s'était toujours montré d'un caractère réservé, secret.

Marcel ouvrit ensuite la lettre d'Adélaïde et huma le fin papier. Un vague parfum de lavande s'en dégageait, probablement parce que sa mère en garnissait de petits sacs les placards et les tiroirs, mais il ne respira rien d'autre qui le ramenât à la rue Montorgueil. Cela faisait si longtemps qu'il n'y était retourné ; il compta sur ses doigts : vingt-quatre ans, une éternité. Quant à Adélaïde, il ne l'avait pas revue depuis son voyage en Algérie, en 1926. Marcel remarqua que l'écriture de sa mère tremblait légèrement, un peu comme si un courant d'air en avait froissé les jambages.

Paris, le 18 juillet 1942

Mon cher fils, sommes-nous devenus fous ? La guerre nous a plongés dans le désarroi ; nous sommes inquiets pour nos enfants, pour nos proches, nous courons après un morceau de pain, quelques grammes de viande, un quart de lait ou un ersatz de chocolat. Nous nous battons aussi pour un ticket de rationnement, une place dans une file d'attente, mais je pensais que, malgré tout, chacun de nous conservait au fond de lui une part de raison, un reste de dignité. Hélas, nous voici transformés en bêtes sauvages : des milliers d'hommes, de femmes et d'enfants ont été arrêtés avant-hier jeudi aux approches de l'aube pour le seul fait d'être des juifs et conduits les uns à Drancy, les autres au Vélodrome d'Hiver. Quelle pitié que cette cohorte arrachée à son sommeil, bousculée dans des autobus : de malheureux gamins apeurés, serrés contre les jupes de leurs mères, elles-mêmes effrayées, portant pour certaines un bébé dans les bras. Te dirai-je ma tristesse en découvrant que ce ne sont pas les occupants allemands qui ont procédé à ces rafles, mais « nos braves policiers français » en baudrier et képi ? Qui donc leur a ordonné une si basse action ? Et quand bien même serait-ce l'autorité de l'État, n'auraient-ils pas dû y désobéir afin de ne pas s'avilir et nous avilir avec eux ?

Je n'aurais rien su de tout cela, du moins dans l'immédiat si, dans le même temps, des policiers ne s'étaient rendus rue Mandar pour y arrêter notre bon Robespierre. T'avais-je raconté comme il m'a veillée alors que je balançais plus près de la mort que de la vie ? Antoine qui a l'habitude de se lever tôt les a vus arriver ; il a tenté de le prévenir mais avec sa jambe mécanique les autres n'ont pas tardé à le distancer. Il a essayé de parlementer avec le brigadier, mais cette tête de mule haineuse s'est refusée à toute discussion et a même menacé de l'embarquer avec son commis.

Après leur départ, Antoine s'est précipité chez moi. Je l'ai accompagné au Vélodrome d'Hiver, rue Nélaton, où les autobus ne cessaient d'amener des familles juives. Là, on nous a informés que les célibataires seraient dirigés sur Drancy. Nous sommes remontés dans le camion. Je te laisse imaginer nos efforts pour retrouver puis parler à Robespierre. Nous nous sommes heurtés d'un agent à l'autre, d'un gradé à un fonctionnaire de la préfecture, tous pénétrés de « l'importance de leur mission », comme si le sort de la France dépendait de ces êtres désemparés qu'ils surveillaient l'arme à la bretelle. Finalement, nous avons réussi à persuader un policier, un vieux gardien de la paix, qui nous a permis de le voir un instant. Il n'avait pas l'air trop abattu et je me suis dit qu'il mijotait certainement quelque chose. C'est que je le connais, mon petit Schoum. Au moment de nous séparer, Antoine lui a glissé son Opinel et un peu d'argent.

Brave Robespierre, dès le lendemain, lorsque deux gendarmes se sont présentés rue Mandar pour perquisitionner dans la mansarde, puis dans l'appartement d'Antoine, nous avons compris qu'il ne s'était pas éternisé à Drancy. Comment s'y est-il pris et où se cache-t-il, nous l'ignorons, mais quel soulagement de le savoir hors de danger. Car il circule de bien vilains bruits à propos du Vélodrome d'Hiver et de Drancy ; on rapporte que les malheureux qui y sont rassemblés seront bientôt déportés vers des camps allemands pour y être exterminés. Seigneur, quand je pense que c'est notre police qui fournit ces pauvres gens à leurs bourreaux... Antoine ne décolère pas, il est persuadé que c'est Barel, un de ses collègues de marché avec lequel il a eu la veille une altercation, qui a dénoncé Robespierre. Il jure qu'il lui réglera son compte.

J'ai reçu ce matin une lettre de Claire. Comme elle le redoutait, Johan, son aîné, s'est engagé dans les marines. Il a laissé un mot à ses parents. Il dit qu'il veut se battre pour son pays et que ce serait une trahison de ne pas le faire. Claire et Joseph sont tout à la fois fiers et anxieux de la décision de leur fils, d'autant que Paul le cadet veut suivre l'exemple de son frère. Quand verrons-nous la fin de ce cauchemar ? Je tremble pour chacun de mes petits-enfants, pour tous ces garçons éparpillés aux quatre coins de l'Europe et dont autrefois, les rires et les plaisanteries égayaient nos marchés...

Marcel rangea la lettre de sa mère. Plus tard il la relirait pour retrouver un peu de l'atmosphère de la rue Montorgueil. Il se releva et respira profondément, afin de se fortifier les senteurs de son domaine. Au milieu de ces champs d'orangers, et de cette vigne dont le vin s'affinait d'année en année, l'Europe dans la tourmente, la France occupée, accaparée jusqu'à l'obsession par la course quotidienne à la débrouille, les rafles et la déportation des juifs, la guerre dans le Pacifique lui paraissaient comme autant d'abstractions. Ici, ils ne manquaient de rien et, s'ils souffraient épisodiquement d'un excès de sécheresse ou de la violence du simoun, du moins le plateau du Sersou demeurait-il un havre de tranquillité. Et ce, bien avant que dans la vallée d'Abalessa l'armée du commandant Larcher secondée par les troupes de Victor eût décimé les rebelles.

Marcel n'ignorait pas cependant que Kader, leur chef, avait réussi à s'échapper et fomentait à présent des troubles à l'est de l'Ouarsenis avec la complicité des tribus nomades sédentarisées, jadis fidèles à El Haïk, son père. On racontait également qu'il recevait le soutien de certains Européens d'Alger, qui dénonçaient l'exploitation à outrance du pays par les colons et prônaient une large autonomie sinon l'indépendance de l'Algérie. Marcel se révoltait à cette idée : que savaient-ils, ces inconséquents, de cette terre ? L'avaient-ils, comme lui, abreuvée de leur sang, de leur sueur ? Pourtant, Marcel n'était pas hostile à une égalité progressive des droits civiques. Il souhaitait à terme l'octroi de la nationalité française à l'ensemble de la population musulmane, persuadé qu'une telle mesure faciliterait son intégration à la communauté nationale. C'était un raisonnement dont il essayait de convaincre ses voisins, une demi-douzaine de propriétaires des environs, à l'exception d'Émilienne, la fille d'Aristide Aubert, maîtresse depuis la mort de son père du domaine d'El Bir. Non qu'un différend les séparât, mais Émilienne s'arrangeait toujours pour l'éviter ou répondait brièvement à son salut. Peut-être ne lui pardonnait-elle pas d'avoir reconnu, vingt ans auparavant, en son mari le député Gilles Calni, Virgile Calzani, l'évadé du bagne d'El Chitan ?

Le soleil était désormais à la verticale. Marcel et Emilio rentrèrent les dernières bêtes encore à l'extérieur. Du reste, elles s'étaient regroupées d'elles-mêmes sous l'auvent. Puis ce fut l'heure du déjeuner. Marcel déposa la lettre d'Adélaïde sur le buffet, bien en évidence afin que sa femme la remarquât puis il passa dans la salle à manger où l'attendait déjà Emilio, deux ouvriers kabyles, et trois Espagnols embauchés pour remplacer Charles et Henri, les deux jumeaux de Delphine et Victor, mobilisés à Oran. En l'absence de son mari, une fois de plus à la poursuite d'une bande d'insoumis, et de ses fils, Delphine dominait mal sa nervosité. Elle aida Catherine à servir, s'assit sans desserrer les dents, touchant à peine à la nourriture qu'elle avait elle-même cuisinée.

Le déjeuner se déroula dans un silence à peine entrecoupé par le bruit des assiettes et des couverts. Chacun gardait pour soi ses pensées. La chaleur et la fatigue d'une matinée tôt commencée pesait sur les hommes et les femmes auxquels il tardait à présent de se retirer pour la sieste. Avant de quitter la table, les Espagnols échangèrent à voix basse quelques mots puis le plus âgé, un Sévillan d'une trentaine d'années au visage barré par une cicatrice, s'adressa avec respect à Marcel. Dans un français hésitant, il rapporta que ses compagnons et lui avaient été cette nuit réveillés en sursaut par une cavalcade. Croyant à l'assaut d'une bande de pillards, ils avaient bondi sur leurs pioches et leurs pelles afin de se défendre. Mais déjà la galopade s'éloignait. Dehors, les ouvriers avaient eu tout juste le temps d'apercevoir dans la clarté de la lune des cavaliers arabes qui traversaient les terres d'El Bir. « Le plus curieux, ajouta le Sévillan, c'est que la dame d'El Bir assistait à la scène sans broncher... un peu comme si elle connaissait ces hommes... »

Marcel savait que les Espagnols logeaient dans une cabane au bout de la propriété, à la lisière d'El Bir. Les propos du Sévillan ne manquèrent pas de le préoccuper parce qu'ils venaient renforcer les rumeurs selon lesquelles Émilienne recevait un Touareg. Jusque-là, il n'avait pas voulu y prêter foi : la plupart des fermiers de la région considéraient qu'une femme seule – fût-ce la fille de l'Ardéchois – n'avait pas sa place sur le plateau. Certains même avaient dévoilé leurs arrière-pensées, affirmant qu'ils se porteraient volontiers acquéreurs des terres dont elle avait hérité. Marcel se demanda qui pouvait être ce cavalier. S'agissait-il vraiment d'un bédouin ou d'un Européen déguisé ? Il se promit de faire un tour du côté de la cabane et de charger Emilio, qui avait conservé quelques liens discrets avec les employés d'Émilienne, de se renseigner.

Marcel gagna sa chambre tandis que Delphine et Catherine achevaient de desservir. Les volets clos avaient permis à la pièce de conserver un peu de fraîcheur. Il se débarrassa de ses chaussures et se mit au lit. Dans la pénombre, son regard se porta sur l'impressionnante quantité de photos et de sous-verre qui recouvraient un pan de mur. L'une d'elles représentait Adélaïde reçue dans sa tente par El Haïk quelques heures avant d'être blessée par l'Ardéchois alors qu'elle avait revêtu sa cape. Une autre photo rassemblait, figés comme des statues de pierre, les Carolet, les parents de Delphine ; de braves gens scrupuleux mais d'une austérité déconcertante... La porte s'ouvrit et Catherine apparut. Elle ôta sa blouse et rejoignit Marcel, heureuse de se reposer un peu. Elle appuya sa tête sur la poitrine de son mari et ferma aussitôt les yeux. Il lui entoura doucement les épaules. Autrefois, ils n'auraient su rester immobiles l'un auprès de l'autre, à cause de ce grand feu qui les dévorait, puis la passion s'était muée en une infinie tendresse qui n'avait pas besoin de paroles pour s'exprimer. Ils se comprenaient à demi-mot, un échange de regards leur suffisait : cœurs et souvenirs s'entrelaçaient comme un lierre, ils ne formaient plus qu'un. De sorte que dans son amour pour l'autre chacun désormais aspirait à s'éteindre le premier.

Marcel se réveilla avec le sentiment d'avoir trop dormi. Catherine n'était plus auprès de lui et la lumière qui filtrait à travers les volets paraissait moins vive. Il remit ses chaussures maculées de terre et sortit. La chaleur avait décliné et les bêtes s'égaillaient à nouveau entre les bâtiments. Devant le poulailler, les aboiements intempestifs des chiens effrayaient la volaille. Une bonne partie de l'après-midi, Marcel inspecta la vigne. Sous une fine pellicule de poussière, les grappes noires s'alourdissaient. Il en détacha un grain et, le saisissant entre le pouce et l'index à la façon d'une pierre précieuse, il l'éleva vers le soleil. Des reflets violets jouèrent sur la pulpe du fruit et allumèrent son opalescence. Marcel posa ensuite le grain sur sa langue, le roula un instant dans sa bouche, puis délicatement y appuya ses dents. Un suc chargé de promesses inonda son palais et il songea avec satisfaction que le raisin serait au rendez-vous des vendanges.

Le soir tombait. Il remisa ses outils et ôta son tablier. Avant de se rendre à l'écurie pour sa promenade habituelle, il fuma une cigarette. C'était un plaisir rare ; il s'octroyait moins d'un paquet par semaine, mais c'était tout de même trop pour Catherine qui se plaignait des relents persistants de tabac sur les vêtements de son époux. Marcel envoya une bouffée blanche vers le ciel. Il aimait assister au coucher du soleil ; aucun n'était identique au précédent : l'un l'étreignait à la gorge et l'autre le pinçait à l'endroit du cœur. Parfois, il avait envie de s'étendre sur ces grandes traînées orange et roses, de fermer les yeux et de se laisser dériver vers cet horizon aux franges dorées. À aucun autre moment il ne se sentait aussi pacifié.

À l'écurie, on avait déjà scellé Allegro, un pur-sang à la robe fauve haut sur ses jambes et nerveux. Il hennit à l'approche de son maître et piétina la terre pour manifester son impatience. Marcel n'eut pas à imprimer la direction au cheval, d'emblée il fila vers la masse sombre de l'Ouarsenis dominée par le pic du Kef Sidi Amar. Les sabots de la bête résonnaient sur le sol comme un roulement continu de tambour. Penché sur l'encolure d'Allegro, Marcel l'encourageait d'une voix rauque : « Va, mon beau, va... » Et, à les voir ainsi ne former qu'une ombre, on ne savait qui du cavalier ou de la monture était le plus grisé par cette course. Lorsqu'il atteignit les contreforts de l'Ouarsenis d'où s'exhalait l'odeur forte et légèrement humide de la ceinture de cèdres et de chênes verts, Allegro, sans ralentir l'allure, décrivit une large courbe pour rebrousser chemin. Il regagna l'écurie les naseaux frémissants et aussi trempé que son maître. Emilio l'attendait pour le bouchonner.

Des étoiles, des milliers d'étoiles cloutaient le ciel, si proches, semblait-il à Émilienne, qu'il lui aurait suffi de tendre la main pour les effleurer. C'était une de ces nuits où le tourment l'emportait sur le sommeil. Installée dans la véranda, elle pensait à Kader, aux dangers qu'il courait. Hier encore, elle se serrait contre lui et respirait l'odeur de sable de son corps. Elle ne savait jamais quand il devait venir. Il s'absentait des semaines sans donner signe de vie puis réapparaissait seul ou entouré d'un petit groupe de cavaliers qui montaient la garde dehors. Il restait quelques heures, et repartait avant l'aurore sans dire où il allait, ni quand il reviendrait. Pourquoi s'était-il attaché à elle ? Il n'avait que quarante-deux ans, quinze de moins qu'elle. Parfois, elle le provoquait. « Je suis trop vieille pour toi... » Il la fixait avec dureté. Oh, ces yeux couleur de dune sur lesquels passait une ombre ! Il la soulevait, la jetait sur le lit. « Je suis vieille... », répétait-elle plus faiblement. Il la prenait. Il ne lui disait pas qu'il l'aimait : pudeur, mépris pour des « mots de femme ». Elle ne les lui réclamait pas. Mais dans son regard elle lisait la passion, se découvrait belle, solide. Merveilleuse amante qui l'obsédait dans ses chevauchées et jusque dans ses combats. Elle sourit aux étoiles.

Le rire d'une hyène cascada dans l'air. Un chacal lui fit écho. Puis ce fut le bruissement des insectes, la course d'un goundi qui détalait à l'approche d'un varan ou d'un serpent. Émilienne s'appuya à la balustrade et dressa l'oreille, espérant percevoir le galop étouffé d'un cheval, mais elle n'entendait que la respiration régulière du Sersou et, par instants, le silence du désert. « Il ne viendra pas », soupira-t-elle. La nuit fraîchissait. Elle rentra.

Un bruit la réveilla en sursaut. Le cœur battant, elle appela doucement : « Kader ? » Il ne répondit pas. Dans l'embrasure de la fenêtre, une silhouette se découpa. « Kader... », murmura-t-elle. Il la rejoignit : musique des corps qui s'emmêlent, musique furieuse, haletante, douce. Chanson des âmes qui s'envolent dans un vertige et se bercent déjà de rêveries. Le temps est une brève éternité, songe Émilienne. Elle maudit le ciel qui commence à blanchir, supplie les étoiles de ne pas s'éteindre. Elle a vingt ans, elle ne veut pas les perdre à nouveau, pas tout de suite...

Kader a bondi lorsque ses yeux se sont ouverts sur le ciel qui s'éclaircissait. Il a sauté sur sa monture et lui a battu les flancs de ses jambes. En galopant, il surveillait les étoiles, mais elles mouraient plus vite qu'il n'avalait de kilomètres. À l'est, l'horizon rougeoyait comme une plaie. Le silence de l'aube lui parut de mauvais augure, il pressentit le danger autour de lui. Le coup de feu retentit. D'abord il ne sentit rien, tout juste une douleur supportable à l'épaule. Puis, il tomba de cheval. Tandis qu'il roulait à terre, il maudit et aima l'image d'Émilienne. Une voix demanda : « On l'achève ? » Il perdit conscience avant d'entendre la réponse.

Chapitre XIII

Août 1942 – Paris

Domaine des Orangers, le 5 août 1942

Mon cher Maxime,

J'aurais souhaité ne pas avoir à vous écrire cette lettre ; mon amitié pour vous, mon affection pour votre fille, notre petite Clémence qui a été élevée ici, avec nos enfants, m'y contraignent. Après des années de combats et de poursuites, ce qui devait arriver n'a pas manqué de se produire : au retour d'une visite nocturne à Émilienne, Kader est tombé dans une embuscade tendue par nos soldats. Gravement blessé, il est cependant hors de danger. Par quel miracle n'a-t-il pas été achevé ou fusillé sur-le-champ ? D'ordinaire, l'armée n'est guère tendre avec les rebelles dont la cruauté est par ailleurs légendaire. Peut-être veut-on le faire parler avant de le condamner, à moins qu'il n'ait été épargné pour des raisons politiques. Un procès permettrait aux autorités de neutraliser les voix de certains Européens qui osent encourager les revendications des autonomistes musulmans. Victor qui n'a pas participé à l'embuscade m'a confié qu'il est question de transférer prochainement Kader de la prison d'El Boukhari au fort d'Alger.

La capture de Kader attristera sans doute le mari de Clémence. S'il a pris de longue date ses distances avec son cadet, Kamel ne peut ignorer les liens du sang. Comment El Haïk a-t-il pu *engendrer deux êtres aussi dissemblables ? J'en reviens à la visite nocturne de Kader à celle qui fut votre épouse ; je devine votre interrogation. Je me dois de surmonter mon embarras afin de vous répondre : l'enquête de la gendarmerie a établi qu'Émilienne était depuis plusieurs mois la maîtresse de Kader. Toutefois, selon Victor, eu égard aux services rendus jadis par l'Ardéchois pour la pacification du Sersou, sa fille ne sera pas inculpée de complicité avec les rebelles. L'armée étouffera l'affaire et se contentera d'un avertissement.*

Assurez Clémence et Kamel de mon dévouement. Je n'ai pas de sympathie particulière pour les insoumis, mais il me faut reconnaître que jamais Kader ne s'en est pris au domaine des Orangers, ni du reste aux propriétés voisines. Et puis, c'est une vieille histoire mais elle demeure toujours présente dans ma mémoire : voici longtemps, El Haïk m'a sauvé la vie et je n'ai pas encore eu l'opportunité de m'acquitter de ma dette. Je ne peux également oublier qu'El Haïk, de son vrai nom Alphonse Lebally, n'était autre que le beau-frère d'Odette Lebally, laquelle fut la belle-mère d'Adélaïde et un peu ma grand'mère. De tels liens, aussi ténus soient-ils, créent des devoirs...

Maxime relut pour la troisième fois la lettre de Marcel sans parvenir à se décider : devait-il aviser Clémence et Kamel de l'arrestation de Kader ? Ne risquait-il pas de troubler leur ménage ? Maxime se persuada que rien de bon ne pourrait surgir de cette histoire ; il froissa la lettre de Marcel et la jeta dans la corbeille, puis il empoigna sa boucharde et en frappa rageusement l'énorme bloc de pierre qui lui avait été livré la veille avec les compliments du capitaine Walter Konrad Stauchmann. D'abord tenté de refuser ce présent, Maxime l'avait accepté avec l'intention d'en extraire une réponse cinglante à l'intention de l'Allemand, sans que dans son esprit se dessinât encore clairement la forme qu'elle prendrait. Il s'acharnait à réduire le volume de cette masse qui lui semblait se dresser comme une insulte à son art, se laissant guider par son seul instinct. Plus tard, quand il en atteindrait le cœur, elle lui apparaîtrait plus familière, plus amicale. Déjà une courbe s'amorçait, un angle se creusait. Tout à son travail, il n'avait pas remarqué à travers la fenêtre ouverte Cédric qui l'observait, impressionné par la force et la précision de ses coups. Subitement, Maxime eut conscience de la présence de son fils. « Il y a longtemps que tu es là ? demanda-t-il en reposant sa boucharde.

— Quelques minutes. On dirait que tu es en colère après ce bloc de pierre.

— C'est un peu ça. Je n'ai pas encore digéré le cadeau de Stauchmann. S'il s'imagine m'amadouer avec…

— D'après ce que tu m'as raconté de vos rapports, je ne crois pas qu'il se fasse beaucoup d'illusions. Mais peut-être que son admiration pour ton œuvre est désintéressée.

— Rien n'est gratuit avec les Allemands, gronda Maxime. Ils se vengent des humiliations passées et nous pillent quand ils ne nous vampirisent pas. » Il s'épongea le front avec un chiffon puis secoua sa blouse. Des éclats de pierre s'éparpillèrent dans un nuage de poussière. Maxime chercha sa pipe et l'alluma avant de rejoindre Cédric dans le jardin. « J'ai l'impression, lui dit-il, que tu t'ennuies dans cette maison sans amis de ton âge. Veux-tu que nous fassions un tour dehors ? »

Ils avaient marché sans s'arrêter jusqu'au parc Monceau. Curieusement, Maxime n'éprouvait nulle fatigue, comme si la colère de tout à l'heure avait fourni du ressort à ses jambes. Ils s'installèrent face au bassin. Des gamins lançaient de minuscules morceaux de pain rassis aux canards que l'on rentrait désormais chaque soir pour leur éviter de finir dans le fond d'une casserole. Une jeune fille vint s'asseoir à l'extrémité de leur banc. Coiffée d'un chapeau de paille, les yeux gais et le nez retroussé, elle ouvrit un livre sur ses jambes croisées. Maxime constata avec amusement que Cédric lorgnait de son côté et se demanda s'il avait déjà jeté sa gourme. Lui, à son âge…

La jeune fille tourna la tête et son regard croisa celui de Cédric. Elle rougit et tira sur ses jambes nues sa robe à fleurs. Confus, l'adolescent fit mine de s'intéresser au manège des bambins qui barbotaient leurs mains dans l'eau. Maxime se dit que le père Hébréard, le principal de Saint-Pierre d'Uriage, avait raison de considérer que Cédric tenait de son grand'père maternel. Il en avait en tout cas la séduction. La jeune fille quitta le banc et, dans un gracieux déhanchement, remonta l'allée vers la grille. Sur le point de disparaître, elle se retourna avec un sourire. « Et il n'a que quatorze ans », songea avec orgueil Maxime.

Ils revinrent à pied en suivant les Batignolles et déjeunèrent rue de Vintimille, à deux pas de la place Clichy, dans un restaurant familial où ils commençaient à avoir leurs habitudes. On leur servit, dans l'arrière-salle, un plat du jour agrémenté de modestes extras.

Après un somme, et tandis que Cédric lisait dans sa chambre, Maxime regagna son atelier. Rogné aux angles, le bloc de pierre lui parut moins arrogant, comme allégé de l'image de l'Allemand. Mieux disposé à son égard, Maxime se saisit de la boucharde et frappa à coups mesurés. Au bout d'un moment, cependant, il s'interrompit, l'esprit à nouveau préoccupé par la lettre de Marcel : n'avait-il pas jugé avec trop de hâte, et lui appartenait-il de décider pour Clémence et Kamel ? Il ramassa les feuillets dans la corbeille et s'appliqua à les défroisser, mais le papier s'obstinait à garder comme un reproche ses multiples cassures.

Maxime héla sur le boulevard l'un des rares taxis encore en circulation et se fit conduire à l'hôpital Lariboisière. On le pria de patienter : le Dr Clémence Lebally était descendu en salle d'opération. « Kader El Haïk, Kamel Lebally, deux noms qui expriment avec force un choix », songea Maxime en arpentant les galeries autour du jardin où des malades prenaient l'air. Pour tromper son attente, il bavarda avec l'un d'eux qui portait un bras en écharpe. « Un stupide accident de travail, confia l'homme au sculpteur. Il s'en est fallu de peu que je sois manchot. Lorsque je me suis réveillé, l'infirmière m'a raconté que c'est une bonne femme qui a sauvé mon bras. Une femme chirurgien, on aura tout vu. Et jolie comme un cœur, avec ça. Tenez, la voilà... »

Sous le regard interloqué du blessé, Clémence se jeta dans les bras de son père. « Quelle bonne surprise ! » s'écria-t-elle. Puis, se rendant compte du caractère insolite de cette visite, elle s'inquiéta. « Rien de grave, au moins ? » Maxime hocha la tête et entraîna sa fille à l'écart. « J'ai reçu une lettre de Marcel ; c'est à propos de Kader. J'ai beaucoup hésité à venir et puis je me suis dit que je n'avais pas le droit de te cacher ce que j'ai appris. » Il lui tendit la lettre qu'il s'excusa d'avoir traitée avec rudesse. À mesure qu'elle parcourait les feuillets, le visage de Clémence s'assombrissait : « Je me doutais que cette histoire te tracasserait, dit Maxime. Tiens, je regrette déjà de t'en avoir parlé.

— Non, tu as bien fait, Kamel doit savoir, et pourtant je crains que cela ne bouleverse notre existence. Bien qu'il ne partage en aucune façon les convictions de Kader, il voudra lui porter secours.

— Tout ce qu'il faudra à Kader, si les autorités ne s'arrangent pas pour s'en débarrasser avant un éventuel procès, c'est un bon avocat. Marcel pourrait se charger d'en trouver un.

— J'ai peur que Kamel ne cherche à y aller lui-même : il avait fait le serment à El Haïk de ne jamais abandonner son frère quoi qu'il arrive...

Cédric referma avec dépit le livre entamé une semaine auparavant et dont il venait de terminer la lecture. Pourquoi diable un roman devait-il s'achever sur la promesse d'un avenir radieux ou sur la disparition du héros. La vie, pensait Cédric, c'est ce qui se produit après la promesse, c'est la désespérance de ceux qui restent après la mort de l'être aimé. Il en savait quelque chose. Un jour, il écrirait une histoire et elle n'aurait jamais de fin : génération après génération, ses descendants la poursuivraient. Souriant de l'absurdité de son rêve, il chercha sur une étagère un autre livre qui lui rappelât la trame du précédent, mais aucun titre ne trouva grâce à ses yeux et il sortit.

Il descendit la rue d'Amsterdam. Des employés quittaient par vagues leurs bureaux. Aux abords de la gare Saint-Lazare, des Allemands en uniforme contrôlaient l'identité des passants et obligeaient certains voyageurs à ouvrir leurs valises. Des policiers français, davantage intéressés par le trafic des denrées, les assistaient. Cédric traversa la place sans être inquiété. Il s'engageait dans la rue du Havre lorsqu'il s'entendit interpeller : « Dechaume ! » Un garçon aussi blond que lui et le dépassant d'une bonne tête le rejoignit. « Dechaume, si je m'attendais... »

À quinze ans, Renaud Vérandier en paraissait dix-sept : les cheveux bouclés, les yeux rieurs, la bouche gourmande, il avait partagé avec cinq autres camarades la même chambre que Cédric. Généreux, sans cesse à l'affût d'un bon tour à jouer à ses compagnons ou à ses professeurs, il avait fini par lasser le père Hébréard qui avait enjoint à son père de venir le récupérer, d'autant que la rumeur créditait Renaud de quelques conquêtes hors les murs du collège. Vrai ou faux, le garçon laissait dire, son amour-propre y trouvait profit.

Un temps, M. Vérandier avait envisagé d'initier son fils à l'administration de son hôtel, un établissement « tout confort » qu'il gérait à proximité du Palais-Royal. Mais Renaud aimait trop sa liberté pour accepter de se laisser confiner derrière une réception, fût-elle de luxe, et délivrer, disait-il, des sourires hypocrites à la clientèle... « Figure-toi, dit Renaud à Cédric, que l'hôtel a été réquisitionné jusqu'aux mansardes par des officiers allemands. Tu verrais ça, une véritable caserne avec des chevaux de frise autour et des sentinelles. Mon père y est à peine toléré. Nous avons été contraints de déménager rue d'Aumale chez ma grand'mère, sourde et acariâtre pour tout arranger. Ça m'est égal, la plupart du temps, je suis dehors... » Ce fut quelques jours après cette rencontre que Renaud entraîna Cédric chez Madame Yvette.

À travers l'œil de la porte, Ludo, l'ancien berger de Casavecchie, examina les visiteurs avant de leur ouvrir. Le plus vieux était un habitué de la maison, enfant chéri de Madame Yvette qu'il savait amuser ; l'autre, bien plus jeune, ne lui était pas tout à fait inconnu. Ludo n'ignorait pas qu'ailleurs on aurait refusé un gamin de cet âge, mais ici, Madame Yvette mettait un point d'honneur à faciliter le dépucelage des fils de famille. Peut-être avec l'arrière-pensée que la nostalgie de la première fois, et la lassitude conjugale aidant, ils reprendraient plus tard le chemin de la place Saint-Georges. Les jeunes gens traversèrent l'entrée plongée dans la pénombre et, conduits par une soubrette, disparurent dans le couloir. À cet instant, Ludo se souvint de la fusillade de la rue de Clichy.

Renaud aperçut dans le salon Madame Yvette entourée d'une petite cour de barbons et alla l'en délivrer. « Merci, mon mignon, je m'ennuyais à mourir, chuchota-t-elle en l'embrassant. Qui est-ce ? » demanda-t-elle en découvrant Cédric. Renaud fit les présentations. « Il a tout à apprendre », glissa-t-il à l'oreille de la tenancière. Madame Yvette considéra avec intérêt l'adolescent. « Eh bien, monsieur Cédric, avec une telle recommandation, nous ne pouvons que vous offrir le meilleur de la maison, du moins dans un moment. » Et, laissant là Cédric, elle prit par le bras Renaud et l'entraîna vers un sofa : « Et toi, petit voyou, qu'as-tu donc à me raconter ? »

Abandonné au milieu de la vaste pièce, Cédric manœuvra pour se réfugier dans un coin. Bien que ses camarades de Saint-Pierre d'Uriage lui en eussent parlé, jamais auparavant il n'avait mis les pieds dans un tel lieu. Il se sentait mal à l'aise et se reprochait d'avoir menti à son père, auquel il avait présenté Renaud comme un ami du collège chez lequel il souhaitait passer la nuit. Ravi de voir rompre l'isolement de son fils, Maxime s'était empressé d'accepter. Pour se donner une contenance, Cédric observait l'assistance : des hommes mûrs, d'autres avec des cheveux blanchis, des officiers allemands raides et peu souriants, des femmes dénudées, certaines très belles malgré leur excès de maquillage. Elles papillonnaient d'un client à l'autre, se trémoussaient, exagéraient leur rire. Et tout cela dans une atmosphère enfumée par le tabac des cigares et des cigarettes où dominaient par instants les violents effluves d'un parfum féminin. Aux murs, des peintures évoquaient des scènes érotiques, dénuées cependant de vulgarité. Cédric appréhendait le moment où il lui faudrait monter avec une fille : que lui dirait-il ? Devait-il se déshabiller dès qu'il franchirait le seuil de la chambre ou attendre qu'elle l'y invitât ? À moins qu'elle ne se chargeât elle-même de lui ôter ses vêtements ? Plus aguerri, Renaud lui avait conseillé de se laisser faire. « Ces choses-là, lui avait-il dit, mi-sérieux, mi-ironique, s'apprennent vite… »

Maintenant, Cédric regrettait son aventure et songeait à battre en retraite. Certes, il se ridiculiserait aux yeux de Renaud, mais son ami finirait par lui pardonner. Quant à Madame Yvette, il avait peu de chance de la croiser à nouveau. Il se dirigea lentement vers la porte. Il allait l'atteindre lorsqu'un bras se glissa sous le sien : « Vous me priveriez donc du plaisir de faire votre connaissance ? Je m'appelle Virginie… »

Dès lors, Cédric chercha à comprendre pourquoi la femme, ce grand mystère de son adolescence, était tout à coup devenu joie et tristesse. Pourquoi à la flambée des corps succédait le vide du cœur. Il aurait voulu une étreinte sans fin, une danse sur les nuages, une communion d'âmes. Et pourtant, dès qu'il le pouvait, même en l'absence de Renaud, il se hâtait de revenir chez Madame Yvette. Virginie l'initiait aux jeux de l'amour, le forçait à la patience, à l'attente qui exacerbait les sens. Elle souriait de sa fougue : « Tu es comme un jeune animal saturé d'une vigueur désordonnée. C'est la nature qui te veut ainsi... »

Parfois, après leurs ébats, il la regardait se rhabiller : elle allait repartir avec un autre client, ne plus penser à lui jusqu'à la prochaine fois.

Un soir, il lui demanda : « Virginie, qu'y a-t-il après l'amour ? » Elle le considéra avec étonnement, essayant de déchiffrer sur ce beau visage d'enfant ce qui le tourmentait : « Je ne sais pas, dit-elle, je ne l'ai jamais su. J'offre du plaisir et chacun l'envisage à sa façon. Moi, je n'ai jamais vraiment aimé, enfin, je ne crois pas. En tout cas, j'y ai renoncé. Mais toi, tu es bien trop jeune pour ne pas y penser : plus tard, une fille viendra à ta rencontre et, fort de ton expérience, tu la reconnaîtras. Elle sera toi et ton contraire, elle te forcera pour un temps au moins à abandonner tes fantômes. Vous construirez ensemble et elle t'obligera à mûrir. Tu te demanderas : Est-ce cela l'amour ? Mais ce sera sans doute et déjà l'"après-amour". Tu seras tellement occupé à bâtir ton nid, à te fortifier de la reconnaissance de tes semblables que tu ne t'apercevras pas que ta question est restée sans réponse. Et puis un jour, tu te regarderas dans une glace et tu te diras : Est-ce bien moi cet homme grisonnant ? Qu'ai-je fait de ma jeunesse ? Tu te retourneras et tu trouveras des repères, des bornes qui ont jalonné ton existence. Mais l'amour ? Cette chose insaisissable est passée sous ton nez, si vite qu'elle t'a laissé un goût amer. C'est pour vous consoler de vos cheveux gris que nous autres, filles de rien, nous sommes là à vous attendre. Afin de vivifier ces dernières flammes que vos épouses lasses de vous ou trop habituées ne voient plus briller. Et maintenant, va, sauve-toi ou, une fois de plus, Madame Yvette me reprochera d'avoir le béguin pour toi... »

Pour lui permettre de compléter son apprentissage, Virginie confia Cédric à d'autres filles de la maison. Mais il s'en fatigua bien vite et retourna à son initiatrice dont il appréciait et les étreintes voluptueuses et sa connaissance de l'homme. Tout comme Renaud, Cédric fréquentait désormais régulièrement la place Saint-Georges. Les clients l'acceptaient, le traitaient avec indulgence et lui offraient à boire. Certains lui enseignèrent les jeux de cartes et l'admirent à leur table. Il prenait soin cependant de ne pas approcher des uniformes allemands, et en particulier de celui du capitaine Walter Konrad Stauchmann. Il avait entendu prononcer son nom par Madame Yvette qui, dès son apparition, s'était empressée vers lui avec une coupe de champagne. L'élégant capitaine fréquentait la maison deux à trois fois par semaine. Invariablement, il arrivait un peu après l'heure du couvre-feu et n'en repartait qu'à la pointe du jour. Très entourée, l'esquisse d'un sourire poli aux lèvres, il écoutait le verbiage des uns et des autres sans pour autant perdre de vue ces demoiselles qui voletaient autour de lui. Tout à coup, son œil s'allumait et il adressait à l'une des pensionnaires un signe de tête. Aussitôt, la parade cessait. Cependant, Stauchmann ne montait pas tout de suite avec l'élue : il se faisait servir une seconde coupe de champagne et rejoignait à une table un petit groupe de joueurs de cartes. Par Renaud, Cédric avait appris à les connaître, toutefois sans jamais se mêler à eux : il y avait là un officier de même grade que Stauchmann mais plus âgé et moins soigneux de son uniforme, un industriel à la carrure impressionnante qui produisait des matières colorantes pour le Grand Reich, et un commissaire bedonnant dont on ne savait s'il était encore en fonction ou à la retraite. Occasionnellement, un agriculteur du Sud-Ouest, boiteux et généreux en tournées, complétait leur table avec un homme d'aspect malingre contre lequel Renaud avait mis en garde Cédric : « Tu as dû entendre sa voix à Radio-Paris ; il ne jure que par les Allemands, un véritable chien enragé… »

Un soir, alors que Cédric redescendait avec Virginie, ils se trouvèrent nez à nez avec Stauchmann. Après un baisemain à la jeune femme, celui-ci complimenta Cédric de pouvoir bénéficier des faveurs de Virginie et prétendit en souriant qu'il en était jaloux. Il s'éloigna ensuite avec l'une des filles sur laquelle il avait jeté son dévolu. La veille du 15 août, Cédric découvrit Virginie serrée dans un fourreau noir qui rehaussait sa poitrine. Elle avait changé de coiffure et portait des bijoux qu'il ne lui connaissait pas. Elle le prévint qu'il ne devait pas compter sur elle, ni ce soir-là ni le lendemain. Puis elle s'installa dans un fauteuil, les yeux rivés sur la porte du salon.

Quelques minutes avant l'arrivée de Stauchmann, un homme que Cédric n'avait jamais vu dans la maison poussa la porte. Trapu, les cheveux grisonnants, il balaya du regard la salle, mais déjà Madame Yvette se précipitait vers lui tandis que, le visage rayonnant, Virginie quittait son fauteuil.

« Qui est-ce ? demanda Cédric, la mine sombre.

— Voyons, dit Renaud, tu devrais le savoir, il porte le même nom que toi : Adrien Dechaume, ancien ténor du barreau, ex-député. Il est à présent ministre sans portefeuille du gouvernement Laval, on le dit très proche de Pétain dont il serait l'homme des missions difficiles... Autre chose : ta Virginie lui appartient... »

Chapitre XIV

Août 1942 – Vichy

Alourdie par son chargement de condamnés, la charrette se frayait péniblement un passage dans la foule qui avait investi la place et ses abords. Les gens s'étaient postés aux fenêtres, s'accrochaient aux lampadaires, se nichaient dans les arbres ou s'installaient à califourchon sur le pignon des maisons. Ils criaient leur haine, impatients d'assister à la mise à mort. Par-dessus la marée humaine, Louise distingua les montants de la guillotine et le bourreau cagoulé qui attendait les bras croisés. Elle ne craignait pas la mort : une descendante du comte du Jarre ne pouvait s'effrayer de la décapitation. Elle jeta un regard triste sur Adrien : il gisait au fond du véhicule, les mains liées, le visage sale d'une barbe naissante et les lèvres tremblantes comme s'il marmonnait une prière. Louise avait espéré qu'au dernier moment Adrien se ressaisirait et se montrerait digne de son alliance avec les Cellier Mersham du Jarre, mais elle venait de perdre ses illusions. Elle soupira : ne l'avait-elle pas voulu, ce fils d'un couple de marchands des quatre saisons ?

Dès que la charrette se fut immobilisée, elle en descendit la première et, droite, monta les marches de l'échafaud. Elle se pencha afin de permettre au bourreau de lui cisailler sa longue chevelure puis elle le laissa échancrer sa chemise, regrettant qu'on pût entrevoir son soutien-gorge de satin. Docilement, elle appuya son ventre sur la planche où, en un tournemain, elle fut garrottée. La foule avait cessé de vociférer ; il n'émanait plus d'elle qu'un murmure qui allait en s'amenuisant jusqu'à se réduire à un bourdonnement. Puis ce fut le silence : d'un mouvement précis, le bourreau avait fait basculer la planche à l'horizontale avant de fixer le carcan sur le cou de la suppliciée. Louise se rappela subitement qu'elle ne s'était pas encore confessée et elle cria : « Un prêtre… un prê… » Le mot s'étrangla en un gargouillis dans sa gorge sectionnée par la chute violente du couperet. Louise ne ressentit pas de douleur, mais une lumière blanche l'aveugla. Elle fut soulagée de constater que la mort était lumière et non point obscurité… « Il est l'heure, madame. » La femme de chambre avait tiré les rideaux et un rayon de soleil barrait le lit. Louise se protégea les yeux de sa main puis, doucement, écarta les doigts : elle n'était donc pas morte ? Mon dieu, ce n'était qu'un cauchemar. Elle haletait comme si elle avait trop longtemps retenu sa respiration. « Madame se sent bien ? » demanda la domestique, inquiète. Louise la rassura avant de la congédier. Elle passa dans la salle de bains et se lava à grande eau pour retrouver ses esprits ; ensuite, elle s'habilla et sortit dans le jardin. Elle respirait profondément, une main sur sa gorge : elle était vivante… vivante… Là-bas, à quelques pas, l'Allier poursuivait sa course tranquille. Tout paraissait paisible. « Ce n'était qu'un rêve, un mauvais rêve », se répéta-t-elle.

Elle y pensa cependant toute la journée : les images de son supplice lui revenaient, obsédantes, terrifiantes, accompagnées de ce sentiment de désespoir de n'avoir pu se confesser. Était-ce un rêve prémonitoire, et que signifiait-il au juste ? Peut-être une menace pesait-elle sur Adrien et sur elle ? Et pourtant, informée et conseillée par le fidèle Debrousse, elle n'avançait qu'avec précaution dans cette tourmente, allant jusqu'à suggérer à son mari de prendre ses distances avec le gouvernement et de moins s'afficher avec le Maréchal. Adrien s'était engagé à y réfléchir mais il semblait à présent à Louise que le temps pressait, d'autant qu'à peine revenu au pouvoir Laval s'était davantage impliqué dans une politique de collaboration et, après avoir en avril préconisé pour la France l'intégration dans l'ordre européen créé par l'Allemagne, avait ouvertement souhaité deux mois plus tard, dans une déclaration radiodiffusée, la victoire de la puissance allemande. « Il s'agit avant tout, avait plaidé Adrien, de préserver l'Europe du bolchevisme.

— Il n'empêche, avait répliqué Louise, ce sont bien les Allemands qui nous occupent. »

Louise ne pouvait également s'empêcher de songer à l'opération « Vent printanier » minutieusement préparée à la préfecture de Paris, qui avait abouti à une immense rafle des juifs et à leur internement au Vélodrome d'Hiver et à Drancy avant leur déportation. Louise qui avait autrefois compté dans ses relations une petite poignée de juifs, « des gens bien nés, étrangers à ces caricatures que l'on découvre dans certains journaux », s'en était émue auprès d'Adrien : « Croyez-vous qu'il soit à l'honneur de notre pays de prêter la main à leurs persécuteurs ? » Adrien avait tenté de la rassurer : les juifs étaient expédiés vers des camps de travail, il ne leur arriverait rien de mal… Mais, là encore, Debrousse n'avait pas tardé à l'édifier : les juifs partaient vers des camps d'extermination. Parfois, Louise s'interrogeait : que savait réellement Adrien de ces rafles, quel rôle jouait-il au gouvernement et de quelle autorité jouissait-il ? Elle s'efforçait de se persuader qu'il ne disposait pas de pouvoirs. Sans cela, n'aurait-il pas déjà fait libérer Anselme, leur aîné qui croupissait toujours dans un stalag, alors que voici moins d'une semaine était arrivé à Compiègne un premier convoi de prisonniers libérés au titre de la « relève ».

Louise voulut envisager son cauchemar comme un avertissement et en conclut qu'elle se devait d'inciter Adrien à d'autres choix. Certes, elle ne l'obligerait pas à un dangereux changement de cap, mais elle lui recommanderait de donner quelques gages discrets à ces « forces de l'ombre » dont, selon les propres termes de Debrousse, « l'action ira en s'amplifiant ». En ce sens, elle estimait que l'engagement de Guénola dans la Résistance aux côtés de Jean-Luc Engelbert constituait un premier gage. Restait à renouer les liens avec Guénola d'abord puis, à travers Jean-Luc, avec Nathan, devenu à Londres l'ombre du général de Gaulle.

Par Debrousse qui n'avait pu lui fournir davantage de précisions, Louise avait appris que sa fille vivait à Paris avec Jean-Luc. Persuadée que Guénola était en contact avec sa grand'mère, Louise écrivit à Adélaïde pour lui annoncer sa prochaine venue et lui laisser entendre qu'elle espérait bien, lors de son séjour, revoir Guénola : « Je comprends ses idéaux, crut-elle nécessaire d'avancer dans sa lettre, ils sont ceux d'une jeunesse saine. Et qui sait si, pour ma part, je n'aurais pas à son âge suivi une telle voie ? » De crainte qu'il ne s'y opposât prématurément, Louise s'abstint de dévoiler ses projets à son mari. Elle le prépara à l'idée de son voyage en exprimant à plusieurs reprises sa lassitude de Vichy et des gens qu'elle y côtoyait, de sorte qu'il ne manqua pas de lui suggérer de se rendre pour une semaine ou deux dans la capitale. À la mi-septembre, accompagnée de sa femme de chambre, Louise débarqua à Paris. Entretenue par un vieux couple de gardiens, la maison ne paraissait pas avoir souffert de son abandon de près de deux années. Il fallut cependant ouvrir toutes grandes les fenêtres pour la débarrasser d'une légère mais persistante odeur de renfermé.

C'était, au bout d'un interminable couloir, une pièce mansardée, un mouchoir de poche sous le toit d'une vieille bâtisse à la façade de crépi étoilée de fissures. Une chambre carrelée de tommettes rouges brisées par endroits, aux murs tendus d'un papier rose délavé par l'âge, estampillé d'excréments de mouches. Le jour, la lumière pénétrait à profusion par le vasistas ; la nuit, une unique lampe nue suspendue à un fil torsadé diffusait une clarté jaunâtre. Ils devaient chercher l'eau sur le palier et cuire leur nourriture sur un antique poêle que, faute de charbon, ils gavaient de bois récupéré au gré de leurs vadrouilles. Leurs vêtements s'entassaient sur une chaise, des clous leur servaient de penderie. Le lit avachi n'était pas bien grand, mais qu'importait à Guénola et Jean-Luc qui ne pouvaient s'endormir que serrés l'un contre l'autre. En passant la tête par le vasistas, ils apercevaient par-dessus la multitude des toits le clocher Saint-Germain qu'ils entendaient sonner par intervalles. Certaines nuits, la lune, pleine et striée d'ombres, s'encadrait dans le vasistas.

Guénola recevait un peu d'argent des quelques leçons de piano qu'elle dispensait dans les maisons bourgeoises et chez les nouveaux riches pressés de s'afficher dans le beau monde, de contracter des alliances avec d'indiscutables vieilles familles affamées et humiliées. Jean-Luc, lui, filait dès le matin sans jamais rien dire à Guénola pour ne pas l'exposer au danger ; cependant, il demandait à la jeune fille de penser à lui à certains moments. Elle ne l'interrogeait pas, mais durant ces minutes elle ne vivait plus ; où qu'elle fût, elle retenait son souffle ou priait : « Mon Dieu, épargnez-le, faites qu'il revienne... » Et il revenait le soir, parfois au petit matin, fourbu, anxieux, sursautant au moindre bruit extérieur. Elle le prenait dans ses bras pour le rassurer, l'apaiser. Savait-elle seulement qu'il tremblait non pour lui, mais pour elle ?

Ils rêvaient de ce qu'ils entreprendraient après la guerre : ils se voyaient dans un nid à peine plus grand que celui-ci, avec des fenêtres qui s'ouvraient sur un jardin. Ils l'arrangeraient à leur goût. Ils auraient l'eau courante, une cuisine, des tableaux aux murs, des rangées de livres. Ils sortiraient avec des amis, iraient au cinéma, au théâtre. Ils se rendraient en Touraine et, comme autrefois, s'y promèneraient enlacés. Plus tard encore, ils déménageraient dans une maison qui accueillerait leurs enfants. Ils en auraient trois ou quatre. Le premier, ils le prénommeraient Jérôme. Mais Guénola en était persuadée, il leur naîtrait d'abord une fille. En attendant, le soir, au rendez-vous de la radio de Londres, ils se penchaient sur un poste qu'ils dissimulaient derrière une trappe taillée dans le garde-manger, sous le toit. Ils vibraient pour chaque nouvelle d'une France clandestine dont jour après jour la vitalité se reconstituait et les rapprochait de leur rêve.

Ce matin, le soleil tarde à s'extraire de la brume. Guénola se détourne de cette grisaille qui envahit la chambre et dénature un peu plus la couleur des murs. Elle cherche dans le creux encore tiède du lit un peu de la présence de Jean-Luc. Elle respire dans les draps l'odeur de son corps. Elle ne l'a pas entendu partir.

La veille, il l'avait prise dans ses bras : « Demain à 11 heures tu penseras à moi. » Et, pour la première fois, elle s'était insurgée. « Emmène-moi ! » Il l'avait regardée d'un air désolé, comme si elle venait de rompre un accord tacite. « Je ne suis donc bonne qu'à distribuer des papiers ? s'était-elle écriée. Je veux tout partager avec toi ! – Sois patiente, le moment viendra », avait-il répondu doucement. Mais elle savait qu'il ne se résoudrait jamais à l'emmener si elle ne l'y contraignait.

Un rayon de soleil perce enfin et tombe, oblique, dans la pièce qu'il recolore. Guénola s'habille d'une robe de cotonnade à fleurs. Elle se prépare à descendre pour l'indispensable chasse aux provisions avant la leçon de piano de Mlle Blaizac, fille et petite-fille de fonctionnaires. Depuis l'armistice, M. Blaizac a bénéficié de plusieurs promotions. Il est désormais un fonctionnaire de haut rang. Ses voisins le traitent avec beaucoup de respect, ses fournisseurs le gâtent : on ne sait jamais... M. Blaizac s'étonne de s'entendre dire que le Maréchal auquel il a prêté allégeance est à la botte des Allemands ; le Maréchal est rusé, il obtient d'eux un adoucissement du sort de la France. Voulez-vous que notre pays soit traité comme la Pologne ou l'un de ces pays slaves aussi exploités que des colonies ? Et d'ailleurs, ces remarques, M. Blaizac n'en a cure : lui ne sert que l'administration française et, comme tout bon fonctionnaire, obéit à ses supérieurs. Demain, si le régime venait à changer, il s'y soumettrait avec la même discipline, le même bonheur. Lorsque le pays recouvrera sa liberté, M. Blaizac n'encourra aucun blâme. Peut-être même méritera-t-il une décoration pour s'être tenu fidèle à son poste. Guénola songe que la France est peuplée d'un grand nombre de Blaizac. Ils sont constitués de cette pâte dont on forme un troupeau. Ils vous piétineraient, vous lyncheraient sans état d'âme, avec la conscience du devoir accompli, du travail « conforme aux lois et à la réglementation en vigueur ».

Adélaïde embrassa du regard la place Saint-Germain où Antoine venait de la déposer avec son panier. « Vraiment, tu ne veux pas que je t'attende ? » lui avait-il demandé pour la seconde fois du haut de son camion, inquiet à l'idée qu'elle aurait du mal à trouver un moyen de locomotion pour rentrer. Elle avait secoué la tête. Elle se débrouillerait, il lui suffirait de descendre la rue Bonaparte puis de traverser le pont Neuf. En dépit de ses soixante-dix-sept ans, elle ne détestait pas marcher, d'autant que, la brume dissipée, une belle matinée s'annonçait. Elle considéra avec curiosité l'église qui, malgré la hauteur de son clocher, n'aurait pas déparé dans un village. Elle ne put s'empêcher de la comparer à l'impressionnante architecture de Saint-Eustache qui dominait les toits des Halles et dont les cloches avaient rythmé son existence depuis son mariage avec Paul Lebally.

Un passant lui indiqua la rue de l'Échaudé, une échancrure dans le boulevard Saint-Germain qui rejoignait la rue de Seine, à deux pas de l'Institut de France. Elle s'arrêta devant la façade noire de suie d'une maison aux fenêtres de guingois. Des plaques de crépi s'en allaient par endroits et une fissure courait sur un côté. Elle n'avait pas besoin de consulter la liste des locataires, elle se rappelait : sixième gauche, au fond du couloir, dernière porte à droite. Elle gravit sans trop de difficultés les quatre premiers étages, mais au-delà l'escalier devenait plus étroit et se raidissait. À plusieurs reprises, il lui fallut marquer une pause. Lorsqu'elle parvint au sixième, son cœur battait avec violence et ses jambes tremblaient. Elle se traîna péniblement avec son panier qui s'alourdissait. Le couloir lui parut interminable. À bout de souffle, elle frappa à la porte de Guénola.

« Grand'mère ! » Guénola soutint Adélaïde qui vacillait et l'aida à s'allonger. Elle lui fit ensuite boire un peu d'eau sucrée. « Cela va mieux, ma chérie. Tu vois, j'avais oublié mon âge ; ma tête vieillit moins vite que mon cœur et mes jambes. » Elle se redressa, découvrit la minuscule pièce, le pan de mur coupé, le vasistas : « C'est donc là que vous logez... » Elle s'abstint cependant de plaindre sa petite-fille, se souvenant qu'elle-même, à son arrivée à Paris, n'était guère mieux lotie. « J'ai pensé que tu aurais besoin de quelques provisions. » Elle vida le panier sur la table encombrée d'ustensiles de cuisine. « Du vrai chocolat ! s'émerveilla Guénola. Il y a si longtemps que je n'en ai goûté !

— C'est un cadeau de ton oncle Antoine, comme tout le reste d'ailleurs. »

À présent qu'elle s'était reposée, Adélaïde éprouvait l'envie de remuer, de découvrir le quartier avec sa petite-fille. « Si nous sortions ? lui proposa-t-elle. À moins que tu ne sois pas libre.

— Mlle Blaizac ne souffrira pas d'une leçon de piano en moins... les voisins non plus », ajouta Guénola en riant.

La place commençait à s'animer. Bien que les attroupements fussent interdits, un bateleur amusait le public avec un numéro éculé. Bravache, il mettait à contribution un soldat allemand qu'il ridiculisait sous un flot de calembours, suscitant des éclats de rire de la foule complice. Sur le parvis de l'église, un pauvre hère proposait un lot de nippes en échange de quelque nourriture. À la terrasse des Deux Magots, des zazous se livraient à des discussions passionnées. « On y fait l'un des meilleurs, sinon le meilleur chocolat, même en période de restrictions », dit Guénola. La vue de ces jeunes gens désœuvrés fit sourire Adélaïde : de son temps, elle avait bien d'autres préoccupations. Il lui fallait se battre jour après jour contre la misère, lutter pour manger et payer son loyer. De sa jeunesse, elle ne se souvenait que de ses efforts pour ne pas sombrer, pour ne pas laisser la maladie emporter son petit Marcel. Bien après son mariage avec Paul Lebally, la peur de manquer de pain avait continué à la hanter. « Entrons ! dit-elle subitement.

— Tu n'y penses pas, grand'mère, c'est hors de prix ! s'exclama Guénola.

— C'est bien pour cela que je veux m'y asseoir. Je me suis refusé tant de choses à ton âge et plus tard encore que j'ai l'impression d'avoir été volée de mes vingt ans. »

Elles s'installèrent dans la salle et commandèrent deux tasses de chocolat qu'on leur servit cérémonieusement. Presque toutes les tables étaient occupées ; l'une d'elles, à proximité d'Adélaïde et de Guénola, avait été retenue par un officier allemand qui fut rejoint quelques minutes après par deux autres gradés. Autour d'eux, chacun affectait de les ignorer, mais les Allemands paraissaient ne pas s'en émouvoir et fumaient tranquillement tout en bavardant. « Tu sais, avoua Guénola à Adélaïde, je n'ai jamais osé mettre les pieds là ; Jean-Luc et moi, nous parvenons tout juste à joindre les deux bouts.

— Pourtant, dit Adélaïde, tes parents ne demanderaient pas mieux que de t'aider.

— Je n'accepterai jamais de regagner Vichy, et encore moins de me séparer de Jean-Luc. Après la guerre, nous nous marierons... »

Elle se tut un instant puis reprit : « Vois-tu, je crains toujours que quelqu'un me jette à la figure le nom de mon père.

— À propos de ton père, ta mère m'a écrit : elle a, semble-t-il, des projets pour lui. Je n'en suis pas encore certaine, mais je crois qu'elle a senti le vent tourner... elle est à Paris et elle aimerait te rencontrer... »

Adélaïde s'interrompit ; un petit homme malingre aux cheveux ras venait de faire son entrée, accueilli par le gérant. Dès qu'il aperçut Adélaïde, il se dirigea vers sa table et s'inclina devant elle. « Je suis heureux de vous revoir, madame Lebally ; les temps ont changé, n'est-ce pas ? » Et il repartit comme il était venu, la démarche un peu raide, pour s'asseoir auprès des officiers. « Qui est-ce ? » s'inquiéta Guénola en voyant Adélaïde blêmir. « Germain Prouvaire, répondit-elle, il est aussi venimeux qu'un serpent. »

Chapitre XV

Octobre 1942 – Paris

Le vent soufflait par rafales, arrachait aux arbres des paquets de feuilles tachées de rouille qu'il envoyait crépiter sur les vitres ou faisait valser avant de les coucher sur le pavé pour les reprendre aussitôt avec de brefs rugissements et les éreinter à nouveau. C'était un vent d'ouest à peine rafraîchi qui portait en lui des senteurs de terre mouillée et de bois putréfié. Dans le ciel qui s'obscurcissait, des rouleaux gris couraient, pareils à des vagues écumeuses dont les franges s'illuminaient des dernières lueurs du jour. Aux façades des maisons, des clartés bleues s'étageaient et on entendait comme en écho au vent des claquements secs, des bruits sourds. Le dos courbé, le col relevé, une main sur leur chapeau, les passants se hâtaient dans la crainte d'une bourrasque encore plus violente. Louise écarta les rideaux : l'ombre était là, une fois de plus, immobile, tournée vers l'hôtel particulier. Il n'émanait d'elle aucune hostilité, mais cette présence silencieuse et régulière devant sa porte l'agaçait, et sans doute aurait-elle fait intervenir la police si elle n'avait craint de paraître ridicule, d'autant que l'inconnu lui semblait jeune. On aurait dit un adolescent n'osant pas rentrer chez lui.

Louise abandonna la fenêtre et s'installa dans un fauteuil. Elle ouvrit le journal sans parvenir à fixer son attention. La solitude dans cette maison si vivante autrefois lui pesait et ses enfants commençaient à lui manquer. Elle devait bien se l'avouer, depuis trois semaines qu'elle se trouvait à Chaillot, les choses n'avaient pas progressé : son entrevue avec sa fille dans un café du Quartier latin s'était révélée décevante. À l'évidence, Guénola se méfiait de la brusque conversion de sa mère. Le souhait de Louise de se rapprocher de la Résistance l'avait laissée froide. Elle avait répondu que cela n'était pas de son ressort mais qu'elle transmettrait. Devant un tel accueil, Louise n'avait même pas tenté d'ébaucher la question du retour au bercail de sa fille.

Et maintenant, dans ce vaste salon que l'on chauffait, comme le reste de la maison, avec parcimonie, elle s'interrogeait : pourquoi cette enfant s'éloignait-elle d'elle ? Il y a peu, elle la serrait dans son giron et la berçait. Quelle fatalité conduit-elle une fille à se détacher de sa mère, quelle nécessité la pousse-t-elle à rejeter l'affection qui les liait ? Peut-être Guénola avait-elle trop vite grandi, ou peut-être était-ce Louise elle-même qui avait raté un moment de cette jeune existence qui ne demandait qu'à aimer et à partager. Mais elles étaient désormais étrangères l'une à l'autre... Allons, c'était assez de rêveries et de regrets ! Louise décida de ne plus perdre de temps à Paris : elle retournerait à Vichy après une visite à Adélaïde. Saisissant une nouvelle fois le journal, elle le parcourut, mais renonça bientôt à en poursuivre la lecture, l'esprit préoccupé par l'ombre en bas. Elle quitta son fauteuil et colla son front au carreau : le garçon demeurait toujours posté face à la maison. Adossé à un arbre, il paraissait indifférent à la bourrasque. Louise s'emporta. Que voulait-il à la fin ? Elle passa un manteau et descendit. Une fois dehors, elle marcha résolument vers lui et l'apostropha : « Que faites-vous là sous mes fenêtres à m'épier ? » Il avait l'air vraiment jeune, presque attendrissant avec ses cheveux clairs que le vent ébouriffait, sa mine décontenancée de gamin surpris. « Que cherchez-vous ? » insista-t-elle, avec cependant moins de sévérité. Il bégaya : « C'était juste pour voir... – Quoi donc ? » s'impatienta-t-elle. Comme il s'obstinait à ne pas répondre, elle ajouta avec une nuance maternelle dans la voix : « Allons, vous feriez bien de rentrer chez vous avant la pluie. Vos parents doivent sûrement s'inquiéter.

— Cette maison, dit-il doucement, c'était celle de mon grand'père, celle de ma mère… » Et il se sauva, laissant Louise interloquée.

Le train roulait avec une désespérante lenteur. Il s'arrêtait, repartait, ralentissait sans raison apparente, accélérait pour s'essouffler aussitôt. Et tout cela dans un tintamarre de ferraille, un grincement de roues, un chuintement de vapeur, tandis que la locomotive crachait des panaches de fumée noire et des escarbilles qui fouettaient les glaces. Il semblait à Louise qu'elle n'arriverait jamais à Vichy. Quelques instants avant le départ, des gens s'étaient engouffrés dans le compartiment, poussant devant eux des valises de cuir neuf, déballant à peine assis leur panier de victuailles avec l'assurance de nouveaux riches qui n'ont pas à se gêner, puisque – n'est-ce pas – ils peuvent s'offrir des premières. De sorte que l'air s'était alourdi d'odeurs de saucisson à l'ail, de camembert en déroute et de rôti. À deux reprises déjà, les Allemands avaient bloqué le convoi et contrôlé les papiers avec une suspicion qui n'épargna personne, sauf Louise dont le laissez-passer les obligea à un garde-à-vous qui impressionna jusqu'aux nouveaux riches.

Louise évitait de lier conversation avec ses voisins : elle n'éprouvait aucun plaisir à écouter leurs banalités et préférait fixer le paysage ou s'abandonner à ses réflexions. Lors d'une dernière vérification d'identité avant la ligne de démarcation, les Allemands avaient obligé un couple d'âge mûr à descendre. Encadrés par deux soldats, ils avaient assisté sur le quai à l'éloignement du train : lui avec une expression d'infini découragement et elle avec des larmes. Il avait posé une main sur l'épaule de sa compagne puis l'avait retirée comme s'il réalisait son impuissance à la consoler. « Des juifs, bien sûr ! » s'était exclamée avec une moue de dédain la femme du nouveau riche, la bouche encore pleine d'une cuisse de poulet qu'elle grignotait avec une délicatesse affectée. L'homme s'était essuyé les lèvres avec une serviette à damier rouge et avait renchéri : « Il n'y a rien comme les Allemands pour les reconnaître… » Il avait quêté autour de lui une approbation, mais aucune voix ne lui avait fait écho : gênés par la scène à laquelle ils venaient d'assister autant que par les remarques du couple, les autres voyageurs avaient conservé le silence, feignant de s'absorber dans quelque futile occupation. Louise éprouvait à présent un profond dégoût pour ces deux êtres imbus d'eux-mêmes qui continuaient à mastiquer, en même temps qu'elle se reprochait de ne pas se dresser pour leur dire leur fait. En quoi se montrait-elle différente de ces gens dans le compartiment qui baissaient la tête, s'efforçant de ne rien voir ni entendre ? « La première des lâchetés, s'était insurgée Guénola lors de leur rencontre au Quartier latin, c'est la passivité ! » Oui, sa fille avait raison. Et en un instant, elle se sentit, elle, une Cellier Mersham du Jarre, prête à crier sa révolte si l'un ou l'autre de ces grotesques individus osaient se permettre une réflexion de plus. Mais, comme avertis de la menace qui pesait sur eux, l'homme et la femme se tassèrent sur la banquette et n'ouvrirent plus la bouche jusqu'à l'arrivée à Vichy.

Accompagné de son chauffeur, Adrien attendait Louise à la gare. Tandis qu'elle lui relatait son séjour à Paris et lui donnait des nouvelles de Guénola, elle crut déceler sur le visage de son mari un curieux sourire. Plus tard, lorsque après avoir distribué leurs cadeaux aux enfants puis dîné Louise se retira dans sa chambre, elle repensa à ce sourire : que signifiait-il ? Adrien lui cachait-il quelque chose ? Mais elle était trop lasse pour s'y attarder et d'autres préoccupations sollicitaient son esprit, comme l'obstination de cet adolescent à camper chaque soir et jusqu'à l'heure du couvre-feu sous ses fenêtres à Chaillot. Maintenant, Louise savait que l'adolescent n'était autre que le fils d'Agathe Dechaume, « la rebelle » ainsi que l'appelait son propre père. Jamais Agathe n'avait admis qu'Adrien pût être le fils de Pierre Dechaume et elle s'était opposée avec une rare énergie à sa reconnaissance. Si elle n'avait péri dans d'étranges conditions au collège Saint-Joseph, peut-être aurait-elle découvert les preuves de l'imposture d'Adrien. Car il s'agissait bien de cela, puisque Louise elle-même avait surpris l'aveu fait par Adélaïde au député sur son lit de mort : le véritable fils de Pierre Dechaume était Antoine, et non son frère Adrien. Au regard de la justice, seuls deux êtres pouvaient témoigner de cette usurpation : Adélaïde, qui ne parlerait pas parce qu'elle était l'âme de cette machination, et Louise. Louise, qui se disait qu'elle ne trahirait jamais son mari à moins que...

Elle soupira : Seigneur, fallait-il qu'elle jetât son dévolu sur Adrien quand tant d'autres prétendants se pressaient autour d'elle ! Pourtant, aujourd'hui encore elle ne regrettait pas son choix : il avait répondu à ses aspirations les plus secrètes, fait d'elle une femme comblée, l'épouse enviée d'un ministre. Et qui sait si après la guerre il ne parviendrait pas, une nouvelle fois, à se rendre indispensable, pour peu qu'il ait l'habileté de se démarquer du gouvernement de Vichy sans pour autant se jeter dans les bras d'une résistance qui se cherchait encore ? Il lui appartenait à elle, Louise, d'aider son mari à naviguer dans ces eaux incertaines.

Bien sûr, tout n'allait pas aussi parfaitement entre eux : Adrien continuait à fréquenter cette maison close de la place Saint-Georges. Mais quoi, elle pouvait bien fermer les yeux sur cette manifestation d'un excès de virilité auquel, depuis des années déjà, elle rechignait à répondre. D'autant que l'excellent Debrousse s'arrangeait pour qu'Adrien ne s'attachât pas durablement à l'une de ces catins. À tout prendre, mieux valait cela plutôt que de le voir s'enticher d'une femme de sa condition dont il ferait sa maîtresse, au péril des intérêts de la famille. Allons, c'était bien assez de tourment et de fatigue pour cette journée. Louise se glissa dans ses draps et, renonçant à vérifier selon son habitude les livres de comptes, elle s'apprêtait à éteindre la veilleuse lorsque Adrien s'annonça : « J'ai vu de la lumière sous votre porte », s'excusa-t-il.

Il portait la robe de chambre qu'elle lui avait rapportée de Paris, une soie sauvage beige à liséré marron, rare par les temps actuels. Elle ne put s'empêcher de le trouver encore bel homme malgré ses cheveux qui blanchissaient et les plis autour des yeux. À cinquante-deux ans, il dégageait une impression de force contenue, qu'elle admirait. Elle le savait ambitieux, habile. Les journalistes lui prêtaient une influence sur le Maréchal et s'accordaient à lui reconnaître des qualités de diplomate. Rien de ce qu'il entreprenait n'était dénué de sens. Pourtant, Louise s'inquiétait de l'immobilité présente de son mari. Elle craignait qu'en dépit de sa perspicacité il ne se laissât piéger par les événements à venir. Aussi, puisque l'occasion s'offrait, elle était bien décidée à lui en parler ce soir. Mais il ne lui en laissa pas le loisir : il s'assit à son chevet et lui prit la main qu'il baisa. « Voyez-vous, lui dit-il avec ce sourire qu'elle avait remarqué à la gare, j'ai toujours pensé que vous représentiez pour moi l'épouse idéale. Cette conviction s'est renforcée quand, quelques années après notre mariage, vous avez froidement abattu Vinolet, cet assassin que j'avais fait condamner et qui, évadé, s'était introduit chez nous et m'avait tenu sous la menace de sa hache. Une autre se serait sans doute affolée, aurait perdu connaissance. Pas vous, Louise. Vous êtes une femme de tête, redoutable par votre détermination. D'une certaine façon, vous êtes mon double, mon inspiratrice. Oui, je le proclame volontiers : sans vous, serais-je arrivé aussi haut ? » Son sourire s'était effacé, et il serrait la main de Louise entre les siennes comme s'il appréhendait qu'elle se sauvât. Mais elle n'esquissait pas un mouvement dans l'attente de ce qu'il allait lui apprendre. Il reprit après un moment de silence, avec une sorte de ferveur : « Vous montez la garde autour de nos enfants et de moi-même avec une telle vigilance que rien de fâcheux ne saurait survenir... Parfois, je me dis que je ne vous mérite pas... Non, ne protestez pas, je suis lucide. Je sais combien vous souffrez de mes incartades et avec quelle dignité vous les tolérez... Mais venons-en à l'essentiel : vous avez entrepris ce voyage avec des arrière-pensées que je n'ignorais pas ou plutôt que je devinais. Je vous ai laissée agir car cela me servait – nous servait, devrais-je dire. Il est certaines démarches qu'une femme accomplit mieux qu'un homme... » Louise secoua tristement la tête : « Je n'ai hélas réussi qu'à nous humilier, dit-elle. Mais ce qui m'attriste davantage, c'est que, par moments, j'ai eu le sentiment que notre fille nous devenait étrangère. Peut-être me suis-je montrée maladroite, peut-être ne l'avons-nous pas comprise. » Une fois encore, le sourire esquissé à la gare se dessina sur le visage d'Adrien. « Vous avez si bien échoué, lui répondit-il, que j'ai reçu hier la visite d'un émissaire de Nathan Engelbert, mon ancien condisciple de Saint-Joseph, l'oreille du général de Gaulle. Je tenais à vous en remercier, Louise. Mais vous devez être exténuée et je suis là à vous empêcher de vous reposer. Nous parlerons de tout ceci demain. Je vous souhaite une bonne nuit, dit-il en lui baisant à nouveau la main. – Non, murmura-t-elle, restez ! »

Octobre s'achevait dans un ciel de tourmente qui ajoutait à l'angoisse des cœurs. Il semblait que pas un coin de la Terre ne fût à l'abri du feu de la guerre ou de sa menace. Et tandis qu'après avoir réduit en cendres tout ce qu'elles traversaient les divisions allemandes soumettaient à un déluge d'obus Stalingrad, détruite et affamée, que les Russes s'obstinaient à défendre, la France, elle-même exsangue, s'étonnait de ne pas subir avec encore plus de rigueur le joug de l'occupant. Se doutait-elle qu'il la vidait jour après jour de sa chair et de son esprit ? C'était la nuit, un tunnel dont nul n'entrevoyait l'issue, et les gens n'osaient même plus se demander : jusqu'à quand ? Car, ils le savaient, il n'y avait pas de mots au bout de cette interrogation.

Ceux qui prônaient ou encourageaient la collaboration triomphaient : n'avaient-ils pas eu raison de ménager le vainqueur ? Où en serait donc la France aujourd'hui ? Figurerait-elle seulement sur une carte ? Et lorsque certains leur opposaient les pillages allemands, le rationnement, le pays coupé en deux, les prisonniers qui ne revenaient pas et la déportation des juifs, ils répliquaient, avec un haussement d'épaules, qu'en vérité c'était bien peu de sacrifices au regard d'une capitale intacte et d'une population épargnée : « Occupés, mais vivants ! » clamaient-ils. À quoi les autres rétorquaient : « Vivants, mais chiens ! »

Puis vint novembre et des étoiles d'espérance s'allumèrent dans cette nuit. Il circulait des nouvelles, des rumeurs : on disait que les Américains reprenaient l'initiative dans le Pacifique et qu'ils débarqueraient bientôt en Europe. On apprenait qu'en Afrique du Nord le maréchal Rommel avait perdu la bataille d'El Alamein. Brusquement, les Allemands étendirent leur emprise sur la France et envahirent la zone libre, mais dans le même temps le bruit courut que la dernière offensive de von Paulus sur Stalingrad s'était soldée par un échec. Au nom de l'espoir, Stalingrad devint le symbole de la résistance internationale face à la machine de guerre allemande. « On veut oublier le pacte germano-russe qui a permis le dépeçage de la Pologne et l'occupation des Pays baltes par les Soviétiques ! » grommela Adrien. Et déjà il s'imaginait après la guerre dressé sur la tribune de l'Assemblée nationale, s'érigeant en pourfendeur de l'hégémonie russe. Longtemps encore, la France entendrait parler d'Adrien Dechaume.

Chapitre XVI

Novembre 1942 – Alger

Couché sur le bat-flanc, à même la pierre, les mains sur la nuque, Kader perçut le bruit, un grattement furtif, distinct du ressac qui frappait le rocher sur lequel s'élevait le fort. Peut-être une souris venait-elle prélever une part du morceau de pain durci qu'il avait abandonné dans la niche, à moins qu'elle ne cherchât à tremper son museau dans la cruche ? À nouveau, il essaya de concentrer son attention sur la lune : la fixer, s'abstraire de toute pensée jusqu'à ce que les barreaux s'estompent. Alors il s'envolerait par la fenêtre et mettrait le cap sur le sud. Il ne s'arrêterait pas avant d'avoir atteint l'océan de sable avec ses dunes bleutées dans le soir, comme d'immenses vagues sensuelles. D'ordinaire, au bout de quelques minutes de rêveries, il parvenait à s'endormir. En quoi cette nuit se différenciait-elle des autres ? Était-ce cette grosse lune blanche qui semblait si proche, ou « la nouvelle » qui l'empêchait de trouver le sommeil ?

« La nouvelle ». Elle battait son esprit avec la constance du ressac : des commandos américains avaient débarqué la veille à Sidi Ferruch, non loin d'Alger. Bien qu'il se répétât que cela ne changerait rien à sa condition, il espérait que les Américains, par réaction aux autorités inféodées à Vichy, le libéreraient. « Ne te fais pas d'illusions, l'avait averti La Crevasse, le gardien au visage grêlé, au mieux on élargira les politiques, les gaullistes. Mais toi, l'Arbi, tu n'es qu'un pillard, un terroriste. Encore heureux qu'on ne t'ait pas déjà troué la peau. »

Plus d'une fois, Kader s'était demandé pourquoi il n'avait pas été exécuté aussitôt après sa capture. À l'issue d'un interrogatoire dont il portait encore les marques sur le dos, le capitaine Sorin avait tenté de lui faire honte et de le retourner. « Voyons, vous n'avez rien de commun avec les Arabes, vous êtes des nôtres, un Français. Votre père, Alphonse Lebally, était un Parisien de vieille souche ; il a payé bien cher un moment d'égarement. Il est temps pour vous de vous ressaisir, de vous réconcilier avec votre patrie. La France saura vous pardonner pour peu que... » Mais Kader avait rejeté l'offre. Il ne trahirait pas les siens ; jamais il ne s'était senti l'âme d'un Roumi. Il ne croyait qu'en cette terre d'Algérie qui l'avait vu naître. Et, comme Sorin le menaçait du peloton, Kader s'était dressé avec un sourire de mépris : la mort, il s'y était préparé de longue date.

Depuis, trois mois s'étaient écoulés et il continuait à se morfondre dans sa cellule, sans nulle visite, sans courrier pour entrecouper sa solitude. Souvent, il songeait à Émilienne. Que devenait-elle, l'avait-on inquiétée ? Il revivait leurs étreintes, entendait sa voix dans l'obscurité. Elle ne tolérait pas la lumière à ces moments-là. Une nuit, alors qu'il s'apprêtait à la quitter, elle l'avait retenu dans ses bras : « Si tu devais mourir Kader... – Tais-toi ! l'avait-il interrompue. Il est des mots qu'il ne faut pas prononcer ! » Et il lui avait écrasé la bouche de ses lèvres en un violent baiser. Pourquoi s'était-il épris de cette Roumia ? Elle appartenait à l'autre camp ; celui des assassins d'El Haïk, son père. Kader le savait pourtant : le cœur épousait rarement la raison... La lune s'était déplacée hors du cadre de la fenêtre, mais sa clarté demeurait toujours présente dans la cellule. Kader se rendit compte que le grattement avait cessé et que le ressac lui-même ne lui parvenait plus qu'affaibli. Il s'y accrocha et ferma les yeux.

Il fut réveillé en sursaut : la porte de sa cellule venait brusquement de s'ouvrir et deux soldats pointaient sur sa poitrine leur fusil cependant que La Crevasse le secouait : « Allons, l'Arbi, dépêche-toi, tu es du voyage ! » À l'expression du gardien, Kader comprit que son heure était venue. Il regretta de ne pouvoir laisser de lettre à Émilienne et eut une pensée pour son frère Kamel que leurs dissensions séparaient depuis tant d'années. Peut-être réaliserait-il en apprenant son exécution qu'il s'était fourvoyé, que sa place était ici, en Algérie dans ce combat sans merci contre les Français... Déjà, La Crevasse lui passait des menottes et le poussait dans le couloir où il l'enchaîna à cinq autres détenus surveillés par un peloton. Tout en descendant avec difficulté l'étroit escalier de la citadelle, Kader s'interrogeait : seraient-ils pendus ou fusillés ? Dans le dernier cas, on les alignerait sans doute contre le mur nord afin que le grondement de la mer, qui commençait à s'agiter, étouffe la détonation. Mais à peine dans la cour on les dirigea vers un camion bâché où deux autres prisonniers, également enchaînés, attendaient. « On nous emmène à El Biar », affirma l'un des hommes en remarquant, à travers une déchirure de la toile, qu'après avoir contourné la Casbah le véhicule grimpait. Ils s'arrêtèrent en effet à Fort l'Empereur, le temps d'embarquer un autre détenu avant de repartir. Dans le fond du camion, le doigt sur la détente, La Crevasse ne cessait de fixer Kader. Tandis qu'ils empruntaient la route du Sud encombrée de charrettes, de caravanes de marchands et de véhicules bringuebalants, le ciel se mit à blanchir.

Une semaine avant la grande fête de la cité du bonheur qui cette année avait lieu en novembre, les Arbaa et les Arazia convergèrent vers l'oasis de Bou Saada, riche de ses vingt-quatre mille palmiers, où les Ouled Naïl dressaient déjà leurs tentes peintes de bandes rouges et noires. Jamais auparavant la fête n'avait attiré une telle foule : on y voyait des Touaregs perchés sur des dromadaires blancs, des Harratines que l'on disait descendre des esclaves noirs, des musiciens, des derviches tourneurs, dresseurs de serpents, jongleurs, diseurs de bonne aventure. Des familles entières étaient venues de Laghouat, Djelfa, Messad, Biskra. Certains avaient entrepris le voyage depuis Ghardaïa et d'autres depuis Constantine pour assister ou participer au défilé des Goums, au concours de *bassour**, aux courses de chevaux, aux fantasias et aux danses réputées des Ouled Naïl. Il semblait que tous les villages alentour

---

* Corbeille qui sert au transport de la mariée.

et jusqu'à ceux des monts du Hodna s'étaient vidés de leur population au profit de Bou Saada la bienheureuse.

Jour et nuit, la ville elle-même connaissait une étourdissante effervescence. Les cafés ne désemplissaient pas, des gramophones et des radios distillaient des chants berbères et d'interminables romances françaises. À cela s'ajoutait la cacophonie des petits marchands vantant leurs produits et des troupeaux de chèvres et de moutons qui traversaient la place dans des nuages de poussière, bousculant les étals et broutant dans l'indifférence générale les rares fleurs qui émergeaient des pots et des jardinières. Sous les arcades bordant la place du marché ou adossés à un mur sous un auvent de feuilles de palmier, les artisans travaillaient sans relâche : cordonniers taillant avec une surprenante célérité des chaussures de cuir dans des peaux grossièrement tannées ; ciseleurs absorbés dans le tracé d'arabesques sur des plateaux de cuivre ; forgerons logés dans de minuscules échoppes, faisant fondre dans des brasiers entretenus par des gamins dépenaillés de vieilles pièces de monnaie ou des débris d'argent pour en façonner sur-le-champ des bagues et des bracelets. Des marchands promenaient leur éventaire de Bou Saada, ces poignards à manche de corne ou d'os que les hommes exhibaient à leur ceinture comme un signe de virilité. Dès que le soleil montait, l'air s'alourdissait d'odeurs de suif, de thé à la menthe que l'on préparait en petits groupes, à même la terre battue, de café torréfié, de farine de pois chiche fraîchement moulue que les enfants emportaient saupoudrée de sucre dans des cornets de papier. S'y mêlaient des senteurs de poivre, de piments séchés d'épices ocre et rouges qui s'échappaient des sacs retroussés, des effluves d'essences précieuses dont les parfumeurs tamponnaient les mains des clientes indécises. Les lundi et vendredi, le marché complétait ce tohu-bohu dont seule avait raison pour quelques heures la sieste. À la tombée du soir, la fumée des méchouis nimbait de nacre la ville et la palmeraie.

Trois jours avant le début des festivités, venue de Z'Malet où avait été surprise près d'un siècle auparavant par le duc d'Aumale la smala de l'émir Abdel Kader, une caravane fit son entrée à Bou Saada. Hommes, femmes et enfants se portèrent à sa rencontre et assistèrent dans un silence respectueux à son passage. La longue caravane se dirigea ensuite vers la rive droite de l'oasis au voisinage des Arbaa, des Arazia et des Ouled Naïl, où elle s'installa autour de l'immense tente blanche de son chef. Dans la nuit, les notabilités et les représentants des différentes tribus vinrent rendre hommage à l'éminent visiteur.

Bien après que les séduisantes danseuses Ouled Naïl eurent offert à l'assistance le spectacle de leurs danses troublantes et que les derviches eurent tournoyé au son des cornemuses et des tambourins, bien après encore qu'on eut découpé les quartiers de mouton, puis servi avec les *deglet el nour*, ces dattes semblables à des doigts de lumière, les cornes de gazelle au goût d'amande et versé le thé, longtemps après que chacun des invités eut pris congé de lui, Kamel quitta la tente, suivi à distance, comme autrefois son père, par deux Cheurfas armés de leur sabre. Tandis qu'il foulait le sable, il se rappelait ces promenades entre les dunes avec son père et Kader, sur de petits chemins qui paraissaient déboucher dans le ciel étoilé. Qu'il était loin ce temps-là. Depuis, Kamel avait choisi de traverser la mer, de bâtir son existence sur la rive occidentale, avec la femme qu'il aimait, une « Roumia » comme on disait avec mépris ici. Il ne regrettait rien, bien au contraire. Mais, cette nuit, il voulait se laisser bercer par la nostalgie, subir l'envoûtement du désert, de son silence à peine rompu par le rire des hyènes ou le hurlement d'un chien sauvage. En cet instant seul, il comprenait le combat fou de Kader, son frère qu'il s'apprêtait à aider au péril de sa propre vie. N'en avait-il pas fait le serment à El Haïk ?

Secoués par les cahots du camion qui traversait la steppe désertique, accablés par la chaleur et la monotonie du voyage, les prisonniers somnolaient quand ils ne dormaient pas sur l'épaule de leur voisin, et les soldats eux-mêmes dodelinaient de la tête. Seul La Crevasse demeurait parfaitement éveillé. Ils n'étaient plus qu'à une cinquantaine de kilomètres de la prochaine étape où ils devaient passer la nuit avant de se charger de trois autres condamnés et de remonter ensuite vers le pénitencier politique de Lambessa, où le prince Napoléon avait expédié les opposants au coup d'État de 1851. Un sacré circuit, jugeait La Crevasse. S'il n'avait tenu qu'à lui, tout aurait été réglé en quelques minutes. Il ne manquait pas de failles où faire disparaître des cadavres. Mais voilà, les instructions transmises par le capitaine Sorin venaient de très haut où l'on entendait, semblait-il, « préserver l'avenir ». L'avenir, La Crevasse ne connaissait qu'un moyen de le ménager : éliminer tous ceux qui contestaient la souveraineté française sur l'Algérie. À quoi bon chercher à se concilier les égorgeurs ?

Jadis, lorsqu'il appartenait aux troupes du colonel Vigneau, surnommé le colonel Hachoir en raison de sa redoutable efficacité, il n'était nullement question de négocier avec les rebelles mais de les traquer. Et puis, le colonel n'aimait pas s'embarrasser de prisonniers. La Crevasse, alors âgé de vingt-neuf ans, y était à son affaire, taillant avec bonheur dans les bandes ennemies. Du moins jusqu'à ce que le capitaine Matthieu Lahire lui colle un rapport pour cruauté « inutile ». Qu'est-ce que cela signifiait, cruauté « inutile », quand les Arabes émasculaient leurs victimes, leur coupaient la langue, les décapitaient ou les enterraient jusqu'au cou dans le sable ? À la terreur devait répondre la terreur. Pourtant La Crevasse s'était contenté d'un amusement, une peccadille comparée aux atrocités adverses : il avait tout simplement joué aux boules avec la tête de quelques prisonniers fusillés. Cela lui avait valu neuf ans de purgatoire dans la forteresse d'Alger, cassé de son grade de sergent, ravalé au rang de garde-chiourme veillant sur des pillards et des assassins qui ne méritaient pas la corde pour les pendre. Neuf ans à subir la rumeur ou le grondement de la mer, lui qui aspirait aux grandes chevauchées sur les pistes ensablées. La Crevasse se l'était juré, il réglerait un jour ses comptes avec Lahire ; un combat d'homme à homme, à mains nues ou au couteau. Et bien que, depuis, leurs chemins ne se fussent jamais croisés, il ne désespérait pas... La Crevasse en revint aux prisonniers : leur transfert avait été prévu de longue date, mais il se demandait si cette soudaine décision n'était pas la conséquence du débarquement américain à Sidi Ferruch.

Maintenant, le soleil déclinait et des ombres prolongeaient les dunes. Une partie des bâches du camion avaient été repliées et l'on voyait tournoyer dans le ciel des myriades d'oiseaux qui s'égaillaient, se regroupaient puis filaient vers l'ouest avec des sifflements prolongés. Ensuite, le silence s'instaura à nouveau dans le ciel et l'on n'entendit plus que le grondement du moteur dont l'écho se répercutait dans la plaine.

La lumière du jour commençait à décroître lorsque le cavalier Cheurfa sauta de sa monture écumante et se précipita dans la grande tente blanche où l'attendait Kamel entouré des chefs de tribus alliées ainsi que de l'*aménôkal*, le sultan des Imanan, l'une des plus nobles familles de Touaregs, demeurée fidèle à la smala d'El Haïk : « Vénéré maître, annonça l'éclaireur, les roumis ont franchi l'Oued Gasa ! » Kamel décrocha son fusil et, suivi de tous les hommes présents, sortit. Dehors, les Arbaa, les Arazia et les Ouled Naïl, armés de poignards et de mousquetons, patientaient en cercle sur leurs chevaux à robe brune. Derrière, le buste droit sur leurs dromadaires, venaient les Touaregs Ajjer avec leur sabre en bandoulière et, un peu plus loin, les fiers Imanan juchés sur leurs *ebeïdeg*, les dromadaires blancs à la légendaire résistance. Vêtus de leurs tuniques bleues, coiffés de bandelettes de cotonnades et le bas du visage caché par le *taguelmoust*, ils dressaient vers le ciel la pointe barbelée de leur lance cependant qu'un bouclier de peau tendue comme une lame d'acier protégeait leur flanc. Une sentinelle cheurfa présenta à Kamel un étalon noir dont le géniteur avait appartenu à El Haïk. Un instant plus tard, dans un tourbillon de poussière, près de cent cavaliers traversèrent la palmeraie en direction du nord.

La Crevasse avait beaucoup insisté auprès du capitaine Sorin pour accompagner les détenus à Lambessa : « J'aurai l'œil sur eux, mon capitaine, et puis je connais leurs ruses… » Au fond de lui, il espérait un miracle, une tentative d'évasion qui lui aurait permis de tirer sur les prisonniers comme sur des lapins. Mais le voyage se déroulait sans anicroche, encore que La Crevasse éprouvait la curieuse impression d'être surveillé. Peut-être à cause de ces silhouettes sur les hauteurs, et de ces feux dont la fumée montait en colonne épaisse. Il s'étonnait également de ces campements nomades qui paraissaient inhabités de part et d'autre de la route. Et puis, il ressentait un creux à l'estomac, comme une peur diffuse semblable à celle qu'il éprouvait lorsqu'il donnait jadis la chasse aux rebelles sous les ordres du colonel Hachoir : la peur de tomber dans un traquenard. Mais sans doute fallait-il attribuer cela à la fatigue. À Bou Saada, il s'arrangerait pour passer une bonne nuit.

Dans le camion, les prisonniers manifestaient des signes de nervosité : ils avaient besoin de se soulager. La Crevasse toqua sur le carreau qui le séparait du conducteur pour lui signifier de s'arrêter. Le véhicule se gara dans l'ombre de l'éperon du Selat Bel Guerb, à proximité d'un oued où un mince filet d'eau se perdait entre les pierres. Enchaînés les uns aux autres, les prisonniers s'y traînèrent et, avec des mouvements maladroits, s'aspergèrent le visage avant de se désaltérer. La Crevasse lui-même se pencha sur le ruisselet. L'eau avait un arrière-goût de terre mais elle était suffisamment fraîche pour ne pas y prêter attention. Lorsqu'il se redressa, il distingua à l'horizon un nuage de poussière et se demanda si une tempête de sable ne venait pas à leur rencontre.

Bien plus tard, lorsque, le buste, le cou et la tête recouverte de bandages, La Crevasse reprit connaissance dans une salle aux murs blanchis à la chaux de l'hôpital de Bou Saada, avec l'impression que sa gorge cuisait, et qu'il réalisa où il se trouvait, il tenta de se souvenir de la façon dont les événements s'étaient succédé. Et tout d'abord il se reprocha d'avoir négligé l'importance de ces multiples signaux qui, d'Alger à l'éperon du Selat Bel Guerb, avaient jalonné leur itinéraire comme autant de mises en garde. Confusément, il comprenait que son intuition de soldat chevronné, habitué au relief montagneux et aux pistes du désert, s'était émoussée dans l'enceinte de la citadelle d'Alger. Et jusqu'à ce nuage de poussière qu'il avait confondu avec une tempête de sable, au point de presser les prisonniers vers le camion pour les abriter. Mais avant qu'ils n'y remontent, quelqu'un, peut-être le chauffeur, avait crié : « Une fantasia ! » Et c'était vrai, ils le savaient tous, qu'une grande fête se préparait à Bou Saada. De sorte qu'ils avaient attendu sans méfiance, alignés près du camion, qu'elle passât devant eux, ravis de ce divertissement qui venait rompre l'ennui de ces deux longues journées. Déjà, ils distinguaient les premiers cavaliers sur leurs chevaux dont les selles serties de pierreries scintillaient dans les derniers rayons de soleil, cependant qu'à l'arrière se profilaient les hautes silhouettes des Touaregs sur leurs méharis. Et par-dessus les mousquetons, les sabres qui tournoyaient et les lances pointées vers le sol s'élevaient en une clameur les antiques chants guerriers des tribus nomades.

La Crevasse se rappelait avoir distinctement entendu dans le bruit des pétoires deux détonations sèches et, d'instinct, il s'était couché contre une roue du camion tout en criant : « Feu, feu ! » Mais il était trop tard et, autour de lui, les soldats s'étaient écroulés. Sur sa droite, il avait aperçu à un moment les prisonniers enchaînés les uns aux autres qui se traînaient vers un amas de rochers. La Crevasse pointa son fusil. Un seul homme l'intéressait : Kader, un vieux compte à régler. Celui-là, il se l'était juré, il l'abattrait comme un lapin. Il tira, manqua sa cible. Une seconde fois, il visa. À l'instant où il appuya sur la détente, un cavalier se jeta sur Kader et lui fit un bouclier de son corps. Et ce fut cet homme-là qui tomba. Ce qui se déroula ensuite, La Crevasse l'ignorait ; un hurlement terrible, comme celui d'un fauve blessé avait jailli : « Kamel ! » Et ce fut tout, car La Crevasse plongea dans un trou noir dont il venait à peine d'émerger. « Kader, Kamel... » Les deux noms s'entortillaient dans sa tête quand le médecin s'arrêta devant lui pour l'examiner : « Vous en avez de la chance, vous êtes le seul survivant. » La Crevasse fit un effort pour lui dire que sa gorge était en feu, mais il ne parvint qu'à émettre un léger sifflement. « Donnez-lui de la glace à sucer », dit le médecin en se retournant vers l'infirmière. Il ajouta plus bas : « Pauvre bougre, il aura bien le temps d'apprendre qu'il ne pourra plus jamais parler. »

Aussitôt après l'attaque, les nomades s'éparpillèrent. Certains, après une large boucle destinée à égarer les recherches, rejoignirent la palmeraie de Bou Saada afin d'y poursuivre – sans entrain – les festivités. Les autres s'en retournèrent à leur campement ou leur village dans la plaine et les hauteurs du Hodna, cependant que sur leurs dromadaires les Ajjer et les Imanan regagnaient leur pays aux confins du désert, à la frontière de la Libye et du Niger, laissant au vent le soin d'effacer leurs traces. De la centaine de cavaliers, seule une douzaine d'Ouled Naïl et trois Cheurfas composaient désormais la procession qui progressait péniblement le long de l'arête rocheuse du Djebel Ferrane, en direction du col, à plus de mille mètres d'altitude. Dans la litière que portaient en se relayant les hommes gisait, suspendu entre la vie et la mort, Kamel. L'âme meurtrie, l'esprit assailli par des pensées vengeresses, Kader conduisait le cortège : n'avait-il donc retrouvé son frère que pour assister à son agonie ? Avant de perdre connaissance, Kamel le chirurgien avait guidé la main de Kader, l'incitant à fouiller dans la chair déchirée pour en extraire la balle nichée à quelques centimètres du cœur. Et à les voir si près l'un de l'autre, serrer les dents, grimacer et transpirer, on ne savait qui, de celui qui charcutait ou de celui qui subissait la pointe du couteau, souffrait le plus.

La nuit avait refroidi l'air. Le croissant de lune jetait une lumière blanche sur les flancs de la montagne et conférait au relief demeuré dans l'ombre d'étranges formes, mi-humaines mi-animales. On aurait dit un entrelacement grouillant de monstres dont il émanait au gré du vent des sifflements et des gémissements. Les hommes marchaient en silence, tête basse comme s'ils s'attendaient à voir cette masse se dénouer et fondre sur eux. Autant ils s'étaient montrés téméraires durant l'assaut du camion, autant la crainte des jnouns les glaçait. Par respect pour le blessé, ils n'osaient s'arrêter mais, à la façon dont ils traînaient les pieds, Kader comprit qu'il lui fallait ordonner une halte. D'autant que, encaissé entre deux hautes parois, le chemin devenait plus étroit et abrupt. Un peu plus loin, ils découvrirent une grotte et s'y abritèrent. Autour d'un feu, ils se regroupèrent pour manger et boire du thé. Ils parlèrent peu et à voix basse, et se couchèrent, enveloppés dans une couverture ou un burnous.

Une partie de la nuit, Kader veilla sur son frère, épongeant son front et lui donnant à boire. Puis, alors que le ciel commençait à pâlir, il ferma les yeux. Lorsqu'il les rouvrit, les étoiles s'étaient effacées, et en bas l'horizon rougissait. Sur sa civière Kamel dormait, apaisé. Ils se remirent en route, franchirent le col du Djebel Ferrane et descendirent ensuite vers Aïn El Mehl, la source salée, sans toutefois y pénétrer. Accompagné d'un Ouled Naïl natif du village, Kader se rendit chez le marabout, un vieillard aveugle instruit du secret des plantes et que l'on créditait dans le pays de bien des miracles. Le saint homme ne fit aucune difficulté pour les suivre. Muni de fioles, d'onguents et d'herbes sèches, il se laissa guider au chevet du malade étendu à l'ombre d'un chêne et, après avoir effleuré de ses doigts la blessure, demanda aux hommes de se retirer.

Maintenant qu'il avait confié son frère à la science du marabout, Kader sentait sa tension retomber : la vie de Kamel ne dépendait plus de lui. Il ne pouvait que s'en remettre à ce vieillard aveugle et à la volonté d'Allah. Par crainte de voir trop tôt reparaître le saint homme, il s'était éloigné de l'arbre et lui tournait le dos. À une cinquantaine de mètres en contrebas, sur la place, des villageoises munies de récipients et des porteurs d'eau avec leur outre en bandoulière patientaient devant la source. Kader s'y dirigea. Lorsque ce fut son tour, il mit sa tête sous le jet puis but longuement sans l'aide de ses mains l'eau fraîche et légèrement salée. Un peu plus tard, après avoir erré entre les maisons, il rebroussa chemin : au-dessus du chêne, comme un mauvais présage, une bande de corbeaux tournoyait en croassant.

Chapitre XVII

Décembre 1942 – Paris

À deux semaines de Noël, l'hôpital Lariboisière ne désemplissait pas. On avait renvoyé chez eux les cas bénins, encouragé les semi-invalides à repartir et on s'était résolu à serrer davantage les grabataires dans leur coin. Les infirmières et les bonnes sœurs surveillaient les agonisants, moins pour recueillir leur dernier souffle que pour libérer les lits qui manquaient. Dans la salle d'attente malodorante des patients attendaient, résignés, sans être assurés de la présence du médecin qu'ils venaient consulter. Le froid et les restrictions alimentaires avaient causé des ravages dans les rangs des plus démunis. Certains avaient été ramassés inanimés, aux abords des gares du Nord et de l'Est, et on avait découvert dans leurs mansardes des vieillards raidis sous un amas de couvertures et de chiffons. Une partie du premier étage de l'hôpital dont les fenêtres s'ouvraient sur le jardin avait été aménagée pour accueillir des enfants minés par la malnutrition et qu'il aurait fallu placer dans un sanatorium.

Ce matin-là, dans le corridor balayé par un courant d'air glacial, un homme, un Arabe d'une cinquantaine d'années, s'était accroupi devant la porte de la salle d'attente. Les cheveux grisonnants sous un calot défraîchi, les joues creusées et la moustache tombante, il portait sur ses épaules une capote de gros drap qui devait bien dater de la Grande Guerre et des godillots à la tige rapiécée. Il avait demandé au guichet le Dr Clémence Lebally, mais l'employé l'avait informé que la chirurgienne ne recevait pas elle-même et qu'il fallait s'adresser d'abord à un médecin ordinaire. L'homme avait secoué la tête et depuis, accroupi à cet endroit, il interrogeait inlassablement les femmes en blouse blanche qui traversaient le couloir : « Docteur Clémence Lebally ? »

Dans la salle d'opération, au sous-sol, on n'entendait que le tic-tac de la pendule à cadran ivoire fixée au-dessus de la porte et le tintement occasionnel des instruments qui s'entrechoquaient. Penché sur l'abdomen du malade, Clémence incisait et écartait les chairs cependant que son assistante épongeait le sang qui en jaillissait. Elle parvint enfin à dégager, entre le duodénum et la vésicule biliaire, la tache d'un vilain brun, guère plus grosse qu'une pièce de cent sous qui menaçait de gangrener les régions voisines. Clémence savait que cette intervention n'offrirait au patient qu'un sursis de quelques mois. Inexorablement, le mal insidieux s'étendrait jusqu'à atteindre le foie. Elle n'y pouvait rien. Le malade et son entourage ignoraient la gravité de la situation. Fallait-il les prévenir ? Comme chaque fois, elle hésitait : l'espoir, aussi mince fût-il, d'une guérison permettait au malheureux d'opposer une résistance à la maladie, de gagner quelques semaines. D'un autre côté, un homme qui se sait condamné peut s'y préparer, prendre ses dispositions, jouir de ses dernières forces.

Avec des gestes précis, elle découpa la tache brune, heureusement peu profonde. Un instant, elle l'examina au bout de ses pinces puis la laissa tomber avec une moue de dégoût dans le bassinet. Elle nettoya la plaie, ligatura les chairs et abandonna l'opéré à son équipe. Elle se sentait subitement lasse. Depuis ce matin, c'était sa quatrième intervention et la pendule marquait un peu plus de midi.

Elle remonta au rez-de-chaussée. Le vent glacial qui s'engouffrait dans l'interminable couloir lui fit du bien. Elle avait envie d'une cigarette. Elle trouva dans la poche de sa blouse le paquet d'américaines payées au prix fort et s'abrita dans l'encoignure d'une porte pour frotter une allumette. Habituellement, elle ne fumait pas, ou rarement. Elle en avait ressenti le besoin peu après le départ de Kamel tandis qu'elle tournait désœuvrée dans l'appartement désormais vide. Pourquoi ne l'avait-elle pas retenu ? Elle savait cependant sa question inutile : il ne l'aurait pas écoutée, à cause de la promesse faite à El Haïk de veiller sur son frère, ou de l'appel lointain de la tribu, plus fort qu'elle, plus puissant que leur amour. Oui, il lui fallait une cigarette pour dominer une nervosité que seule l'atmosphère de la salle d'opération parvenait à apaiser. Elle ne pensait plus alors qu'à inciser, fouiller, réparer ou extraire le mal avant de recoudre, avec le sentiment que de la sûreté de son jugement et de la précision de chacun de ses gestes dépendait l'existence d'un être. Où était Kamel à présent ? Vivant, mort ? Depuis plus d'un mois, elle se tourmentait. Elle avait écrit à Marcel Lahire, au domaine des Orangers, mais la réponse tardait. Peut-être lui aussi demeurait-il dans l'ignorance. Si au moins il lui était resté de Kamel un enfant à chérir. Dans les premiers temps, tout entière préoccupée par son travail, sa carrière, elle en avait repoussé l'idée. Et maintenant, à quarante ans, elle était bien trop vieille pour songer à la maternité. Elle s'arrêta devant une porte vitrée qui lui réfléchit sa mince silhouette, ses traits fermes : « Vieille, allons donc ! Lorsque Kamel sera de retour, elle ne perdra pas un jour, elle n'aura de cesse d'avoir cet enfant. Mon dieu, faites qu'il revienne, qu'il revienne vite... »

« Docteur Clémence Lebally ? » L'homme avait bondi du coin où il était accroupi et se dressait devant elle en triturant son calot. La voix cassée, un rien chantante, il n'avait pas tout à fait la mine d'un solliciteur, de ceux qui vous grappillent une consultation pour s'éviter une attente fastidieuse ou s'assurer du bien-fondé du diagnostic d'un confrère. Elle ne se laisserait pas abuser, elle le renverrait à la salle d'attente. Mais l'Arabe répéta avec entêtement : « Docteur Clémence Lebally ? »... et, comme s'il ne doutait plus de son identité, il ajouta : « C'est pour Kamel... »

Abasourdie, Clémence vit la vieille capote militaire de l'Algérien s'éloigner en dansant au bout de la galerie sans se décider encore à ouvrir l'enveloppe de papier brun qui mentionnait son nom et l'adresse de l'hôpital. Ce n'était pas l'écriture de Kamel mais celle de Kader ou d'un inconnu qui lui annonçait... La vie, la mort ? Elles tenaient là, en quelques mots. Ouvrir, lire... Non, pas tout de suite ; elle ne devait pas se donner en spectacle. Elle rebroussa chemin et s'enferma dans son cabinet. Elle s'accorda quelques secondes de répit, huma le papier fort, un mélange de transpiration, d'épices et de sable, un soupçon d'ambre aussi. Elle introduisit un doigt tremblant dans le coin de l'enveloppe... Mon dieu, faites qu'il soit vivant, que je n'aie pas à porter le deuil de son amour, de ses espérances. D'un mouvement sec, elle en déchira le bord qui laissa apparaître une seconde enveloppe, bleutée celle-ci. Elle la retira et, à travers ses larmes, reconnut l'écriture de Kamel.

Aïn El Mehl, le 3 décembre 1942

Ma chérie,

À l'heure où tu recevras cette lettre confiée à des mains fraternelles qui auront formé une chaîne jusqu'à toi, j'aurai quitté ce village qui a pour nom « la Source salée » et une caravane m'aura emporté vers le Sud, en pays Hoggar, afin de m'y rétablir en toute sécurité auprès des tribus amies. Kader m'a raconté que personne autour de moi n'avait imaginé que je survivrais à ma blessure. Et lui-même, qui m'a confié aux soins d'un marabout aveugle, y croyait si peu qu'il a versé des larmes en apercevant au-dessus de moi, comme un mauvais présage, des corbeaux tournoyer en croassant. Vois-tu, ma Clémence, moi le chirurgien qui ne jurais que par la science moderne, je suis obligé d'admettre que je dois la vie à ce vieillard aveugle, à ses plantes et à ses onguents.

Je suis triste parce que je te sais rongée par l'inquiétude. Ce n'est qu'aujourd'hui que j'ai retrouvé assez de force pour t'écrire, d'une main il est vrai quelque peu maladroite. En dépit de ce que j'ai enduré, malgré cette souffrance que je t'ai infligée et dont je te demande pardon, je ne regrette pas cette aventure. Elle m'a permis de retrouver mon frère, encore que ni l'un ni l'autre n'avons rien cédé de nos convictions. Nous avons éprouvé à jamais les liens puissants qui nous unissent.

Dois-je te dire combien je suis malheureux à l'idée que des soldats français, des compatriotes sont tombés au cours de cette bataille ? Dieu m'est témoin que je ne l'ai pas voulu. J'espérais libérer Kader sans effusion de sang. Hélas ! Du moins n'ai-je tiré sur eux aucun coup de feu...

Clémence essuya son visage humide. N'était-elle pas ridicule de pleurer comme une midinette au lieu de laisser sa joie éclater ? Il était vivant. Loin, mais vivant. Dieu merci, son cœur ne serait pas endeuillé. Elle poursuivit la lecture de la lettre puis la relut, deux, trois fois, sans se rassasier, examinant l'écriture tremblante par endroits. Elle aurait aimé lui écrire à son tour, mais le messager avait disparu. Peut-être se manifesterait-il à nouveau. Clémence jeta un regard à la montre. 12 h 40 ; sa prochaine intervention était prévue pour 15 heures afin de permettre à son équipe de se reposer. La jeune femme sentit un creux à l'estomac. Son appétit se réveillait. Elle qui se contentait de grignoter avait envie de s'asseoir à une table, de dévorer. Elle connaissait dans le faubourg Saint-Denis un restaurant où l'on pouvait s'offrir des suppléments à des prix raisonnables. Clémence ôta sa blouse et la suspendit à une patère. Elle avait endossé son manteau et s'apprêtait à sortir lorsqu'elle se rappela ses cigarettes. Elle en aurait moins besoin à présent. Elle les fourra cependant dans son sac avec les allumettes, tourna la poignée de la porte et buta sur un homme : « Docteur Lebally ? » Encore un solliciteur ! La pénombre du couloir ne permettait pas de distinguer ses traits. Elle le devinait toutefois jeune. Stimulée par la nouvelle qu'elle venait de recevoir, Clémence décida de se montrer généreuse : « De quoi s'agit-il ? » D'une voix précipitée, l'inconnu lui répondit qu'il fallait qu'elle le suive, la vie d'un homme en dépendait : « Je vous en prie, le temps presse. » Il paraissait de plus en plus nerveux et regardait avec appréhension autour de lui. Clémence se rendit compte que sa main était enfoncée dans la poche de son pardessus, sans doute crispée sur une arme. Elle résolut de ne pas le contrarier : « Attendez-moi ici, je vais chercher ma trousse. » Il lui emboîta néanmoins le pas, mais consentit à ne pas pénétrer dans la salle d'opération à la condition que la porte en demeurât ouverte. Le patient avait été évacué et le carrelage fraîchement lavé. Une infirmière achevait le rangement du matériel en prévision de la prochaine intervention. Clémence l'informa qu'elle se rendait à une urgence puis rassembla ses instruments dans une mallette. Elle y ajouta des pansements et une blouse qui revenait du blanchissage. Tandis qu'ils quittaient l'hôpital, elle tenta d'obtenir quelques renseignements sur l'état de l'homme qu'elle devait soigner, mais il ne sut la renseigner avec précision, prétendant qu'il avait reçu une « balle perdue » dans le ventre. Ils descendirent le boulevard Magenta. En passant devant un restaurant, Clémence se rappela avec regret son intention de

« bien déjeuner ». Dans la lumière du jour gris, elle remarqua que le jeune homme flottait dans son manteau et que ses pommettes étaient hautes et saillantes comme celles de bien des Slaves qu'elle avait côtoyés à l'époque où, encore étudiante, elle retrouvait son père au Doma, le restaurant russe d'Olga Sibarevitch, carrefour Vavin. Des artistes peintres, des poètes, des idéalistes, la plupart désargentés, y avaient établi leur quartier général, payant qui d'un poème, qui d'une croûte leur couvert. Fort heureusement, des touristes à la recherche d'une « atmosphère » y venaient également. Tous les habitués témoignaient de l'amitié à Clémence parce qu'elle était la fille du sculpteur Maxime Lecoutrec. Et jusqu'à Olga Sibarevitch qui la gavait de desserts extravagants. À la veille de la guerre, Olga, malade, avait fermé Le Doma pour se retirer à la campagne ; elle avait promis à ses clients et à ses amis de revenir, mais aucun ne se faisait d'illusions : les jambes d'Olga ne la soutenaient plus. Et ils s'étaient tous dispersés, malheureux comme des orphelins.

« C'est là. » Sans s'arrêter, le jeune homme désigna un immeuble étroit encaissé entre deux grands bâtiments, une maison dénuée de caractère, percée à chaque étage de deux fenêtres tellement proches l'une de l'autre qu'elles auraient donné l'impression de ne former qu'une seule si une chute de fonte cannelée, unique agrément de cette façade jaunâtre, ne les avait séparées. Tout à ses pensées, Clémence n'avait pas réalisé qu'ils avaient abandonné le boulevard Magenta pour la rue des Petits-Hôtels. Ils s'engagèrent dans un corridor peu éclairé qui aboutit à un escalier en colimaçon, si raide, songea Clémence, qu'on ne pourrait y manœuvrer une civière. Une forte odeur de cave rendait l'air suffocant. À l'entresol, la concierge avait accroché une ardoise prévenant de son absence. Clémence commençait à s'essouffler lorsqu'ils atteignirent le quatrième. Le garçon frappa alors à coups brefs et espacés à une porte. Elle s'ouvrit sur une jeune fille, presque une adolescente, le visage défait. Sans un mot, elle entraîna aussitôt Clémence à travers deux chambres en enfilade puis, repoussant sans effort une armoire, elle libéra l'accès à une minuscule pièce. Un jeune homme reposait sur un lit métallique. Pâle, les yeux fiévreux, il transpirait abondamment. « Dites, supplia la jeune fille, il ne va pas mourir au moins ? » Sans répondre, Clémence écarta la couverture : une tache rouge mouillait un bandage sur l'abdomen.

« Vous allez le sauver, n'est-ce pas ? » entendit-elle. À cet instant, elle se souvint des jours et des nuits passés à se torturer au sujet de Kamel, et elle eut pitié de la fille, de ce garçon dont la vie tenait peut-être à un fil et de cet amour que guettait, à peine né, la mort. « Je ferai de mon mieux », dit-elle si doucement qu'elle semblait se parler à elle-même. Elle l'envoya chercher de l'eau chaude et souleva le bandage. Fort heureusement, il ne collait pas et elle put le retirer sans difficulté. La blessure ne présentait sur le pourtour aucune infection visible mais il fallait ouvrir pour se rendre compte des dégâts et extraire la balle. Elle aurait besoin d'aide. Lorsque la jeune fille revint avec une bassine, Clémence lui demanda d'endosser la blouse qu'elle avait sortie de la mallette : « J'aurais aimé quelqu'un d'autre mais je n'ai pas le choix, votre camarade me paraît bien trop nerveux. Je vais du reste finir par le devenir moi-même s'il continue à rester planté là, une main dans la poche.

— C'est Robespierre. Il nous a permis d'échapper aux Allemands. Nous sommes chez lui. » Elle eut à son intention un signe de tête rassurant et il quitta la pièce sans un mot, la main toujours enfoncée dans la poche de son pardessus.

Tout en disposant ses instruments sur le marbre ébréché de la commode, Clémence observait la jeune fille. Elle donnait l'impression de s'être ressaisie, comme si le fait de revêtir la blouse blanche l'avait obligée à prendre conscience du rôle qu'elle allait devoir assumer. Clémence lui adressa un sourire d'encouragement. « À propos, lui dit-elle, je ne sais même pas comment se nomme ma nouvelle assistante, comme j'ignore d'ailleurs l'identité de mon patient.

— Je m'appelle Guénola. Guénola Dechaume. »

« Tout cela ne serait sans doute pas arrivé si je ne l'avais harcelé : je voulais accompagner Jean-Luc dans toutes ses missions. Je me disais que je pourrais lui être utile, partager le danger. L'idée même qu'il risquait sa vie alors que je me prélassais dans mon lit me rendait folle. Lui essayait de m'en dissuader puis de gagner du temps. Ensuite, il s'est résigné. Il évitait cependant de trop m'exposer. Ce matin, en descendant le boulevard Saint-Germain, je l'ai senti inquiet, prêt à rebrousser chemin. Je l'ai interrogé, il m'a répondu qu'il était incapable de m'expliquer ; c'était comme une intuition. Nous avons tout de même continué parce que Robespierre nous attendait avec une camionnette à proximité du lieu de notre mission. Nous étions parvenus en vue du palais de justice quand Jean-Luc a compris que les Allemands étaient là, la plupart en civil. Nous avons feint de jouer aux amoureux, puis nous avons fait demi-tour, l'air aussi naturel que possible. Nous n'étions plus très loin de la camionnette lorsque deux inspecteurs allemands sont venus vers nous. Ils nous ont demandé nos papiers. Au moment de nous les rendre, celui qui les avait examinés s'est ravisé et nous a ordonné de les suivre. Jean-Luc n'a pas hésité. Il a sorti son pistolet. Les deux Allemands se sont écroulés. Nous courions vers la camionnette quand j'ai glissé. Jean-Luc est revenu pour m'aider et, à cet instant, l'un des policiers qui n'était que blessé s'est redressé et a fait feu. Le reste, je l'ai vécu comme un cauchemar : Robespierre a bondi avec son arme ; sans cesser de tirer, il a soulevé Jean-Luc qui était tombé et l'a jeté dans la camionnette avant de démarrer en trombe. Cela n'a duré que quelques minutes, une éternité pour moi. Robespierre nous a déposés rue des Petits-Hôtels puis il est allé vous chercher.

— Il me connaissait donc ? demanda Clémence.

— Pas lui, moi. Je lui ai dit où vous trouver. Ma grand'mère Adélaïde m'a souvent parlé de vous, de votre grand'père l'Ardéchois et de mon oncle Marcel qui vous a élevée avec ses propres enfants et même d'El Haïk qu'elle a rencontré au domaine des Orangers. »

Clémence consulta la montre à son poignet. Il était temps pour elle de rejoindre l'hôpital. Contrairement à ce qu'elle craignait, aucun organe vital n'avait été touché chez le blessé et elle ne prévoyait pas de complications. Il se réveillerait dans moins de deux heures avec une douleur – somme toute naturelle – à l'abdomen. « Vous pourriez toujours m'envoyer votre ange gardien à l'hôpital en cas d'urgence, il connaît le chemin », dit-elle en souriant à Guénola. Elle serra la main à Robespierre. « J'aimerais avoir un ami comme vous. »

Dans l'escalier, elle croisa la concierge et elle dut se plaquer contre la rampe pour la laisser passer. « D'où venez-vous ? » lui demanda la femme. Clémence fit mine de ne pas l'entendre, pas plus qu'elle ne prêta l'oreille à ses invectives.

Quand elle remonta le boulevard Magenta, elle repassa devant le restaurant et sentit se réveiller sa faim. « Tant pis, ils attendront ! » se dit-elle en poussant la porte.

Chapitre XVIII

Mars 1943 – Antisanti, Corse

Que se passe-t-il ? Gilles Calni se réveille en sursaut avec le sentiment d'avoir peut-être trop dormi pour cette ultime journée. Il se lève, repousse les rideaux, se rassure : une lumière bleue pénètre dans la chambre, celle de la nuit finissante, celle du jour qui s'impatiente. Un sifflement d'oiseau, incongru, bref comme une interrogation, lui parvient ; puis c'est le silence, une longue minute que le ciel met à profit pour blanchir. À peine. Du toit de la maison, ou d'une branche au-dessus, un autre sifflement jaillit, péremptoire comme un coup de clairon. D'autres fusent aussitôt, feu d'artifice en direction des étoiles pâlissantes. Ils éclatent l'un après l'autre avec des grâces acrobatiques. Puis tout s'apaise sans vraiment mourir et se fond dans le léger bruissement du feuillage que domine peu à peu un pépiement discordant, un babillage ponctué de coucous, d'affirmations graves, de coquetteries aiguës qui s'amplifie à mesure qu'à l'horizon perce une lueur rouge.

Gilles Calni, l'ancien bagnard d'El Chitan, en est tout étourdi. Il lui faut sortir, jouir de cette aurore, de ce printemps ivre de son propre renouveau. Et le voici qui marche, ponctuant chacun de ses pas de son bâton dont la pointe marque la terre humide des pluies de la veille. Gilles Calni aspire l'air. Il en emplit ses poumons comme pour en faire provision : cette nuit, il quittera ce pays béni qu'aucun occupant n'a jamais réussi à asservir. Il y a repris des forces, s'y est réhabilité. Il ressent désormais le besoin d'autres espaces, la nécessité de se frotter à d'autres gens. Il est comme ces arbres, irrigué d'une sève nouvelle. Ses ambitions dominent à présent ses pensées : au-delà de cette île subsiste un autre monde, exsangue, fissuré, mûr pour un dernier éclatement. Le temps est venu pour lui de s'embarquer vers le continent afin d'y ramasser sa part de richesse, de pouvoir. Il sait, depuis que l'armée du général von Paulus est tombée dans le piège de Stalingrad, que les jeux sont faits, que le processus de désagrégation de la puissance allemande, amorcé là, est devenu irréversible ; les soubresauts de la bête n'y changeront rien.

Gilles Calni a préparé ses malles, certaines sont déjà en route. Il a fait ses adieux au village et salué ainsi qu'il convient les morts. Il a dosé ses visites aux notables comme aux humbles, s'auréolant de mystère par le biais de sous-entendus. Il n'a pas traversé tant d'épreuves sans connaître les hommes, sans se connaître lui-même. Chacun de ses actes est destiné à le servir : ainsi a-t-il tendu la main à Ludo le réprouvé, l'ancien berger de Casavecchie ; ainsi a-t-il noué des liens avec Adrien Dechaume et Germain Prouvaire, encore que celui-ci lui paraisse aujourd'hui bien trop compromettant. De sa longue pratique de l'espèce humaine, Gilles Calni a conclu qu'aucun homme n'est irréprochable : toute existence oblige à un ballottement entre le bien et le mal, à une compromission. Le bien, il ne se souvient guère de s'y être laissé porter. Peut-être parce qu'il a été trop tôt précipité dans l'enfer du maquis puis du bagne algérien. Pourtant, il se rappelle encore ce moment où, assoiffé, exténué, il s'est refusé à abandonner Emilio Giordano, son compagnon de chaînes mourant, dans le désert. Était-ce réellement le bien, ne l'avait-il pas plutôt soutenu par peur de poursuivre seul dans les dunes ? Il ne se hasarde pas à répondre. Il ne veut que s'interroger.

Aux termes d'un périple en tout point semblable à celui du berger de Casavecchie, Gilles Calni parvint à Paris. Il résida deux semaines dans un hôtel proche du square d'Anvers puis emménagea non loin de là, dans un rez-de-chaussée de l'avenue Trudaine qui possédait la particularité de communiquer avec les bureaux d'un entrepôt s'ouvrant sur la rue Bauchart-de-Sarron, qu'il loua également. Il y fut rejoint par un natif d'Antisanti, Dominique

Paraggi, une force de la nature qui, une vingtaine d'années auparavant à Alger, avait contribué à l'élection de l'évadé d'El Chitan au siège de député. Moins d'un mois plus tard, les portes de l'entrepôt s'ornaient d'une plaque émaillée : « Société Française de Machines Industrielles ». Il avait suffi à Gilles Calni de réapparaître rue Saint-Georges, chez Madame Yvette, pour obtenir les autorisations nécessaires à son activité initiale.

Le commissaire Philibert Debrousse ferme les yeux un instant, le temps d'imaginer qu'il n'est pas chez Madame Yvette mais dans un coin de Bretagne battu par le vent et le crachin. Il se promène sur les rochers, face à la mer. Il est bien sûr à la retraite et perçoit ponctuellement sa pension, dont une partie va arrondir le joli pécule qu'il s'est constitué en évitant de se montrer par trop tatillon sur certaines affaires et en favorisant en particulier celles de Madame Yvette. « ... C'est à vous, commissaire. » La voie enjouée, à peine marquée par l'accent, du capitaine Walter Konrad Stauchmann le tire de sa rêverie. Il abat ses cartes. Une fois de plus, il y laissera des plumes. Il n'a jamais eu de chance au jeu, et il le sait si bien qu'il ne s'aventure qu'à des mises prudentes, assez étoffées cependant pour lui permettre de s'asseoir à la table de joueurs chevronnés, tels Adrien Dechaume, Georges de Montazille ou l'inquiétant Germain Prouvaire. Curieusement, ils sont tous là ce soir, et jusqu'à ce mouflet de Cédric qui vous prend des allures d'homme parce qu'il est persuadé que Virginie a le béguin pour lui. Et Ludo lui-même, encore imprégné de l'odeur de ses chèvres, qui couve le gamin comme s'il s'agissait de son propre rejeton. Pour quelles raisons le protège-t-il ? Au lot des habitués s'est ajouté ces dernières semaines un revenant, l'ancien député Gilles Calni qui a eu tôt fait d'entrer dans les bonnes grâces du capitaine Stauchmann et d'en obtenir quelques passe-droits. En échange de quoi ?

Parfois, lorsqu'il considère Stauchmann, Debrousse a l'impression de marcher sur les flancs d'un volcan dont il entendrait sous ses pieds le grondement. Il se demande si l'officier allemand ne joue pas le parfait imbécile, si en réalité l'homme n'est pas doué d'une intelligence machiavélique. Le commissaire s'est toujours gardé de sous-estimer ses partenaires ou ses adversaires : il les dote volontiers d'un esprit retors. Pourquoi seraient-ils différents de lui ? Et si Stauchmann tissait patiemment sa trame pour les y faire basculer ? Et si Madame Yvette les avait déjà vendus ? Debrousse observe, pensif, la tenancière : boudinée dans son corset, la chair flétrie, le visage surchargé de maquillage, elle sourit à ses clients, caresse familièrement la nuque de l'un, laisse négligemment peser sa main sur l'épaule d'un autre. Debrousse ignore pourquoi, mais il a l'intuition qu'un mauvais coup se prépare... à moins que son flair n'ait subi l'érosion de l'âge. Pour conforter ses appréhensions, il tente – en vain – de déceler quelque signe de nervosité chez Georges de Montazille, tout entier absorbé par son jeu. « Vous me semblez bien pensif, commissaire », lui fait remarquer avec un sourire indulgent Stauchmann. Debrousse s'excuse, invoque la fatigue et cherche à se ressaisir, mais les cartes ne lui en fournissent pas l'opportunité. « Je ne suis plus qu'une vieille bourrique déréglée », se dit-il en renonçant à poursuivre la partie.

Adélaïde ne dort pas. Tout comme autrefois, lorsqu'elle se rendait au marché, elle s'est réveillée quelques minutes avant 4 heures, mais elle se tient immobile, de crainte de déranger Guénola qui partage sa chambre. Depuis que Jean-Luc, à peine remis de sa blessure, a quitté la capitale pour les environs de Grenoble, la jeune femme ne vit plus que dans l'attente du moment de le rejoindre et supporte mal de réintégrer seule sa mansarde de Saint-Germain-des-Prés. Adélaïde prête l'oreille aux bruits du dehors comme si la rumeur de la rue Montorgueil allait renaître et s'enfler à nouveau en direction des pavillons des Halles. Mais elle n'entend que le grondement de moteur d'un véhicule militaire, puis le pas cadencé d'une patrouille de soldats. Elle veut imaginer qu'après la guerre la vie reprendra tout comme auparavant : les hommes panseront leurs plaies et retrousseront leurs manches comme si plus jamais le fer et le feu ne devaient s'abattre sur eux. De tout temps, il en a été ainsi. Sans doute parce que l'oubli est le propre du genre humain. Mais cette guerre, pourra-t-elle jamais être oubliée ? Trop d'atrocités y ont été commises : l'homme n'a pas été seulement atteint dans sa chair mais également dans son âme. Serons-nous quittes envers Dieu de la destruction de son œuvre ?

Est-ce la même patrouille qui va et vient ? Adélaïde a l'impression que d'autres soldats arpentent la rue. Ils finiront par réveiller Guénola. Elle quête le moindre mouvement dans le lit voisin et se rassure. À présent, elle se plaît à penser à ces quelques jours que Guénola et elle passeront en Touraine, dans la propriété de ce pauvre Philippe du Merry. Antoine les y accompagnera avec son camion et en profitera pour effectuer une tournée chez les maraîchers de la région. « Grand'mère, tu dors ? » Sans attendre la réponse, Guénola se glisse auprès d'elle et pose sa tête dans son giron.

« Grand'mère, j'ai peur pour Jean-Luc. S'il devait mourir, je ne lui survivrais pas. » Adélaïde entoure les épaules de sa petite-fille et la serre contre elle. « Il ne lui arrivera rien... » Elle se veut apaisante, mais de quels mots faut-il user pour conjurer le sort ? « Allons, reprend-elle, cesse de te tourmenter. Dans quelques années, devant vos enfants incrédules, vous évoquerez avec nostalgie ces épreuves qui auront cimenté votre amour. Quant à moi, je me demande si je connaîtrai vos petits. Car vois-tu, ma chérie, je me fais bien vieille, j'ai déjà soixante-dix-huit ans.

— Je suis bien tranquille, grand'mère, tu vivras centenaire.

— Qui sait ? J'ai vécu tant d'événements, tant de bouleversements que je m'étonne d'être toujours de ce monde. Et pourtant, je me souviens encore avec précision de ce soir de novembre 1887 qui me vit débarquer de la diligence et m'engager dans le faubourg Saint-Antoine, une malle sur les épaules et ton oncle Marcel, à peine âgé de quatre ans, accroché à ma robe... »

Guénola se laisse bercer par la voix d'Adélaïde. Elle n'est plus qu'une enfant, une petite fille qui se retrouve dans les bras de sa grand'mère. Et bientôt, elle s'abandonne au sommeil. En bas, les bruits de bottes s'amplifient, un autre camion traverse. Que se passe-t-il donc ? Adélaïde va à la fenêtre et soulève un coin du rideau : dans la faible clarté des réverbères, elle distingue les uniformes allemands qui s'agitent. Une rafle, une perquisition ? Qui vont-ils arrêter cette nuit ? Elle aperçoit un homme que deux soldats traînent... Et soudain, elle pousse un cri.

Chapitre XIX

Mars 1943 – Paris

À travers la grille enrichie de dorures patinées, Adélaïde considéra avec un pincement au cœur la maison qui s'élevait sur deux étages et dont les volets, à l'exception de ceux du premier, étaient tirés. Sur un des côtés, un marronnier étendait ses branches au-dessus du toit dessiné en terrasse. Des bouquets de feuilles d'un vert tendre, à peine éclatées de leurs bourgeons, s'ouvraient comme des mains de nouveau-nés. Dans la rue encore déserte, un employé municipal trempait son balai dans le caniveau et en frottait le trottoir, laissant derrière lui de larges traces humides. À quelques pas de l'hôtel particulier, une concierge, les cheveux pris dans un bandeau, lustrait les cuivres d'une porte sculptée de guirlandes cependant qu'un gros chat blanc se frottait à ses jambes. Sans doute Adrien n'était-il pas encore levé mais Adélaïde voulait le surprendre avant qu'il ne sorte. Jamais jusque-là elle ne s'était aventurée sur la colline de Chaillot. Du vivant de Pierre Dechaume, elle se l'était interdit et plus tard, après qu'Adrien eut hérité de la maison, elle s'était juré de ne pas s'en approcher. La brouille avec Adrien datait de son mariage avec Louise Cellier Mersham du Jarre : elle s'en souvenait parfaitement, elle se trouvait derrière son étalage, avenue de Saxe, quand Adrien lui en avait fait l'annonce, tout en la prévenant qu'il n'inviterait aucun membre de la famille. Adélaïde avait été si révoltée qu'elle lui avait crié son dégoût. Et depuis, elle s'était refusée à le voir, consentant seulement, sur l'insistance de Louise, à recevoir ses enfants et en particulier Guénola, à laquelle bien vite elle s'était attachée. Or, aujourd'hui, Adélaïde devait rabattre son orgueil pour solliciter de ce monstre d'ingratitude qu'elle avait enfanté son intervention : la liberté et peut-être la vie d'Antoine, le véritable fils et héritier de Pierre Dechaume, en dépendaient.

Quelques heures auparavant, la rue Mandar et ses abords avaient été cernés par les Allemands. Tiré de son lit, Antoine avait été arrêté et emmené avec deux autres commerçants arrachés à leurs familles. Un moment, Adélaïde avait imaginé que les Allemands forceraient également sa porte, mais avant qu'elle n'ait incité Guénola à se cacher dans une chambre qu'elle possédait au sixième, les soldats étaient repartis, tirant en l'air pour effrayer les curieux penchés à leurs fenêtres. Il avait fallu ensuite calmer Madeleine, l'épouse d'Antoine, pour l'empêcher de courir en pleine nuit à la Kommandantur. Au début, Adélaïde avait songé à alerter « Georges de Montazille » mais, préférant ne pas le compromettre, elle s'était finalement résolue à entreprendre une démarche auprès d'Adrien. Accepterait-il d'intervenir ? Ne serait-il pas tenté au contraire de laisser les événements suivre leur cours pour se débarrasser, à bon compte, d'un frère qui pourrait un jour exiger des explications ? Mais non, elle se faisait des idées : Adrien ne pouvait se montrer à ce point vil. Et puis, si jamais il devait hésiter, elle ne manquerait pas de lui rappeler qu'elle détenait, elle Adélaïde, les preuves de son imposture. Tandis qu'elle s'apprêtait à sonner, elle vit sortir un homme dont le visage ne lui était pas inconnu. Il souleva son chapeau pour la laisser passer. Il avait tourné le coin de la rue quand elle se rappela son nom.

« J'ai croisé le commissaire Debrousse. Je suppose donc que tu sais pourquoi je suis là... » D'emblée, tout comme autrefois, Adélaïde avait tutoyé son fils. Ignorant le siège qu'il lui présentait, elle se dressait devant lui, nullement impressionnée par l'épaisseur des tentures, la marqueterie du bureau Louis XV, la tapisserie d'Aubusson et le lustre de cristal qui jetait ses feux sur les ors du plafond et des murs. Tout, du moindre objet au plus insignifiant bouquet de fleurs séchées, estima Adélaïde, procédait du choix de Louise. Laquelle Louise avait prêté à son roturier d'époux le concours de ses ancêtres, une galerie de portraits destinés à situer le maître des lieux dans la lignée des Cellier Mersham du Jarre. Plus modestement, une photo de Pierre Dechaume coiffait le plateau de marbre rose du secrétaire – un Vandercruse des plus rares – et rappelait l'alliance avec l'« autre » branche. Adélaïde en aurait souri si le sort d'Antoine ne l'avait angoissée.

Adrien écouta sans l'interrompre sa mère. Il s'efforça de conserver un masque impassible tandis qu'elle réclamait son intervention auprès des autorités allemandes. Pourquoi se sentait-il subitement mal à l'aise dans ce décor ? Il lui semblait qu'un simple regard avait suffi à Adélaïde pour mettre à nu ses prétentions, lui révéler leur inanité. Elle s'était toujours comportée ainsi à son égard : sèche, presque brutale alors qu'elle se montrait tendre et admirative envers Claire la pianiste, compréhensive avec Antoine. « Toi, tu te suffis à toi-même », disait-elle à Adrien. Parfois, elle le comparait à une meule en mouvement. « Tu n'as pas d'âme, tu marcherais sur des cadavres ! » s'emportait-elle, excédée par le mépris qu'il affichait à l'encontre de sa propre famille, agacée de le voir se replier sur ses ambitions les plus secrètes qu'elle seule, du reste, avait réussi à percer. Et d'ailleurs, ne les avait-elle pas favorisées, ces ambitions, contribuant par ses mensonges successifs à faire de lui, à la place d'Antoine, l'héritier de Pierre Dechaume ? Paul Lebally, déjà usé comme une bête de somme, en avait été la première victime ; puis Agathe, morte dans l'incendie du collège Saint-Joseph. C'était bien elle, Adélaïde, qui en réalité avait marché sur des cadavres, manipulant tour à tour son mari et ses amants. Lui, Adrien, ne s'était servi que des intrigues de sa mère pour se frayer un chemin dans le monde. Et si un jour il devait répondre de son imposture, Adélaïde aurait également à comparaître au banc des accusés.

Et pourtant, se dit Adrien, si elle m'avait manifesté un peu d'affection plutôt que de courir le syndicat des Marchands et ses amants… Il songea qu'il aurait été aujourd'hui bien différent de cet homme mûr qui se tenait tel un étranger devant sa mère. Sans doute ne se serait-il pas résolu, par honte ou calcul, à renier sa famille à la veille de son mariage. Peut-être même n'aurait-il pas jeté son dévolu sur une Louise Mersham du Jarre. Mais baste, il n'avait rien à regretter : il était né pour un grand destin. Qu'il était loin le temps où, enfant, ses parents l'obligeaient, déguisé en marchand, à grimper dans la tapissière. Il n'avait jamais aimé ces réveils dans la nuit, ces marchés où l'on s'apostrophait d'un étal à l'autre, de même qu'il se souvenait avec dégoût de l'atmosphère surchauffée des cafés où se mélangeaient les odeurs de cuisine grasse, d'alcool et de tabac, les plaisanteries lourdes des commerçants. Il n'avait jamais cru à leur prétendu bonheur, à leur « joyeuse fraternité ». Non, ces hommes et ces femmes qui menaient une vie si fruste n'étaient somme toute que des forçats ignorants de leur réelle condition. Et si lui, Adrien, avait réussi à échapper à leur existence, il ne le devait qu'à son intelligence et à sa ténacité...

« Que comptes-tu faire ? » lui demanda abruptement Adélaïde.

Décidément, elle ne changeait pas. Elle ne changerait jamais. Il se retint d'exprimer son agacement et répondit que depuis leur revers à Stalingrad les Allemands s'étaient radicalisés. Ils ne pardonnaient plus rien, de crainte que la moindre indulgence de leur part ne soit interprétée comme une manifestation de faiblesse. Adrien rapporta ensuite à sa mère les informations que venait de lui communiquer Debrousse : Antoine était emprisonné à la Santé. Les Allemands le soupçonnaient de diriger un réseau constitué de commerçants de marché. Ils avaient saisi chez lui des papiers d'identité et des permis de circuler falsifiés. Mais, fait plus grave encore, ils avaient découvert dans sa jambe mécanique une arme. S'il s'avérait qu'elle avait servi contre eux...

« Alors, il est perdu », murmura Adélaïde. Elle se rappelait l'attentat à proximité de l'Hôtel de Ville qui, deux ans auparavant, avait coûté la vie au colonel von Rauser. Si Robespierre avait tiré à bout portant, le pistolet était celui que cachait Antoine dans la cavité de sa jambe mécanique. Elle vacilla et s'agrippa au bureau. Prestement, Adrien avança une chaise et l'aida à s'y asseoir. « Il est perdu, il est perdu », répéta-t-elle, effondrée. Ses mains tremblaient et des larmes coulaient sur ses joues. Adrien se taisait : il comprenait qu'Antoine avait peu de chances de s'en sortir. Mais ce qui le frappait, c'était cette image de vieille femme tassée sur son siège, bouleversée, vulnérable. Il en éprouva un étrange sentiment, un mélange de satisfaction et de pitié. Elle avait perdu de sa superbe : disparue la Lionne des Marchés qui rugissait ses colères jusque dans la maison. Elle n'était plus qu'une vieille femme abattue. Il avait enfin retrouvé sa mère, telle qu'il aurait aimé la connaître enfant. Il voulait la protéger, lui promettre qu'il intercéderait auprès des autorités allemandes. Oui, il ferait intervenir ses relations, en toucherait même quelques mots au Maréchal... Subitement, Adélaïde se redressa et le toisa avec sévérité comme si elle le tenait pour responsable de l'arrestation d'Antoine. « Tu le sauveras, tu m'entends ? tu dois le sauver. Sinon... »

Adrien serra les dents. Quelque chose au fond de lui remuait, se révoltait. Ainsi, elle continuait à le traiter comme autrefois. Elle le bousculait sans lui accorder un mot d'affection, sans considération pour le rang qu'il occupait aujourd'hui. Peu importait les ennuis que son intervention pourraient lui occasionner. Elle le sacrifierait sans hésiter pour épargner la vie d'Antoine. « Je vais essayer », dit-il froidement. Et à l'instant même il sut qu'il s'abstiendrait de toute démarche. Pourquoi prendrait-il le risque de plaider pour un condamné à mort ? Il raccompagna Adélaïde jusqu'à la grille et la suivit du regard tandis qu'elle s'éloignait. À un moment, il la vit ralentir, se tourner comme si elle allait rebrousser chemin. Mais elle hocha la tête et disparut.

Lorsqu'il reprit connaissance dans la cellule plongée dans l'obscurité, Antoine n'esquissa pas le moindre mouvement, de crainte d'accentuer la douleur qui taraudait son corps tout entier. Étendu à même le sol, il lui semblait qu'on lui avait écorché le dos et saupoudré la chair vive de sel, laminé le thorax, étiré jusqu'à les déchirer ses membres. Aiguë par endroits, sourde ailleurs, la douleur ne lui concédait aucun répit. Parfois, elle s'uniformisait et se déplaçait par vagues successives et furieuses qui l'anéantissaient. À cause des quantités d'eau qu'on l'avait forcé à ingurgiter ou de l'odeur d'urine et d'excréments qui stagnait dans l'air et imprégnait ses vêtements, Antoine était saisi de nausées dont il redoutait les spasmes qui secouaient son ventre endolori et lui donnaient l'impression que sa poitrine se disloquait. Depuis combien de temps était-il là ? Deux, trois jours, peut-être davantage, il ne parvenait pas à calculer. Il avait subi plusieurs interrogatoires et appris à hurler et à simuler l'évanouissement pour les obliger à lâcher prise, mais ils continuaient à le battre et il sombrait alors vraiment dans l'inconscience. Pourtant, il n'avait pas parlé. Il ne parlerait pas. Sans doute se lasseraient-ils de le torturer et finiraient-ils par le fusiller, à moins qu'ils ne se décident à l'achever dans sa cellule. Il se disait que cela n'avait plus d'importance. D'une certaine façon, il était déjà mort. Il ne regrettait rien.

Peu à peu, il surmonta la douleur. Il en était ainsi à chaque fois, soit qu'elle s'atténuât réellement, soit que son esprit s'y habituât. Insensiblement, il reprenait aussi goût à la vie, se cramponnait à ses souvenirs, à ceux qu'il aimait. Et puis surtout, il tenait à faire payer son dénonciateur. Aucun des membres du réseau ne l'avait trahi : il les avait recrutés un à un, des vieux de la vieille nés sur les marchés mais également des jeunes gars du syndicat, des gens propres quoi. Bien sûr, des ennemis, il ne devait pas en manquer, on s'en fabrique au cours d'une vie ; des envieux, des rancuniers. On se battait à coups de gueule, quelquefois, on s'empoignait parce que, sur les marchés, le sang ça vous monte vite à la tête. Mais de là à donner un collègue aux Allemands…

Maintenant, les yeux gonflés d'Antoine s'accoutumaient à la nuit de la cellule. Ses geôliers avaient dû l'enfermer dans un sous-sol, à moins qu'ils n'aient aveuglé toutes les ouvertures pour contenir ses hurlements et accroître son désarroi. Tout à coup, il eut le sentiment que quelque chose lui manquait. D'abord, il ne voulut pas vérifier son pressentiment parce que cela lui paraissait trop monstrueux. Pas ça, ils ne se seraient pas permis… Lentement – chaque geste lui coûtait –, il ramena sa main sur la hanche puis la fit glisser jusqu'à ce qu'elle atteigne le genou… Les salauds, ils avaient osé, ils lui avaient retiré sa jambe mécanique.

L'absence de la prothèse l'humiliait plus que toutes les injures dont ses tortionnaires l'avaient abreuvé. C'était comme si on l'avait amputé une seconde fois. Il s'imagina qu'ils avaient écrabouillé la jambe pour se venger de sa résistance, l'amoindrir, le rendre plus vulnérable. Peut-être l'avaient-ils expédiée vers l'Allemagne pour servir à un autre amputé. Cela signifiait aussi – pouvait-il en douter – qu'ils avaient renoncé à extraire quoi que ce fût de lui : ils l'avaient condamné.

Alertés par la rumeur qui depuis le matin courait aux Halles pendant qu'ils effectuaient leurs achats, ils arrivaient rue Vauvillers par petits groupes, vêtus de leur blouse ou ceints de leur tablier, et demeuraient consternés devant le spectacle de désolation qui s'offrait à leur vue. Quatre jours après l'arrestation d'Antoine et une première perquisition dans les locaux du syndicat, les Allemands étaient revenus, fracassant la porte, jetant bas et les piétinant les livres de comptes et les classeurs, renversant le contenu des placards et des tiroirs, saccageant le modeste mobilier dont les débris jonchaient le sol. Une poignée de marchands déjà sur place ramassaient les documents que d'autres triaient sur la longue table de chêne qui seule avait résisté à la frénésie des occupants. Du moins n'avaient-ils pu emporter le fichier des adhérents mis en sûreté par Antoine. Les anciens contenaient mal leur rage : c'était là, autour de cette table désormais marquée de coups de crosse, qu'ils avaient débattu de leur avenir, élaboré leurs statuts, vécu des moments exaltants. C'était là que, des années durant, Adélaïde leur avait insufflé le courage de tenir tête à l'administration, sans pour autant omettre de secouer les plus nantis qui s'arc-boutaient à leurs privilèges.

Dans un coin, Maman Gâteau, l'ancienne pâtissière et trésorière du syndicat, essuyait ses larmes en découvrant dans un quotidien déchiré un article qui relatait la mort de Riri Lalouette, un marchand de Ménilmontant qu'elle avait vu tomber auprès d'elle lors de la grande marche de 1901 sur l'Assemblée nationale. À présent âgée de quatre-vingts ans, Maman Gâteau passait chaque jour quelques heures rue Vauvillers pour se désennuyer. Tantôt elle prêtait la main à de menues tâches et tantôt, assise à un bout de la table, elle ressassait ses souvenirs, soupirant après l'époque où les commerçants formaient la queue devant sa caisse pour payer leur cotisation.

La salle de réunion continuait à s'emplir. Les vieux de la vieille grognaient, les jeunes serraient les poings, parlaient haut et fort d'en découdre avec les Vert-de-gris, mais au-delà des mots chacun se savait impuissant. Barel arriva à son tour. En dépit de sa dernière querelle avec Antoine, il n'avait pas renoncé à sa charge de répartiteur au pavillon des fruits et légumes qui lui permettait de faire pencher la balance en sa faveur et de donner un coup de pouce à sa petite cour. Tout de même, on disait qu'il s'était quelque peu assagi et se montrait plus équitable dans les partages. Il grogna également et, le torse bombé, affirma que les Allemands auraient à payer. Il déplora aussi l'arrestation d'Antoine, un mauvais coup porté au syndicat. Sans doute surprit-il le regard goguenard de certains, car il s'empressa d'ajouter que les altercations entre collègues étaient monnaie courante et qu'on ne s'estimait pas moins pour autant. Une demi-douzaine de marchands qui souffraient encore des injustices de Barel jugèrent cependant qu'il en faisait trop et accompagnèrent son discours de sifflements moqueurs. La tension montait lorsque, subitement, la foule s'écarta et livra passage à Adélaïde.

Pâle, l'air endeuillé dans sa longue robe sombre, les yeux rougis, elle mesura sans desserrer les dents l'étendue des dégâts puis embrassa Maman Gâteau qu'une vague de sanglots agitait. Ensuite, elle salua un à un les anciens. Chacun avait pour elle un mot de compassion à propos d'Antoine dont on saluait le courage. Prudemment, Barel avait opéré un mouvement de retrait et, du reste, Adélaïde ne semblait lui accorder aucune attention. Impressionnés, les jeunes considéraient avec respect cette vieille femme à la mince silhouette dont leurs aînés leur avaient parlé comme on raconte une légende. Au bout d'un moment, Adélaïde s'accroupit et rassembla les feuilles froissées d'un des premiers numéros de *L'Alimentation ouvrière*, le journal du syndicat créé une quarantaine d'années auparavant. Alors, tous les présents se baissèrent et, en quelques instants, il ne resta plus un seul papier à terre. Un commerçant revint avec une boîte à outils ; aidé d'un collègue, il entreprit de réparer le mobilier qui pouvait l'être. Bientôt, aux voix se mêlèrent des coups de marteau et le bruit d'une scie. On en avait presque oublié la blessure ressentie par la mise à sac du local. On lâchait des plaisanteries sur les Allemands, on pronostiquait leur défaite : on les accompagnerait à coups de pied au cul jusque chez eux...

Seule, comme absorbée par son travail, Adélaïde se taisait. Elle s'efforçait de contenir son désarroi, de retenir ses larmes. Depuis peu, elle savait qu'Antoine allait être déporté en Allemagne. « C'est tout de même préférable au peloton d'exécution », avait commenté Adrien en lui annonçant la nouvelle, qu'il tenait du capitaine Walter Konrad Stauchmann.

Chapitre XX

Avril 1943 – Paris

Les sens en alerte, la main crispée sur son arme au fond de la poche de son imperméable, Samuel Robespierre Schoumaremsersky remontait d'un pas qu'il s'efforçait de rendre naturel le faubourg Saint-Antoine. Recherché pour terrorisme par les Allemands et les miliciens, il se méfiait de chaque homme qui le croisait ou le dépassait et risquait de se révéler un ennemi. Il n'hésiterait pas, il tirerait le premier et se réserverait la dernière balle de son chargeur. Il s'y était résolu après la mort sous la torture de Bernard Boutacel, un grainetier du marché Saint-Charles, arrêté en même temps qu'Antoine.

Robespierre s'assura que nul ne le suivait et s'engagea passage de la Main-d'Or. L'après-midi s'achevait et un dernier rayon de soleil s'attardait sur les gros pavés, entre les deux rangées de maisons ouvrières. Aux fenêtres, du linge ravaudé s'agitait sous l'effet d'un vent léger. Penché sur la barre d'appui, un gamin au visage piqué de taches de rousseur soufflait dans un chalumeau de papier quadrillé des bulles de savon qu'un groupe d'enfants faisaient éclater entre leurs mains. À un rez-de-chaussée, une vieille femme dans une robe noire s'épuisait à battre une carpette. Elle disparut à la vue de l'imperméable. Robespierre fit mine de relacer ses chaussures. Son regard cherchait à déceler l'insolite : tout paraissait comme à l'ordinaire. Délaissant les bulles de savon, les garçons couraient à présent après une balle de chiffon. Elle roula sous les pieds de Robespierre. Il la renvoya aussitôt. Tandis que s'éloignait la petite bande piaillante, il se glissa dans un couloir et attendit un instant dans la pénombre de la cage d'escalier avant de grimper jusqu'au cinquième. Il fut soulagé de constater qu'elle était encore là.

La veille, Romain Roncin, un « fruit et légumes » de Breteuil qui avait succédé à Antoine à la tête du réseau Montorgueil, lui avait présenté une jeune femme aux cheveux sombres et bouclés. C'était à La Varlope, un bistrot de la rue Saint-Nicolas où se retrouvaient les ébénistes du faubourg. « Elle s'appelle Yolande, lui avait dit Roncin d'une voix fatiguée d'avoir trop crié sur les marchés, elle restera quelques jours chez toi, ensuite on avisera. » Il s'était empressé d'ajouter, devançant ses objections : « Nous n'avons pas le choix, aucun autre endroit n'est sûr en ce moment. Tu t'en accommoderas et elle aussi... pas d'histoires, hein ! » Et il les avait plantés là, ignorant délibérément leur embarras. C'était la première fois que Robespierre se voyait amené à partager son logement avec une fille dont il n'avait pas entrepris la conquête. « Pas d'histoires », murmura-t-il pour lui-même.

Cette nuit-là, troublé par la proximité de ce corps féminin que seule une porte démunie de loquet séparait de lui, Robespierre eut du mal à s'endormir. Sans cesse lui revenaient le visage de Yolande, ses joues creuses, sa fossette au menton, ses grands yeux qui exprimaient une infinie tristesse. Il songea également à l'aridité de sa propre existence : qu'avait-il construit, qu'avait-il semé depuis ce jour – il avait vingt ans – où, débarquant de son minuscule village russe, il découvrait la capitale française ? Tout semblait alors lui sourire... Quinze années s'étaient déroulées. Le temps, les événements l'avaient mûri, avaient réveillé en lui le désir fondamental de perpétuer son nom, sa mémoire, celle de ses ancêtres. Il aspirait à la chaleur d'un véritable foyer, à une épouse. Elle aurait les traits de... Yolande. Et pourtant, il ne savait rien de cette jeune femme que Roncin lui avait imposée, sinon un prénom. Peut-être aussi devinait-il qu'elle avait souffert.

En poussant la porte de son logement, Robespierre avait espéré que Yolande viendrait à lui et l'accueillerait par quelques mots simples qui auraient créé entre eux une certaine intimité ou du moins réduit leur gêne réciproque. Mais, ainsi que le soir précédent, elle demeurait cloîtrée dans sa chambre comme pour lui signifier de conserver ses distances. Se méfiait-elle de lui, s'était-il montré maladroit ? Il vida sur la table de la cuisine le contenu des poches de son imperméable : un morceau de pain, un demi-camembert, une boîte de flageolets probablement atteinte par la limite d'âge et deux barres de vrai chocolat, du Menier, un luxe qu'il avait négocié pour le plaisir de voir le visage de la jeune femme s'égayer. Contre toute attente, elle le rejoignit tandis qu'il préparait le bain-marie pour les haricots. « Je vais m'en occuper », dit-elle en lui prenant la casserole. Ses doigts l'effleurèrent et il en éprouva l'émotion d'une caresse. Il disposa les couverts sur la toile cirée. Le silence lui pesait. Il demanda, regrettant aussitôt la platitude de sa question : « Vous ne vous êtes pas trop ennuyée ?

— J'ai lu, j'ai observé les pigeons sur les toits... et je me suis aussi ennuyée », répondit-elle tout en s'affairant. Il ne perçut aucune ironie dans sa réponse. Elle se pencha sur le garde-manger et en sortit deux belles pommes de terre qu'elle éplucha avec soin, attentive à ce que le couteau ne morde pas plus que de raison dans la chair encore ferme. Il admira son adresse, l'aisance avec laquelle elle officiait dans la cuisine comme si elle y avait ses habitudes. Il trouva le courage de risquer : « Nous ne savons rien l'un de l'autre...

— Cela vaut mieux, dit-elle doucement, au moins si nous étions arrêtés... »

Sa voix un peu grave, chargée d'un soupçon d'accent, lui était agréable, comme familière. Il reprit, pour l'entendre à nouveau : « Je ne suis pas persuadé que l'idée de Roncin de nous réunir ici soit judicieuse. » Il ajouta prestement pour lui éviter de se méprendre : « Les Allemands me cherchent, ils ne me feront pas de cadeau.

— Ils ne m'épargneront pas non plus », répliqua-t-elle, si vivement que Robespierre comprit à cet instant qu'elle non plus ne se laisserait pas prendre vivante. Une fois de plus le silence. Une odeur douceâtre s'élevait de la casserole. Yolande y jeta un coup d'œil, remua le fond puis s'assit face à Robespierre. Le soleil s'était estompé. Après les lueurs métalliques du crépuscule, l'ombre gagnait. Déjà des étoiles perçaient dans le ciel encore bleuté. « Que m'arrive-t-il ? » s'interrogeait Robespierre. Il s'étonnait de cette boule qui grossissait dans sa gorge. Allait-il pleurer ? C'était stupide à son âge. Il se racla la gorge pour la libérer de cette chose indéfinissable, mais alors, la boule se logea dans sa poitrine. Il allait se lever, respirer un bon coup à la fenêtre, chasser ces mièvreries de son esprit quand il remarqua que les yeux de Yolande se mouillaient. Il se dit qu'il devait cette fois oser lui parler, s'approcher d'elle, lui caresser la joue et peut-être la prendre dans ses bras. Mais les larmes de la jeune femme s'écrasaient sur la toile cirée et il ne se décidait toujours pas : cet amour venu le surprendre au plus fort de sa solitude le paralysait. Le lendemain, Roncin, frappa à la porte et emmena Yolande.

Barel descendit de chez lui, le béret vissé sur le front, vêtu de sa longue veste de drap doublée de laine qu'il affectionnait pour la profondeur de ses poches. Il ne la quittait que rarement et la protégeait d'un tablier de cuir clouté pour déballer et servir. Ce tablier usé, rapiécé en maints endroits, Barel le tenait de son père : au terme d'une cinquantaine d'années à s'échiner et à s'égosiller sur les marchés, le vieux avait fini par céder ses places et son antique tablier avant de s'en aller, perclus de rhumatismes, manger ses maigres économies en Normandie, dans une jolie petite maison achetée deux sous, parce qu'il n'en subsistait à l'époque que des murs en ruine sur un morceau de terre enclavée. Le malheureux n'avait guère eu le temps d'en profiter : six mois plus tard, le cœur lâchait. Sur sa tombe, Barel s'était juré de ne pas attendre l'âge canonique de son père pour jouir de la vie. Encore fallait-il qu'il eût de quoi. La guerre survint à point qui fit grimper les prix des denrées et renaître le marché noir. Barel organisa en conséquence son commerce et entreprit de courtiser au bon endroit, de sorte qu'il se trouva bientôt chargé de répartir les contingents de fruits et légumes qui parvenaient aux Halles, et ce en fonction d'obscurs critères administratifs. Il ne tarda pas à se rendre compte qu'on lui laissait en la matière une pleine liberté d'appréciation. Il la monnaya, les clients ne manquaient pas. L'esclandre provoqué par Gointais, un marchand, invalide de la Grande Guerre, et l'intervention tonitruante d'Antoine ralentirent ses affaires mais non ses ressources, qui se virent compensées par une « surtaxe » qui frappa d'office chacun de ses obligés. Tout de même, Barel ruminait son dépit : cet unijambiste qui se posait en défenseur du faible et de l'opprimé l'avait publiquement humilié. Pour cette raison, il lui en gardait une solide rancune. Aussi, et bien qu'il affichât une mine consternée en présence de ses collègues, ne regrettait-il pas l'arrestation du fils d'Adélaïde.

Bien entendu, la mise à l'écart d'Antoine donna un coup de fouet aux arrangements de Barel, au point qu'il sollicita et obtint des autorités d'occupation des contingents de marchandise plus élevés. Qui aurait pu se plaindre d'un tel surplus ? Cette réussite chatouillait l'orgueil de Barel : il était devenu quelqu'un, on l'admirait, on l'enviait, on le courtisait à nouveau et, surtout, on payait sans rechigner les passe-droits qu'il exigeait. Même cette grosse gueule de Gointais avait dû à son tour courber l'échine. Magnanime, Barel lui avait accordé le pardon sans rien réclamer en contrepartie, une générosité qui le grandissait à ses propres yeux...

Pourtant, en sortant ce matin-là de chez lui, Barel éprouvait un sentiment de malaise, comme s'il avait laissé quelque chose de désagréable ou de menaçant en suspens. Une fois de plus, il songea à ces rumeurs qui circulaient aux Halles d'un pavillon à l'autre, à ces propos qu'on échangeait sur son compte à La Pointe Saint-Eustache, le rendez-vous des grossistes et des mandataires, et dont il avait eu vent par le patron du café, un « obligé ». On parlait de lui également entre commerçants sur les marchés : on l'accusait d'un excès d'empressement auprès des Allemands et des miliciens, de frayer avec des fonctionnaires par trop marqués par la collaboration. Mais quoi, devait-il abandonner à son sort sa clientèle, cracher sur l'argent ? Ah ça, non, il en connaissait trop la valeur : il ne finirait pas comme le vieux, un pied déjà dans la tombe au jour de la retraite. Plutôt que de s'esquinter dans la médiocrité, lui Barel avait choisi le camp de la débrouille : à la guerre comme à la guerre ! Qui l'en blâmerait ?

D'un geste devant les yeux, il écarta ces pensées déplaisantes. Il ne voulait pour l'heure se préoccuper que de ses ambitions, de son projet secret d'un immense magasin de fruits et légumes à prix attractifs, à mi-chemin entre le gros et le détail. Il en avait imaginé les plans et crayonné la disposition des comptoirs dans un cahier d'écolier qu'il serrait au fond d'un coffre avec des pièces d'or qui s'accumulaient à mesure qu'il les échangeait contre des billets de banque dont il craignait la dépréciation. Les tables crouleraient de marchandise, une corne d'abondance aux couleurs contrastées, riche de senteurs dont l'effet serait démultiplié par des glaces aux murs et une profusion de lampes électriques, destinées à affoler la clientèle invitée à se servir elle-même dans des paniers d'osier. À la sortie, des caisses enregistreuses, de belles machines américaines dont il s'était autrefois procuré un catalogue, imprimeraient sur des rouleaux de papier les achats des clients et leur délivreraient un reçu. Plus tard, il ouvrirait dans d'autres quartiers de la capitale et en province de nouveaux magasins. Son enseigne deviendrait si familière que les gens diraient : « Je vais chez Barel », comme ils auraient dit : « Je vais chez le boulanger. » Et lui Barel n'aurait plus à soulever la moindre cagette . une armée de commis en blouse verte et brodée à ses initiales, tous recrutés auprès de ses collègues de marché, serait à ses ordres.

Tel était le grand dessein de Barel, qui calculait qu'après la guerre le pays serait saisi d'un extraordinaire appétit de vivre et de consommer. Plus malin, plus rapide que les autres, il saurait rafler la mise avant que d'inévitables concurrents ne lui filent le train. Car l'idée maîtresse de Barel était que, parvenu au faîte de sa réussite, il vendrait son affaire et se retirerait à la campagne... en Normandie, dans la maison héritée du vieux, après l'avoir embellie et désenclavée par l'acquisition de parcelles voisines. Manière de respect au père, de lui signifier, là où il était, qu'il n'avait pas usé en vain son tablier clouté.

Maintenant, Barel se sentait fort de sa volonté de vaincre : il était de ceux qui taillent leur époque. Avant de franchir la porte cochère, il roula une cigarette avec du tabac, du vrai d'avant-guerre – un échange de bons procédés avec le buraliste –, et en souffla de longues bouffées. Lorsqu'il ne tint plus entre ses doigts qu'un mégot, il l'écrasa sur son talon et l'expédia d'une chiquenaude sur la chaussée. Un clochard qui le guettait s'y précipita aussitôt. Le ciel était clair, à peine traversé par quelques nuages blancs et indolents. « Allons, se dit Barel, la journée promet ! » Et il s'engagea résolument dans la rue Greneta, longue et étroite, d'où s'exhalaient des odeurs humides de cave. À peine avait-il parcouru quelques mètres en direction de la rue Montorgueil qu'il aperçut Adélaïde et Robespierre qui venaient vers lui. Cette rencontre le contraria, il avait l'impression que la vieille dame lui en voulait, comme si elle le tenait pour responsable de l'arrestation d'Antoine. Il fit demi-tour pour les éviter et se heurta à Roncin accompagné d'un inconnu. Tous deux le regardèrent d'un drôle d'air.

Madame Yvette agitait fébrilement son éventail de nacre et se plaignait au commissaire Debrousse de la chaleur aussi soudaine qu'excessive de cette dernière semaine d'avril. Elle étouffait à Paris et souhaitait, disait-elle, répondre à l'invitation dans l'Eure d'une de ses pensionnaires qui avait su se retirer à temps du métier pour épouser un client fortuné. L'affaire rondement négociée à la satisfaction des deux parties, il en était résulté une estime réciproque qui s'était muée en amitié. Madame Yvette hésitait cependant à abandonner à son sort, fût-ce pour quelques jours, la maison de la place Saint-Georges. « Ce serait bien la première fois », soupira-t-elle, s'inquiétant de ce qui aurait pu survenir en son absence. Comme Debrousse lui faisait remarquer que la sous-maîtresse ne manquait pas d'autorité sur les filles et qu'au surplus elle pourrait faire appel à Ludo, Madame Yvette se récria qu'elle n'imaginait pas se priver, même à la campagne, des services de son chauffeur et garde du corps. Le commissaire n'insista pas. Il n'ignorait pas les relations particulières qu'entretenait la tenancière avec l'ancien berger de Casavecchie, encore qu'il ne cessât de s'interroger à propos de cette liaison : que Madame Yvette se fût entichée du Corse lui paraissait dans l'ordre des choses, mais il discernait mal les motivations de cet homme encore jeune, attaché à une femme vieillissante. Éprouvait-il pour elle de réels sentiments – Debrousse en avait vu d'autres – ou convoitait-il plus simplement ses biens ? S'il penchait pour cette dernière hypothèse, le commissaire devait toutefois admettre que rien dans le comportement de Ludo ne trahissait de telles intentions : il se tenait à sa place et n'intervenait auprès des filles ou de la clientèle que requis par la sous-maîtresse ou Madame Yvette elle-même. À moins, songea le policier, qu'il ne cache parfaitement son jeu.

« Croyez-vous vraiment que je puisse partir en paix ? » demanda Madame Yvette, qui espérait que le commissaire lui proposerait de veiller personnellement à la bonne marche de la maison. L'arrivée d'un groupe de clients vers lesquels Madame Yvette se précipita le dispensa de répondre. Un peu plus tard, le capitaine Walter Konrad Stauchmann fit son entrée. Il salua la tenancière et, prenant familièrement par le bras le commissaire, l'entraîna vers sa table.

« Je dois vous avouer que, ce soir, je ne suis pas en fonds, le prévint Debrousse qui perdait régulièrement aux cartes.

— Confidence pour confidence, je ne suis pas en veine », répliqua l'Allemand, décidé à favoriser son partenaire pour faire durer le jeu.

Tandis que la partie s'engageait, Stauchmann demanda sans lever les yeux de ses cartes : « Que savez-vous au juste de Mme Adélaïde Lebally ? » Prudemment, Debrousse lui apprit qu'elle avait été autrefois à la tête du syndicat des Marchands, mais que depuis des années elle ne s'en occupait plus : une vieille femme qui devait certainement remâcher ses souvenirs. L'arrestation de son fils Antoine avait dû lui porter un rude coup.

« Croyez-vous qu'elle possède encore un pouvoir ou une quelconque influence sur les commerçants ?

— Pour les marchands, Adélaïde est toujours "la Lionne des Marchés", un symbole sans doute un peu oublié par les nouvelles générations, mais on ne sait jamais. Pourquoi cette question, capitaine ?

— Nous pensons qu'elle est impliquée dans l'assassinat d'un marchand de fruits et légumes, un certain Barel.

— Pour quelle raison l'aurait-elle tué ?

— Parce qu'il a dénoncé son fils », répondit Stauchmann.

Le dernier lundi d'avril, avertis par un mot d'ordre qui circulait de marché en marché et dans les lieux d'approvisionnement, ils s'étaient mis en route, seuls ou par petits groupes afin de ne pas éveiller la méfiance des occupants. Les uns endimanchés et en famille, avec leur panier recouvert d'une serviette comme pour un pique-nique ; les autres en tablier ou en blouse, et la gamelle en bandoulière comme s'ils se rendaient à leur travail. On y voyait des vieux de la vieille, certains en canotier et la moustache à la Clemenceau. Depuis des années déjà, ils avaient passé le relais aux enfants mais continuaient à s'accrocher à leurs tables et à leurs tréteaux sous le prétexte qu'il manquait des bras, n'osant avouer que toute leur vie était là et qu'ils redoutaient qu'elle s'éteigne dans la solitude. Ils marchaient voûtés ou un peu raides, sans doute rouillés par l'âge ou à cause d'une ancienne douleur négligée. Et ils n'étaient pas les moins résolus, car enfin, ne s'agissait-il pas d'Adélaïde, de leur Adélaïde ? Et tandis qu'ils allaient d'un pas forcé, leur mémoire se revivifiait des luttes d'autrefois aux côtés de la Lionne des Marchés. Ils se battaient alors avec une rage de bête affamée.

Ils arrivaient des portes de la capitale et de plus loin encore, le visage grave, contenant mal leur colère. À mesure qu'ils approchaient des Halles, les groupes prenaient de la consistance, s'agrégeaient à d'autres, indifférents à la curiosité et aux encombrements qu'ils provoquaient. Ils descendaient les grands boulevards, emplissaient la rue des Petits-Carreaux, coupaient la rue Réaumur, piétinaient dans la rue Montorgueil, débordaient dans les ruelles avoisinantes et se répandaient entre les pavillons dominés par le clocher Saint-Eustache dont on entendait le vibrement sourd.

Cependant, les gardes mobiles affluaient. Casqués, l'arme à la bretelle, ils tentaient de circonscrire la manifestation, mais, insensiblement, elle les noyait, les obligeait à se replier sur de nouvelles positions. Les Allemands débarquèrent à leur tour, occupant les carrefours et l'accès à la rue de Rivoli. Penchés à la fenêtre d'un logement réquisitionné pour quelques heures, Debrousse et Stauchmann observaient la marée humaine. « Tout cela pour une vieille femme, soupira l'officier allemand. Et pourtant, ils n'ont pas bougé pour le fils. » Debrousse lui rappela que pour les marchands Adélaïde était un symbole : elle avait su leur insuffler le courage d'affronter les autorités, elle leur avait rendu leur dignité d'homme. Il affirma que les Allemands ne gagneraient rien à l'arrêter. Il fallait, insista-t-il, considérer la mort de Barel comme une affaire de famille, d'autant que personne ne l'aimait. « Il rançonnait les commerçants au-delà du supportable, vous le savez aussi bien que moi. Et puis, conclut-il, il n'est pas certain qu'Adélaïde soit mêlée à ce meurtre... »

Stauchmann paraissait ne pas écouter le commissaire ; ses traits s'étaient crispés : cette rumeur qui montait jusqu'à lui, il la percevait à la manière d'un défi adressé au pouvoir allemand. « Il suffirait d'un ordre pour les disperser. Au premier coup de fusil, ils s'envoleront tels des moineaux, marmonna-t-il comme s'il se parlait à lui-même.

— Il en résulterait une effusion de sang, peut-être un soulèvement : les Parisiens sont particulièrement attachés à leurs marchands. La mort d'un homme comme Barel vaut-elle un carnage ? Non, croyez-moi, capitaine...

— Il ne s'agit plus de lui, le coupa sèchement l'officier allemand. Nous ne pouvons plus nous permettre la moindre faiblesse, notre situation deviendrait vite intenable. D'ailleurs, j'ai reçu des ordres.

— Je fais appel à votre intelligence, capitaine.

— Dites plutôt à mes bons sentiments.

— Dans ce cas, répondit sans se démonter Debrousse, nous parlerons de raison : il ne tient qu'à vous que cette manifestation pacifique ne se transforme pas en affaire d'État. »

Stauchmann le considérant avec étonnement, il ajouta : « Voyez-vous, capitaine, la vie parisienne possède ses mystères et ses feuilletons mondains. Un étranger, fût-il amoureux de notre capitale et maniant, comme vous, notre langue à la perfection, ne saurait tout à fait les pénétrer : sans doute ne vous sera-t-il pas indifférent d'apprendre qu'Adélaïde Lebally est la mère d'Adrien Dechaume, notre ami commun également membre du gouvernement du Maréchal... »

Chapitre XXI

Mai 1943 – Domaine des Orangers, Algérie

Au bruit encore lointain du moteur, Marcel reconnut la jeep du capitaine David Fenimore Baldwin. Il sourit et, instinctivement, se tourna vers la maison d'où jaillit une jeune fille aux cheveux épars. « Oh, grand'père, s'écria-t-elle, je suis affreuse ! » Marcel n'eut pas le temps de lui répondre qu'elle était jolie en diable. Déjà, légère dans sa robe à fleurs et ses sandales, elle s'élançait vers la route. En deux semaines, calcula Marcel, sous les prétextes les plus divers, ce n'était rien moins que la neuvième visite qu'effectuait le jeune homme au domaine des Orangers. À croire que l'armée américaine, si puissamment nantie, avait oublié d'équiper ses hommes de ces choses essentielles à leur survie comme une bobine de fil, une aiguille de bourrelier, un fer à repasser – prêté, rendu, prêté –, une carte du plateau du Sersou ou encore des herbes aux vertus digestives. Il n'échappait bien évidemment pas à Marcel et Catherine que le capitaine David Fenimore Baldwin s'était follement épris de Viviane, la dernière-née de leur fille Adeline, et réciproquement : le hasard avait voulu que le car amenant d'Alger la jeune fille tombât en panne à un carrefour que traversait le régiment de David, lequel avait proposé à Viviane de la déposer au domaine, un crochet d'une vingtaine de kilomètres dont il s'était efforcé de faire durer, bien au-delà des convenances, l'enchantement.

Viviane à son côté, David immobilisa la jeep dans la cour et brandit un paquet de lettres. Dans un français approximatif, il raconta qu'il avait croisé le facteur, négligeant de préciser qu'il avait honteusement circonvenu le fonctionnaire pour s'emparer du courrier. Tandis que main dans la main les deux jeunes gens disparaissaient dans les champs d'orangers, Marcel se demanda s'il ne devrait pas mettre en garde sa petite-fille. Il craignait pour elle une déconvenue : d'un jour à l'autre, les Américains pouvaient décider de poursuivre leur route. Il savait toutefois qu'il n'oserait lui en parler, il préférait en laisser le soin à Catherine. Et puis, se dit-il en se remémorant les obstacles que Catherine et lui avaient dû surmonter avant de s'unir, si tel était leur destin…

La matinée se révéla plus chaude que celle de la veille. L'air devenait suffocant et les bêtes qui s'étaient regroupées dans l'ombre des bâtiments ou collées aux haies paraissaient nerveuses. Alors qu'il s'apprêtait à examiner le courrier, Marcel perçut de longs sifflements d'oiseaux. Par milliers, comme s'ils fuyaient un incendie, ils remontaient vers le nord. Après leur passage, l'horizon se voila d'une brume jaunâtre. Marcel comprit qu'une tempête de sable s'annonçait. Il ordonna aux ouvriers de rentrer les bêtes et de couvrir le puits. Viviane et David réapparurent, inquiets. Ils aidèrent aux préparatifs. Hommes et femmes s'activaient sans un mot ; un foulard ou un mouchoir noué sur le visage, ils communiquaient par signes cependant que le vent se levait et poussait vers le plateau un gros nuage ocre. Lorsqu'il ne resta plus une seule bête dehors, chacun se mit à l'abri, condamnant portes et fenêtres. La mine grave, ils attendirent… Et le simoun souffla. Avec la violence d'une tempête, il couvrit le domaine des Orangers : la maison tout entière vibrait, on aurait dit que le toit s'arrachait. Un chuintement se fit entendre, auquel succéda un crépitement semblable à celui de la grêle.

Marcel pensait avec tristesse à ses orangers et à sa vigne exposés aux tourbillons de sable. Il y avait si longtemps que le simoun n'avait sévi sur le Sersou qu'il s'était habitué à ce qu'il fût toujours épargné. Marcel avait transformé cet endroit en un éden, il y avait investi ses forces et avait enfoui, dans chaque centimètre carré de cette terre dont il connaissait la saveur, son âme. Il se tourna vers Catherine. À son regard, il devina qu'elle partageait ses appréhensions : ne s'était-elle pas, tout comme lui, dépensée sans compter pour le domaine ? Que resterait-il cette fois de leur labeur, auraient-ils le courage de recommencer ? Il songea avec amertume combien était imprévisible et redoutable la nature qui laisse croire à l'homme qu'elle s'est soumise à sa volonté, qu'il peut impunément se servir d'elle et labourer ses entrailles. Car, depuis la nuit des temps, elle sait se reprendre quand elle a trop donné : ainsi qu'un cheval furieux, elle s'emballe, souffle, rue et piétine les illusions de cette espèce par trop orgueilleuse qui s'imagine bâtir pour l'éternité.

Assis auprès de Viviane dont il tenait la main, David se taisait. Il aurait aimé dire à Marcel et Catherine qu'il comprenait leur inquiétude, que chez lui aussi, aux États-Unis, de terribles catastrophes se produisaient : ouragans et tremblements de terre anéantissaient parfois le fruit d'une vie d'efforts. Mais il avait peur de s'empêtrer dans ses mots, de se montrer ridicule, à cause surtout de cet accent new-yorkais dont Viviane riait, il est vrai avec tendresse. Et les secondes s'égrenaient, pesantes, ponctuées par le balancier de la pendule… Tout à coup, le crépitement s'interrompit et la maison cessa de vibrer. À travers les interstices des volets, le jour se fit plus lumineux. Marcel ouvrit la porte. À nouveau, le soleil brillait. Au loin, vers le nord, la masse ocre poursuivait sa course à la rencontre de l'Ouarsenis dont les contours s'effaçaient déjà. Cependant, à grands pas, Marcel faisait le tour des bâtiments : si la maison, l'étable et l'écurie avaient résisté sans trop de mal, en revanche, le toit du poulailler s'était effondré et la remise à outils n'était plus qu'un amas de planches. Marcel se précipita ensuite vers l'orangeraie. La plupart des jeunes troncs étaient couchés sinon brisés, et le sol, jonché de branches lourdes de leur feuillage, offrait un aspect de désolation.

La vigne quant à elle semblait avoir subi moins de dégâts, mais là aussi les ceps les plus jeunes avaient été durement atteints par la violence du vent. Marcel contint sa rage. À quoi bon hurler, blasphémer ? Il serra les poings, rentrant sa colère jusqu'à se faire mal en dedans. Un instant, il resta là, sans proférer un mot, les yeux humides puis brusquement il se laissa tomber à genoux comme pour une prière et, avec des gestes précautionneux, entreprit de redresser un jeune plant qui n'avait pas cassé. Il dégagea le sable qui l'enserrait et en nettoya les feuilles. Auprès de lui, Catherine fit de même. Alors tous ceux qui suivaient se mirent également à genoux et, telles des fourmis, s'affairèrent sur les ceps. Seul restait encore debout le capitaine David Fenimore Baldwin. Il observait avec émotion ces hommes et ces femmes courbés sur la vigne, obstinés à disputer à la nature leur part de pitance. La gorge nouée, il se baissa à son tour. Il était un parmi les autres, uni à eux par quelque chose de profond et de familier : la lutte ancestrale pour la survie. Comment aurait-il pu y être insensible, lui qui avait grandi à Bowery, l'un des quartiers les plus pauvres de New York ? Lorsqu'il releva la tête, il vit dans le soleil le beau visage de Viviane lui sourire et il l'entendit murmurer : « Je t'aime... »

Le lendemain, avant le chant du coq, Marcel se leva. Depuis quelque temps déjà et sans qu'il en sût la raison, il se réveillait très tôt. L'âge, sans doute. Il n'en souffrait pas vraiment, en dehors de cette somnolence qui le saisissait tout de suite après le déjeuner, une irrésistible envie de s'allonger et de fermer les yeux, différente de l'habituelle sieste en cela qu'il en émergeait comme assommé. La journée de la veille avait été harassante et celle d'aujourd'hui ne s'annonçait pas moins rude pour réparer les dommages causés par la tempête de sable. Sans bruit, pour ne pas troubler le sommeil de Catherine, il s'habilla et se rendit dans la cuisine. Tandis qu'il préparait le café pour la maisonnée, il aperçut le paquet de lettres apportées par David et que, dans la précipitation de la veille, personne n'avait songé à ouvrir. Sur une des enveloppes, qui ne comportait à son étonnement ni affranchissement ni oblitération, il reconnut l'écriture d'Adélaïde. Il la décacheta en premier.

Paris, le 29 avril 1943

Mon cher fils,

Qui eût cru qu'une vieille femme comme moi rassemblerait encore sous ses fenêtres une telle foule. Ils sont venus par centaines, d'anciens collègues et des plus jeunes aussi, bien décidés à empêcher les Allemands, qui m'imputaient la mort de Barel, le dénonciateur d'Antoine, de m'arrêter. Je dois t'avouer que si j'ai éprouvé une grande fierté à la pensée d'un tel attachement, j'ai eu très peur que la manifestation ne s'achève dans un carnage, tant les esprits étaient échauffés. En dissuadant les Allemands de m'emmener, l'intervention du commissaire Debrousse a permis de réduire la tension. Du reste, c'est le commissaire lui-même qui, deux jours auparavant, m'avait avertie des intentions allemandes. J'ai incité Guénola à se chercher un autre refuge, mais j'ai refusé pour ma part de quitter la maison. À mon âge, on redoute moins de s'expliquer avec les hommes qu'avec le Ciel. Et puis fuir, c'était me désigner comme coupable. Dès lors, comment aurais-je pu aider Antoine ? Car, vois-tu, je n'ai guère renoncé à le sauver, à obtenir son retour. Par Adrien, j'ai appris qu'il avait été déporté en Allemagne, dans un camp de travail. On lui aurait remplacé sa jambe mécanique par un pilon. Bien que ton frère soit de constitution robuste, je m'inquiète... j'ai écrit à Louise. Elle au moins est raisonnable. Peut-être parviendra-t-elle à persuader Adrien d'agir en faveur d'Antoine. Quoi qu'il en soit, elle m'a assurée de son soutien.

Ici, nous vivons dans l'attente et la nervosité. Depuis leur défaite à Stalingrad – on parle de huit cent mille hommes hors de combat –, les Allemands se montrent irritables et les partisans multiplient les coups de main. Il faut ajouter que les rumeurs les plus folles circulent à propos d'un débarquement de troupes américaines. On dit aussi que les généraux ennemis ont demandé les conditions d'une éventuelle capitulation. Ah, si tout cela pouvait être vrai ! Je suis lasse comme la plupart des Parisiens de cette existence faite de privations et de menaces. Et puis, j'assiste à tant de lâchetés et à tant de bassesses que j'ai l'impression d'un immense désordre dont nous ne nous remettrons jamais. Que se passe-t-il dans la tête de ces gens issus de familles autrefois si honorables qui pactisent aujourd'hui avec l'occupant ? Et ces jeunes qui endossent l'uniforme vert-de-gris... Mon dieu, quelle honte pour nous tous ! Il m'arrive de regretter de ne pas avoir accepté l'offre de Salvatore Altimonte de m'installer en Argentine jusqu'à la fin de la guerre. Peut-être y aurais-je été heureuse. Encore qu'une fois là-bas je n'aurais probablement eu qu'une hâte, celle d'en repartir : ma bonne ville, mes marchés, la rue Montorgueil m'auraient par trop manqué. Donne-moi de vos nouvelles aussitôt que possible. J'aimerais également recevoir une photo récente de mes arrière-petits-enfants, et en particulier de

Viviane dont tu m'as écrit qu'elle me ressemble... Par prudence, tu recevras cette lettre par une voie autre que celle de la poste...

Marcel replia les feuillets. Plus tard, selon son habitude, il s'isolerait dans l'orangeraie pour les relire. Il acheva de préparer le café et en but une tasse brûlante tout en prenant connaissance du reste du courrier. Lorsqu'il sortit, l'est rougeoyait et la basse-cour commençait à s'animer. Il appréciait ces minutes de grâce où les ombres refluaient, où la vie frappait à nouveau de son enchantement jusqu'au moindre insecte. Et, à mesure que le jour se levait et découvrait, loin au-delà du Sersou, le paysage de roches et de dunes qui s'étendait à perte de vue vers le sud, Marcel s'émerveillait : jamais il ne se lasserait de cette perpétuelle résurrection. Avait-il seulement vécu ailleurs que sur cette terre ? Quarante années s'étaient écoulées depuis que, grâce à l'héritage du père Jardin, il s'y était établi avec Catherine. Et maintenant, ce pays était enraciné en lui comme il appartenait à sa descendance. Parfois, il se demandait qui de ses deux garçons lui succéderaient. Ni Victor ni Matthieu ne lui avaient encore fait part de leurs intentions. Voudraient-ils manier le soc d'une charrue, piocher la terre durcie par la sécheresse, l'abreuver, soigner les orangers et la vigne, s'occuper des bêtes ? Peut-être accepteraient-ils d'unir leurs efforts pour moderniser la propriété. Lui, Marcel, n'avait pu s'y résoudre, par méfiance ou par peur de rompre son propre équilibre. Il se voulait un homme sans artifices, usant de ses bras et d'outils simples qui ne troublaient pas l'âme et ne constituaient pas un blasphème envers la nature. Sans doute avait-il tort, mais au moins était-il en paix avec lui-même.

Le soleil montait, des bandes d'oiseaux échappés du boqueteau tournoyaient au-dessus des bâtiments. Était-ce ceux que la tempête avait chassés ? Dans l'étable, les vaches s'agitaient et leurs meuglements réveillaient l'écurie. « Allons, se dit Marcel, assez rêvé ! » Il retroussa ses manches et, à grandes enjambées, se dirigea vers ce qui restait de la remise. Mais, avant qu'il ne l'eût atteinte, il fut rejoint par Viviane. « Déjà levée ! s'exclama-t-il. Aurais-tu des insomnies ? » Elle l'embrassa et, d'une voix enjouée, lui répondit qu'en ce cas elle aurait certainement de qui tenir. Elle le pria de s'asseoir ; elle avait, dit-elle, à lui parler. Il protesta, par jeu : il ne savait rien lui refuser. Ils prirent place sur le banc où, à la nuit tombée, il aimait bavarder un moment avec Catherine avant de rentrer. Viviane confia à son grand'père que David s'était déclaré avant de regagner son campement. Elle ne pouvait contenir son bonheur : il désirait l'épouser et l'emmener à New York sitôt après sa démobilisation. « Ainsi, murmura avec tristesse Marcel, tu nous quitterais sans regrets ? Il n'y a pas si longtemps, tu affirmais qu'aucun garçon ne pourrait t'arracher à nous et au domaine des Orangers... » Viviane laissa aller sa tête sur l'épaule du vieil homme et, comme autrefois, quand elle n'était qu'une petite fille, il la berça. Était-ce également cela, vieillir : voir s'éloigner ceux qu'on aime, se retrouver peu à peu seul ? Il pensa au bateau qui l'enlèverait, à l'océan qui les séparerait peut-être à jamais... « L'Amérique, dit-il d'une voix étranglée, c'est le bout du monde.

— Tu as raison, grand'père, c'est le bout du monde, mais nos enfants grandiront ici, au domaine des Orangers... Si tu veux bien de nous.

Le dernier jeudi de juin, le régiment du capitaine David Fenimore Baldwin reçut l'ordre de se mettre en mouvement. Contrairement à ce qu'appréhendait son grand'père, Viviane n'en parut pas affectée, elle se montrait bien plus gaie et entreprenante qu'auparavant. Trop, même, estimait Marcel qui la soupçonnait de se forcer pour cacher son désarroi. Au gré des étapes, Viviane reçut des lettres, des cartes postales. Parfois, dans un paquet, elle découvrait un bracelet, un collier ou un bibelot, chef-d'œuvre d'un obscur artisan. Dans un français boiteux, émaillé d'expressions américaines dont elle finissait par deviner le sens, David lui dépeignait les contrées que son convoi traversait. Il s'étonnait de ce que la guerre ne semblât pas modifier les habitudes des villageois. « Les gens nous regardent défiler comme des bêtes curieuses puis retournent à leur bizness... » Viviane s'attendrissait de ces maladresses épistolaires qui lui faisaient verser des larmes. Ces lettres où il lui disait combien il l'aimait et combien elle lui manquait, elle les sortait souvent de la poche de sa robe ou de sa blouse pour s'imprégner de leurs mots.

D'Alger, de Bougie, Philippeville, Bône et Tunis, d'autres lettres tout aussi enflammées suivirent. Puis, sans que rien l'eût laissé présager, ce fut le silence. En vain, chaque matin, à l'heure du facteur, courait-elle vers la route. Gêné, le préposé lui tendait le courrier. « Peut-être demain », lui disait-il doucement. Et il repartait, sachant lui, le facteur, que demain serait sans doute comme aujourd'hui. Le mois de juillet s'acheva ; août s'étira. Ce furent, au cœur de l'été, des semaines de feu qui asséchèrent la terre et la craquelèrent. Les ouadi ne chantaient plus, l'air immobile pesait sur les hommes et les bêtes ne se déplaçaient plus qu'avec lenteur. Après leur charivari de l'aube, les oiseaux se nichaient dans le feuillage des arbres et n'en sortaient que pour piquer du bec dans l'abreuvoir. Seule la nuit apportait quelque fraîcheur.

Le cœur serré, Marcel voyait sa petite-fille sombrer dans la mélancolie. Il souffrait pour elle, s'interrogeait sur le sort de David : la guerre l'avait-elle englouti lui aussi ? Un soir, alors que le soleil disparaissait derrière le massif de l'Ouarsenis et qu'ils marchaient entre les orangers, lui, le vieil homme et elle, à peine au terme de son adolescence, elle lui demanda : « Oh, grand'père, s'il était mort ou blessé, je le saurais, n'est-ce pas ? » Que répondre à une telle supplication ? Il entoura de son bras les épaules de sa petite-fille comme pour la protéger d'une fatalité. Un long moment, il se tut, humant le parfum des orangers, à la recherche d'une inspiration, puis il raconta : « Une nuit, durant la Grande Guerre, en avril 1917, ton arrière-grand'mère se réveilla en criant. Elle venait de voir tomber Antoine, frappé par une balle allemande. Elle apprit trois semaines plus tard qu'à l'instant même de son cri son fils avait été touché à la jambe. Vois-tu, ma chérie, je me dis parfois qu'un fil invisible relie entre eux ceux qui s'aiment. Mais peut-être ne s'agit-il là que de divagations : les vieilles gens sont sensibles aux phénomènes surnaturels. Elles veulent y croire et s'y accrochent comme si ce monde d'étrangetés pouvait les préserver du néant après leur dernier souffle... »

Septembre. Semblables à d'immenses troupeaux laineux, des nuages s'accumulaient au-dessus du Sersou. Certaines nuits, violent et soudain, l'orage éclatait : une succession de fracas qui roulaient vers le massif de l'Ouarsenis dont les sommets s'illuminaient de lueurs surprenantes. Les villageois se terraient chez eux et évoquaient tout bas la sarabande des esprits, cependant que les plus craintifs calfeutraient portes et fenêtres de peur que les jnouns ne s'introduisent dans leur demeure pour emporter l'âme de leurs enfants. Dehors, la pluie tourbillonnante creusait la terre et libérait des vapeurs étouffantes qui empêchaient le sommeil et abrutissaient les bêtes. Ce fut à l'issue d'une telle nuit, dans le silence insolite qui suivit l'orage, que Viviane poussa un hurlement.

Les uns parmi les musulmans prétendaient qu'il ne fallait pas y aller parce que cette guerre entre les nations d'Europe ne les concernait pas et qu'il convenait de laisser la France s'affaiblir, afin de mieux la combattre ensuite. D'autres subordonnaient leur ralliement à des réformes politiques. Et puis, il y avait ceux qui, refusant tout calcul, rejetaient le Manifeste du Peuple algérien de Ferhat Abbas, lequel préconisait un engagement des Arabes à l'effort de guerre en échange de concessions telles que l'élection d'une Assemblée constituante musulmane qui aboutirait inéluctablement à l'indépendance. Ceux-là aimaient d'un grand amour le drapeau tricolore. Ils n'auraient su dire pourquoi cette passion, sinon qu'il en avait toujours été ainsi. Et, des coins les plus reculés, des hommes répondirent à l'appel du général Catroux, le nouveau gouverneur nommé par le Comité français de Libération nationale conjointement présidé par le général de Gaulle et le général Giraud.

Dans les bureaux de recrutement affluèrent des volontaires : Cheurfas, Ouled Naïl, Berbères de Chelala, Touaregs noirs de l'extrême sud voisin du Mali, nomades du Mzab et de l'oasis de Touggourt, Chaouïas des Aurès. D'anciens combattants de la Grande Guerre, l'œil vif malgré une moustache grisonnante, marchaient fièrement au pas. Ils se présentaient avec leurs états de service soigneusement pliés dans leur portefeuille de basane damasquiné qu'ils sortaient de leur gandoura ou d'une poche de leur sarouel. D'autres venaient sans papier d'identité. Ils donnaient leur nom, celui de leur père et de leur grand'père, puis indiquaient leur village. On les inscrivait dans un registre aux pages numérotées et on leur remettait un uniforme et un fusil. Ainsi devenaient-il des « askris », des soldats du corps franc.

Ce fut dans les tout premiers jours d'octobre qu'on vit arriver en rang par deux au poste de Ouargla une petite troupe d'une vingtaine d'hommes. Ils portaient la tunique bleue et le taguelmoust des Touaregs Ajjer, autrefois en lutte contre les autorités. Leur chef, âgé d'une quarantaine d'années, affirma qu'ils venaient des environs de Bir Garama. Le nom de ce lieu réveilla les souvenirs des plus anciens parmi les militaires de la garnison : ils se rappelèrent non sans un frisson d'horreur ce que racontaient leurs aînés : c'était en décembre 1880, une mission de reconnaissance partie de Ouargla et appuyée par des méharistes s'était heurtée en février 1881 aux Touaregs Ajjer. Après que leur chef, le lieutenant-colonel Flatters, eut été tué à proximité du puits de Bir Garama, la colonne s'était repliée autour de la Guelta d'Aïn Karama, une mare où les soldats affamés avaient été drogués avec des dattes imbibées d'un extrait de jusquiame, une plante herbacée aux pouvoirs hypnotiques et vénéneux. Au terme d'immenses difficultés, une poignée d'hommes hagards avait réussi à traverser le désert de dunes et à regagner Ouargla. Et sans doute cette aventure se serait-elle confondue avec d'autres faits d'armes si l'on n'avait appris que, pour survivre, les rescapés s'étaient nourris de... chair humaine.

La petite troupe de volontaires touaregs se montra parfaitement disciplinée. Il s'agissait pour la plupart d'hommes jeunes et vigoureux au teint clair semblable à celui des Kabyles. Ils s'exprimaient entre eux en tamaheq, un idiome berbère, et ne se mélangeaient pas aux autres. Aguerris aux combats équestres, ils se révélèrent également habiles au tir, si bien qu'on les initia au maniement des mitrailleuses et aux obusiers et qu'on leur enseigna des rudiments de topographie. Conscients qu'ils formaient un groupe homogène, le capitaine Dauzet qui veillait à leur instruction ne chercha ni à les séparer ni à les priver de leur chef auquel ils obéissaient au moindre signe. Le soir venu, on les voyait se réunir autour d'un feu. Ils buvaient du thé et discutaient à voix basse. Parfois, il s'élevait de leur cercle une mélopée aux sonorités tantôt douces et tantôt gutturales. Alors le silence se faisait alentour et les pensées vagabondaient, nostalgiques.

Ce fut à la mi-novembre, après quelques semaines d'entraînement, que des milliers d'hommes convergèrent vers les ports d'Oran, Alger, Bizerte ou Tunis : goumiers marocains ou algériens, fantassins tunisiens, républicains espagnols réhabilités, juifs auxquels un décret du maréchal Pétain avait retiré depuis 1940 leur nationalité française, tirailleurs sénégalais, lambeaux de régiments de l'ancienne armée d'Afrique, ils composaient ensemble le corps expéditionnaire français commandé par le général Juin.

Décembre. L'armada de navires de guerre et de cargos chargés d'hommes et de matériel offert par les Américains glissait sur les eaux calmes de la Méditerranée. Assis sur un paquet de cordages, le fusil entre les genoux, Kader ne pouvait détacher son regard de l'immense lune qui donnait un aspect irréel à cette nuit. Dans quelques heures, ils aborderaient sur la côte sicilienne et le fils d'El Haïk se demandait combien parmi ses compagnons reviendraient vivants en Algérie. Échapperait-il lui-même au déluge de feu qui ne manquerait pas de les accueillir ? Ils avaient choisi de se battre avec les Roumis, sous leur drapeau, pour apprendre d'eux la science militaire et se familiariser avec les armes modernes. Demain, lorsque ce grand brasier européen se serait éteint, lui et les siens en allumeraient un autre sur l'autre rive, pour former sur la terre de leurs ancêtres le noyau de la future armée algérienne qui affronterait en une lutte sans merci les... Français.

Chapitre XXII

Janvier 1944 – Paris

Germain Prouvaire jubilait : l'arrivée au pouvoir de son ami Joseph Darnand, promu secrétaire général au Maintien de l'ordre, allait permettre d'officialiser l'existence de la Milice et d'étendre ses activités à la zone Nord. Certes, il se méfiait de ses protecteurs allemands, tentés de regrouper sous leur autorité exclusive les différentes factions. Mais Germain s'estimait comblé : lavé des atermoiements du passé, les communistes réduits au silence et les juifs chassés ou anéantis, le pays s'installait dans cet ordre nouveau qu'il appelait depuis si longtemps de ses vœux. Jusqu'à sa sœur Marie, l'insoumise, désormais rentrée dans le rang avec son bâtard de fils. Peut-être parce que lui, Germain, avait réussi à la débarrasser, bien malgré elle, de Gabriel Rouet, son anarchiste de mari qui devait, s'il vivait encore, croupir dans quelque camp de travail outre-Rhin. Germain songeait qu'il lui faudrait bientôt s'occuper du bâtard, un adolescent d'une quinzaine d'années qu'il répugnait à qualifier de neveu avant de l'avoir dressé pour en faire un bon Français dévoué à la cause nationale.

Germain eut une pensée pour ses parents confortablement logés dans une maison de la rue aux Ours dont les propriétaires juifs avaient été sur sa propre recommandation expédiés à Drancy. Isidore et Sidonie n'avaient plus à se préoccuper de leurs vieux jours : finis les petits matins glacés, les déballages et les remballages exténuants, le mépris des clients jamais satisfaits, les brimades des préposés et la jalousie des voisins. Bien sûr, il avait fallu les persuader de renoncer à leurs marchés, et surtout convaincre Sidonie qui, à plus de soixante-dix ans, s'accrochait à ses habitudes par crainte, disait-elle, de s'ennuyer. En réalité, la vieille tenait à profiter de sa nouvelle condition pour parader tout son soûl et régler d'anciens comptes. Germain sourit : c'était bien de Sidonie de ne rien oublier, de remâcher des années durant sa rancune. Pourtant, dans sa nouvelle et spacieuse demeure où Marie et son fils se tassaient dans une minuscule chambre à l'extrémité du couloir, la mère s'était organisée : elle ouvrait sa porte à une foule de quémandeurs, une petite cour mielleuse qui distillait sa médisance, espérant en retour une intervention auprès du « fils prodige ». Germain ne rechignait pas à ce jeu, il offrait à sa mère les moyens de répondre aux solliciteurs. Et c'était, en vérité, fort peu de chose au regard de ce qu'il pouvait. Ainsi croissait le prestige de « madame Sidonie », comme augmentaient l'amour et la fierté que vouait à son fils ce bout de femme née sur le carreau des Innocents au milieu des bottes de thym, de basilic, d'ail et d'échalotes, sous l'œil ébahi de commères en tablier.

Germain espérait qu'après le gouvernement du Maréchal un autre règne, celui du roi, s'imposerait. Et pourquoi pas ? se disait-il. Depuis la révolution régicide de 1789, la France n'a vécu que de soubresauts et n'aspire plus qu'à un véritable gouvernail. Cependant, Germain envisageait une restauration en douceur, à travers une autorité de transition qui négocierait le retrait des troupes étrangères et le retour du roi. Il voulait croire que les Allemands accepteraient de plier bagage en échange de quelques concessions territoriales et d'une indemnité financière. Après la défaite de 1870, Thiers n'avait-il pas procédé de la sorte ? Une fois de plus les Français recourraient à leur bas de laine : la belle affaire, en seraient-ils ruinés pour autant ?

Pour ce gouvernement de transition, et bien qu'il n'en eût soufflé mot à l'intéressé, Germain songeait à Adrien Dechaume auquel le liait quelque vieille affaire et qu'il rencontrait occasionnellement chez Madame Yvette. Marié à une Cellier Mersham du Jarre, une aristocrate bon teint, excellent juriste et fin diplomate, l'homme avait derrière lui une discrète et solide carrière politique. Proche tout à la fois du Maréchal et du président Laval qu'il avait, disait-on, réconciliés à maintes reprises, respecté des Allemands dont il avait obtenu la libération de contingents de prisonniers, il possédait de quoi séduire un large éventail de la droite et sans doute un centre frileux. Certes, on murmurait que la fille Dechaume courait le maquis avec les gaullistes et les communistes et qu'elle frayait également avec les juifs, mais Germain refusait de prêter foi à ces rumeurs. Au surplus, estimait-il, et cette tolérance ne laissait pas de surprendre ses proches, on ne pouvait tenir le père pour responsable des égarements de la fille.

Germain se plaisait à imaginer ce que serait ce royaume de France restauré : les vieilles familles, dont il connaissait avec précision et la généalogie et les blasons, recouvreraient leurs prérogatives. Et lui-même, qui n'avait guère épargné son dévouement à la cause royale, se verrait anobli et en charge d'un ministère. Pourquoi pas l'Intérieur ? Il y placerait ses amis et ne laisserait nul répit aux révolutionnaires de tout bord. Il porterait en outre une attention toute particulière à la presse et aux publications, jugeant que c'est au travers d'articles « pernicieux » que se nourrit l'esprit de contestation.

Bien qu'il proclamât publiquement qu'une défaite de l'Allemagne lui paraissait inconcevable et qu'il considérât le coup d'arrêt de Stalingrad comme une simple péripétie incapable de briser la formidable machine de guerre germanique, l'ancien marchand de salades ne s'était pas privé de prendre quelques précautions, accordant ici et là ses faveurs : argent, ravitaillement, mobilier, logement, laissez-passer, élargissement de jeunes gens arrêtés au hasard d'une rafle ou pour quelque peccadille. Des gestes destinés à lui assurer des témoignages de reconnaissance et qui lui coûtaient peu. Ainsi s'était-il créé un réseau d'obligés, de simples particuliers, des industriels et jusqu'à des institutions religieuses : une vaste toile d'araignée susceptible – si les événements devaient contredire ses espérances – d'amortir sa chute ou, qui sait, lui assurer un refuge. À ces dispositions s'étaient ajoutés le transfert vers la Suisse et l'Espagne d'importantes sommes et le recel en lieu sûr d'un véritable butin provenant du pillage de ses victimes : objets précieux, œuvres d'art... Enfin, ultime précaution, Germain s'était fait établir des identités de rechange, des papiers si soigneusement falsifiés qu'aucun œil exercé n'aurait pu déceler leur véritable nature.

Germain quitta la maison, une construction gothique encaissée entre deux bâtiments à l'architecture lourde et qu'il avait réquisitionnée deux ans auparavant. Il y menait ses affaires dans une pièce du rez-de-chaussée aux murs et aux portes capitonnées, abandonnant les étages à ses miliciens dont certains y logeaient pour assurer sa sécurité. Dans le sous-sol qui avait subi quelques « aménagements », d'autres affaires se traitaient. Il s'en échappait des hurlements atténués par le calfeutrage des ouvertures. Germain rejoignit l'avenue Kléber. Un convoi de camions allemands bâchés, escortés de motocyclistes, remontait lentement vers la place de l'Étoile. Parmi les passants, Germain remarqua un couple d'âge mûr qui se promenait bras dessus, bras dessous. Elle, en manteau et toque d'astrakan, tenait en laisse un basset dont le collier s'ornait d'une clochette. Lui, en pardessus poil de chameau et couvre-chef de même ton, fumait une pipe en écume. Ils affichaient cette mine hautaine de gens auxquels rien de fâcheux ne peut survenir. Germain les considéra avec bienveillance, comme s'il découvrait en eux le symbole de « sa France ». Il ne put s'empêcher, lorsqu'il fut à leur hauteur, de leur adresser un signe de tête déférent. Il ne leur en voulut pas de s'abstenir d'y répondre : ils ignoraient qui il était et ce qu'il représentait. Plus tard, ils le reconnaîtraient pour un des leurs et rechercheraient sa compagnie.

Germain inspira profondément. L'air glacial de cette matinée de janvier le revitalisait. Il aimait ce ciel pur de tout nuage, ce soleil distant qui teintait la ville d'une étrange luminosité. Tout semblait figé ou fonctionner au ralenti. Deux de ses miliciens le croisèrent et le saluèrent. Leur uniforme noir détonnait dans l'avenue tranquille. Germain, lui, n'endossait que rarement le sien, pourtant coupé sur mesure. Il préférait conserver ses vêtements civils qui lui permettaient de se mêler à la foule et d'écouter ce qui se disait. Il lui arrivait de deviner à travers un accent, une expression inquiète, un juif. Il le suivait avec l'opiniâtreté d'un chasseur avant d'exhiber sa carte et de le cueillir, le plus souvent sans résistance tant son arrestation lui paraissait découler d'une fatalité. Au besoin, Germain le menaçait du pistolet qu'il portait sous sa veste.

Germain dévisageait les passants. Il s'intéressait en particulier à ceux qui juraient au milieu de cette élégance. Ainsi, ce couple qui marchait côte à côte, tendu comme après une dispute d'amoureux : le garçon, grand, dégingandé, l'allure paysanne, contrastait avec la fille plus fine, vêtue d'une robe noire. Ses cheveux sombres et bouclés, ses grands yeux charbon et sa fossette au menton séduisirent Germain. Il n'en rencontrait jamais de semblables chez Madame Yvette. Il fixa ses yeux sur ceux de l'inconnue. Elle s'en détourna vivement et pâlit. Tandis que le couple se rapprochait, Germain nota que la fille glissait la main dans son sac et que le garçon s'écartait d'elle. Il eut alors l'intuition d'un danger imminent et plongea à terre. Cependant qu'il roulait sur lui-même, il entendit crier : « Tire, Yolande, tire ! » Deux coups de feu résonnèrent. Il roula encore, se heurta au mur, ferma les yeux et attendit la troisième détonation : la balle frappa la pierre à quelques centimètres de son épaule et un éclat le frôla. Déjà, sentant que le danger s'éloignait, Germain bondissait sur ses pieds. Il aperçut la fille qui se faufilait vers la place du Trocadéro ; il saisit son arme, visa posément, tira... La femme en astrakan vacilla et s'écroula sans lâcher la laisse du basset. Le chien aboya, lécha le visage de sa maîtresse puis tourna autour d'elle en gémissant.

Germain savait désormais qu'il ne pourrait attendre aucune clémence de ses adversaires. Il réalisa que le réseau de « témoins de moralité » qu'il avait pris soin de constituer serait sans effet sur ceux qui l'avaient condamné. Aussi fut-il lui-même sans pitié. Sur la foi de dénonciations anonymes, il multiplia les perquisitions et les arrestations. Bientôt, le sous-sol qui abritait son organisation se révéla insuffisant pour accueillir tous ceux que les miliciens y conduisaient. Hommes et femmes n'en sortaient que rarement libres. Souvent, dès la nuit tombée, des tractions avant emportaient les corps inanimés. On retrouvait le lendemain les suppliciés dans la forêt ou dans une mare. Au cours des semaines qui suivirent l'attentat manqué, tout ce que Germain recelait de violence trouva à s'exprimer : il orchestrait les séances de torture et présidait aux exécutions. Il lui fallait débarrasser la France de ses dernières scories, la préserver de la révolution bolchevique. Vainement, il tenta de remonter la trace de la fille dont il avait entendu prononcer le prénom : « Yolande ». Pour ne pas l'oublier, il en esquissa un portrait. Les traits en étaient maladroits, mais le regard possédait une intensité proche de la réalité.

Menacé, Germain dut renoncer à se mêler à la foule et n'apparut plus en public que dans son uniforme noir et encadré d'une poignée d'hommes aussi arrogants que leur maître. À l'égard des Allemands, il se montra davantage coopératif. Le grand combat qu'ils livraient aux forces décadentes et contre les hordes russes était devenu le sien. Il leur fit l'offrande de quelques-unes de ses victimes, juifs et communistes, certain qu'elles n'en réchapperaient pas.

Un matin, il se réveilla avec le sentiment que le moment était venu d'accomplir l'acte ultime. Avec huit de ses fidèles, persuadés tout comme lui que leur décision hâterait la restauration du pouvoir royal, il s'engagea dans la Légion des volontaires français dont des bataillons servaient déjà tout au long du front Est. La presse autorisée le cita en exemple : avec son groupe, il représentait le type même du « combattant européen ». Avant son départ, Germain rendit visite à ses parents. Isidore et Sidonie ne se lassèrent pas d'admirer l'uniforme allemand cousu d'un écusson tricolore. Ils avaient conscience qu'un grand destin était réservé à leur fils. Certes, Sidonie pleura en le serrant dans ses maigres bras, mais c'étaient là des larmes de joie pour le grand bonheur que le Seigneur leur accordait.

Le 19 mars 1944, tandis que les Allemands occupaient la Hongrie jusque-là relativement épargnée, Isidore et Sidonie reçurent de Germain une lettre accompagnée d'une photo. Ils ne manquèrent pas de remarquer la toute nouvelle croix de fer épinglée sur la poitrine du fils prodige. En avril, les Prouvaire reçurent une seconde lettre, d'Odessa cette fois, et bien plus brève que la précédente. C'était quelques jours avant que l'armée soviétique reprenne la ville.

Chapitre XXIII

Avril 1944 – Paris

New York, le 18 mars 1944

Ma chère maman,

Pardonne-moi de t'avoir laissée si longtemps sans nouvelles, mais ta « petite » Claire – que deux années à peine séparent de la cinquantaine – est aussi une mère angoissée à l'idée des dangers auxquels sont exposés ses enfants. Certes, Johan et Paul nous écrivent, mais leurs lettres sont si longues à nous parvenir qu'à l'inquiétude succède l'inquiétude. Je sursaute au moindre appel téléphonique, mon cœur bat lorsqu'on sonne à la porte et mes jambes tremblent à la seule vue d'un télégramme. Dans la rue, je croise beaucoup de femmes endeuillées. J'aimerais aller vers elles, leur dire combien je compatis à leur douleur. Dans certains quartiers, les gens accrochent à leur fenêtre un drapeau blanc. Ils le brodent d'une étoile bleue pour chaque membre de leur famille incorporé et d'une étoile dorée pour ceux tués au combat. Pour ne pas ajouter à mes appréhensions, Josef affiche une mine sereine. Il dit que notre amour pour Johan et Paul ainsi que nos prières les préservent de l'ennemi. Pauvre Josef, si doux et si attentionné, il tremble autant que moi, et je l'entends la nuit dans notre lit qui tourne, se retourne et soupire. Dieu tout-puissant, quand donc ce carnage prendra-t-il fin ?

Entre deux concerts, je me consacre aux blessés et aux convalescents. Je joue pour eux du piano, je leur fais la lecture et je les aide à rédiger leur courrier. Souvent, je les ai vus verser des larmes en évoquant leur maison et ces petites choses insignifiantes qui constituent leur univers. Moi-même, en les écoutant, je n'ai pu contenir mon émotion. En ce moment, je m'occupe d'un grand blessé qu'on a rapatrié d'Italie. Il a été atteint de plusieurs éclats d'obus. Enveloppé dans ses bandages, il a tout l'air d'une momie égyptienne. Ces derniers jours, on lui a retiré les pansements qui enserraient sa tête et il a enfin pu remuer les lèvres.

Sans doute ne t'aurais-je pas entretenue de ce garçon s'il ne m'avait raconté, au fil de mes visites, qu'avant d'embarquer pour la péninsule italienne il avait séjourné en Algérie où il a rencontré une jeune fille. Ils se sont follement épris l'un de l'autre. Et pourtant, depuis qu'il a été hospitalisé, il n'a pas écrit un seul mot à sa fiancée. J'ai bien sûr proposé mes services, mais il m'a fait comprendre que, bien qu'il en souffrît terriblement, il préférait pour cela attendre d'être fixé sur son état de santé : en aucun cas, m'a-t-il confié, il ne voulait imposer à celle qu'il aimait un être diminué. Plus tard, il m'a appris que la jeune fille habitait chez ses grands-parents dans une orangeraie. J'ai aussitôt pensé au domaine des Orangers, à Marcel et à Catherine, et, devant son ébahissement, je n'ai pu m'empêcher de rire...

Quel monde étrange que celui où nous vivons : immense et cependant à l'échelle d'un village de par la volonté du hasard ; si barbare et néanmoins si profondément humain par la seule force de l'amour...

Adélaïde reposa sur ses genoux les feuillets de papier fin recouverts d'une écriture élancée et demeura pensive. Deux semaines auparavant, dans sa dernière lettre, Marcel lui disait combien il s'inquiétait pour sa petite-fille : « Je me reproche de lui avoir raconté ton brusque réveil et ton cri à l'instant où Antoine était touché à la jambe. Depuis son cauchemar, elle s'enferme dans sa chambre ou disparaît dans l'orangeraie où elle aimait se promener avec le capitaine Baldwin. Et pourtant, je sais qu'elle ne désespère pas de le revoir, elle veut se persuader qu'il n'est que blessé ou prisonnier. Puisse-t-elle ne pas se tromper, tant de jeunes gens sont tombés au cours de cette guerre... »

Adélaïde quitta son fauteuil à bascule et s'approcha de la fenêtre. Tout en suivant le mouvement de la rue, elle réfléchissait : d'une certaine façon, Claire s'en remettait à elle, soit pour prévenir Viviane que le capitaine David Fenimore Baldwin gisait sur un lit d'hôpital à New York, soit pour se taire conformément au vœu du garçon. Adélaïde aurait souhaité rassurer son arrière-petite-fille, et cependant elle désirait la protéger, la mettre en garde : ne risquait-elle pas de lier son existence à un invalide ? Certes, malgré sa jambe perdue sur le chemin des Dames, Antoine avait vécu heureux auprès de Madeleine, mais tout de même, Viviane était si jeune. Pourquoi devrait-elle hypothéquer son avenir ?

Adélaïde songea à en informer Marcel, à lui laisser le choix mais elle se ravisa aussitôt : Viviane qui chaque matin devait guetter le facteur ne manquerait pas d'intercepter la lettre, et puis elle connaissait son fils, il se fierait davantage à son cœur qu'à sa raison. Elle se rendit compte que, tout autant que Claire, elle n'était pas en mesure de se décider. Lasse de ses propres hésitations, elle résolut de sortir. Tandis qu'elle remontait la rue Montorgueil, elle entendit la cloche de Saint-Eustache. Il y avait si longtemps qu'elle n'en avait franchi le portail ! Elle se retrouva dans la nef sans nulle intention de prier, parce que « les bondieuseries, ce n'était pas son rayon ». Dans le silence de l'église, elle songea à ces deux êtres aussi angoissés l'un que l'autre et que l'océan séparait... Sans savoir pourquoi, elle éprouva subitement le besoin de s'agenouiller. Peut-être à cause de cette lumière, un pâle mélange d'or, de pourpre et d'azur qui chutait sur les travées de prie-Dieu, ou de ce bourdonnement qui s'échappait des lèvres de cette poignée de fidèles. À moins que ce ne soit cette odeur de cierge, de boiseries et de pierres vivantes qui la pinçait à la gorge et la ramenait, loin en arrière, au temps de sa première communion...

À présent, Adélaïde marchait le long des quais. Le printemps, à nouveau surgi, parait de feuilles tendres les arbres. Sur les berges, des couples enlacés échangeaient baisers et promesses. Des péniches glissaient sous les ponts, des mouettes piquaient du bec dans l'eau. Adélaïde sourit : la vie, c'était ce tableau naïf, ces enfants qui s'embrassaient avec la certitude qu'avant eux l'amour n'était pas l'amour. Elle rentra au crépuscule avec un peu de regret pour ce reste de jour qu'elle laissait à sa porte. Et lorsqu'elle fut assise devant le petit bureau sur lequel Adrien étudiait autrefois, elle trempa son porte-plume dans le flacon d'encre violette, l'égoutta, puis, d'une main que l'âge rendait légèrement tremblante, se fit la complice de Dieu... ou du hasard.

En quittant Paris tôt ce matin, le commissaire Philibert Debrousse s'était, une fois de plus, promis de dételer. Il en avait assez de la capitale, de ses intrigues, de ses tensions. Et puis, il prenait de l'âge : ses cheveux déjà clairsemés blanchissaient et des somnolences le saisissaient à divers moments de la journée. À ces misères s'ajoutaient d'épisodiques lourdeurs de jambes. C'était juré, décidé : après la guerre, il se retirerait, profiterait de ses économies. Il avait de quoi. Pourtant, lorsque dans un jaillissement de vapeur et de fumée le train s'immobilisa en gare de Vichy, le commissaire avait oublié sa résolution et en était à échafauder des projets qui l'engageaient pour plusieurs années encore dans la « grande maison ». Du reste, il ne pouvait réellement concevoir de s'en tenir trop longtemps éloigné, son atmosphère lui aurait manqué. De même avait-il besoin de respirer l'air de ce milieu flou et sans cesse mouvant constitué d'êtres anachroniques, de délinquants à la petite semaine, trafiquants de toute sorte, rabatteurs, collaborateurs, et dont la pratique – outre qu'elle servait ses enquêtes – lui procurait, confiait-il volontiers à ses proches, une délectation comparable à celle d'un chat qui se frotterait à l'écorce d'un arbre.

À peine sur le quai, il dut exhiber sa carte de la préfecture sous le nez de deux inspecteurs en civil qui prétendaient contrôler le contenu de sa mallette. Il s'achemina ensuite vers l'Allier dont il aimait suivre le cours ombragé jusqu'à la maison des Dechaume. Ce n'était pas la première fois – en l'absence d'Adrien – que Debrousse répondait à l'invitation de Louise Cellier Mersham du Jarre. Entre cette femme issue de la vieille aristocratie, épouse d'un ministre du gouvernement de Vichy, et ce policier madré que plus aucun dossier ne surprenait ni ne rebutait, la mesure avait rapidement été prise de part et d'autre. Debrousse s'en souvenait avec une rare précision : c'était en octobre 1931. Sommé par Madame Yvette qui le gratifiait de discrètes enveloppes de ramener la belle Sonia, la pensionnaire la plus courue de son établissement, Debrousse n'avait pas tardé à découvrir que la prostituée filait le parfait amour avec un Argentin qui n'était autre que... le propre fils de Madame Yvette.

Et sans doute le fonctionnaire aurait-il ri de cette rocambolesque aventure si le couple ne s'était réfugié rue Montorgueil, chez une marchande des quatre saisons, Adélaïde Lebally, mère de l'influent député Adrien Dechaume. Dès lors, Debrousse avança avec une extrême prudence. Il y allait de sa tranquillité, sinon de sa carrière. La dextérité et le sang-froid dont il fit preuve pour dénouer ce qu'il appelait l'« affaire de l'hôtel Saint-Georges », et qui devint sur la suggestion d'Adrien une « simple affaire de famille », lui valurent la reconnaissance active du député, lequel avait lui-même ses habitudes chez Madame Yvette. Ce fut cependant pour le commissaire sa rencontre avec l'épouse d'Adrien qui se révéla déterminante pour son avenir : reçu par Louise Cellier Mersham du Jarre dans le luxe éblouissant de la demeure de Chaillot, Debrousse avait cru pouvoir soutirer à la jeune femme quelques renseignements destinés certes à le mettre sur la piste de la fugitive, mais également utiles à son fichier personnel – sur lequel figuraient, avec leurs travers intimes, d'éminentes personnalités. Or, à l'issue de l'entretien, le commissaire dut se rendre à l'évidence : non seulement il restait sur sa faim, mais il avait été si habilement manœuvré qu'il s'était de lui-même placé sous la protection de Louise. Ce fut le début d'une collaboration sans faille et que devait, pour l'essentiel, ignorer Adrien. L'épouse du député avait pour son mari de grandes ambitions et, si elle lui tolérait quelques infractions conjugales – l'homme étant ce qu'il était –, elle n'entendait pas pour autant se laisser déposséder de ses droits matrimoniaux par quelque aventurière. Elle chargea donc Debrousse de veiller à cela. Il s'y employa si parfaitement que, successivement, deux jeunes pensionnaires de Madame Yvette auxquelles s'était attaché Adrien disparurent de l'hôtel Saint-Georges. Plus tard, la séduisante Anna, une Napolitaine au tempérament de feu, rachetée à Madame Yvette et installée par Adrien dans un appartement cossu de la plaine Monceau, fut découverte les poignets tailladés dans sa baignoire. Promptement menée par Debrousse, l'enquête conclut à un « suicide » et offrit au fonctionnaire l'opportunité d'un nouvel avancement.

La débâcle et l'exode n'entamèrent en rien la fidélité du policier envers une famille à laquelle il liait désormais son destin. Fut-ce l'intuition, le raisonnement ou l'opportunisme qui conditionna Debrousse à ce choix ? Il s'interrogea et convint qu'il n'en savait rien. « L'instinct, peut-être », se dit-il pour mettre un terme à sa perplexité. Tandis qu'Adrien Dechaume suivait Laval dans un gouvernement sous l'égide du maréchal Pétain, à quelque temps de là, Philibert Debrousse fut approché par un émissaire d'une résistance embryonnaire dirigée de Londres. Avec le sentiment de marcher sur une corde raide, le commissaire, qui à l'instar des autres fonctionnaires avait dû prêter serment au vieux Maréchal, donna à chacune des deux parties des témoignages de son engagement, avec toutefois une constante : servir Louise Mersham du Jarre et, par voie de conséquence, Adrien.

Cette dernière semaine d'avril achevait de poser le printemps sur une ville et ses alentours qui bruissaient de mille rumeurs : la guerre, la paix ? Certes, les Allemands faiblissaient mais n'en devenaient que plus féroces et il n'était pas établi que les Anglo-Américains, épaulés par les Russes, pourraient aisément en venir à bout. Et puis, quelle idée de s'allier aux bolcheviques, quand demain sans doute il faudrait se battre pour les contenir... Debrousse haussa les épaules, il ne voulait penser à rien. Il fixa son attention sur un écureuil qui courait furtivement dans l'herbe haute et s'arrêtait par instants pour lever le museau et humer l'air comme s'il pressentait un danger. Le commissaire s'immobilisa. Il s'attendrissait devant cette petite bête insouciante, libre. Brusquement, l'écureuil plongea dans l'herbe et fila, traînant sa queue dressée en panache. Il réapparut le long d'un tronc puis se perdit dans le feuillage. Debrousse continua son chemin. En émergeant du bois, il aperçut la maison des Dechaume, une fermette ceinte de hauts murs, fraîchement maçonnée de tessons de bouteilles. Debrousse eut un soupir de regret : ici comme ailleurs, l'incertitude et la peur dominaient.

Louise suivait avec regret la silhouette corpulente et quelque peu tassée de Philibert Debrousse qui s'éloignait sous les arbres. Après une nuit à Vichy, le policier repartait pour la capitale. « Je ne sais où et quand nous nous reverrons et si je ne serai pas moi-même englouti dans ces bouleversements qui s'annoncent », avait-il dit en prenant congé de son hôtesse. Louise aimait bien le vieux bonhomme et bénissait le Ciel qui avait autrefois guidé ses pas jusqu'à Chaillot. Elle se plaisait à considérer que Dieu avait voulu ainsi lui manifester son amour. Depuis un moment déjà, le commissaire avait disparu en direction de la gare mais Louise ne se décidait pas à rentrer. Elle songeait aux propos de Debrousse, qui l'avait incitée à quitter Vichy : il fallait s'attendre dans les prochaines semaines, certainement avant l'automne, à un débarquement massif des troupes américaines et anglaises en un lieu encore indéterminé. Il était à craindre que les Allemands ne se vengent sur la population et que les maquisards ne se livrent à des excès sur ceux qu'ils accusaient ou soupçonnaient de collaboration.

« Mais, s'était écriée Louise, mon mari a donné des gages à la Résistance ! »

Debrousse avait hoché la tête : la Résistance n'était pas aussi homogène qu'elle voulait le laisser paraître. Des groupuscules autonomes s'étaient constitués, des individus isolés pouvaient soudain se croire investis d'une mission d'épuration. Tout était à craindre : règlements de comptes, arrestations arbitraires, simulacres de procès, exécutions... « Si j'étais vous, avait-il conclu, je me retirerais à la campagne, aussi loin que possible des grandes routes. »

S'en aller... pour aller où ? Certes, les Cellier Mersham du Jarre possédaient en indivis une propriété ancestrale dans les environs d'Avignon où, lors de l'avance allemande sur Paris, Louise s'était repliée avec les enfants : une bâtisse tout en longueur qui, bien que restaurée, n'offrait qu'un confort des plus sommaire. Encore devait-elle être occupée, à l'heure présente, par quelque branche de la famille. Bien sûr, Louise avait la faculté de patienter à Vichy, de voir venir, mais n'était-ce pas courir le risque de se faire piéger par les événements ? Elle se rappelait son cauchemar : elle et Adrien sur l'échafaud, la guillotine... Seigneur, et si ce cauchemar se réalisait ? Il lui fallait agir, pour Hugues et Aurélien. Âgés de dix-neuf et dix-huit ans, ils s'ennuyaient dans cette ville de province et passaient le plus clair de leur temps à l'extérieur, ne revenant qu'à la tombée du soir, exténués, couverts de poussière. Fils d'un ministre, ils représentaient une proie idéale pour les Allemands et une cible de choix pour les maquisards. Maintenant qu'elle y pensait, Louise réalisait que ses enfants se conduisaient étrangement. Un après-midi, Hugues était rentré les vêtements en lambeaux et le bras recouvert d'un bandage. Comme elle lui demandait ce qui lui était arrivé, il s'était enfermé dans sa chambre sans un mot, laissant à Aurélien le soin d'expliquer qu'il avait glissé sur une pente raide, au-dessus de Cusset... À présent, Louise rapprochait les divers incidents comme les pièces d'un puzzle : les fréquentes « randonnées » des deux garçons dans la montagne, les justifications bredouillées par l'un ou par l'autre lorsqu'ils rentraient tard, leurs chuchotements interrompus à l'arrivée de leur mère, leurs regards complices, et jusqu'à cette admiration proche de l'exaltation quand ils parlaient de leur sœur et de Jean-Luc Engelbert. Mon dieu, se pouvait-il qu'après Guénola, Hugues et Aurélien aient franchi le pas ? Cela lui paraissait inconcevable. Et pourtant.

Quelle sorte de mère était-elle donc qui ne se rendait pas compte que ses enfants avaient grandi et lui échappaient ? Elle eut l'impression d'être coupée d'eux... Un bruit la fit sursauter. Elle aperçut sous le feuillage bas des arbres un pauvre hère qui se dirigeait vers la fermette, sans doute pour quémander un morceau de pain. Elle avait donné des instructions pour que les malheureux ne repartent pas les mains vides. Peut-être parce qu'elle pensait qu'Anselme, son aîné, prisonnier des Allemands, devait lui aussi avoir faim. L'homme, maigre et d'allure jeune, semblait hésiter à sonner. Il allait et venait comme s'il redoutait d'être mal reçu. Louise marcha vers lui avec l'intention de l'encourager et de le servir elle-même. Tout à coup, son cœur s'affola et ses jambes tremblèrent, il lui sembla être clouée au sol. Et cependant, elle courait, elle courait et criait : « Anselme, Anselme ! »

Chapitre XXIV

Avril 1944 – Paris

Contenue par un cordon de gardes mobiles, la foule grossissait d'instant en instant et avait fini par couvrir la place de l'Hôtel-de-Ville : fonctionnaires mis en congé pour la circonstance, adolescents des Chantiers de jeunesse, miliciens en uniforme ou en civil se mêlaient à des couples de bourgeois, de boutiquiers et de petites gens animés par une même ferveur. À intervalles, des camions déversaient leurs cargaisons d'écoliers proprement vêtus, ravis de cette escapade qui les dispensait de la monotonie d'une journée de classe. Rangés aux premiers rangs, ils attendaient, curieux de voir de près ce vieux monsieur qui, tout comme Jeanne d'Arc, avait fait don de sa personne à la France.

Il y avait également là, endimanchés et impatients comme des enfants, Isidore et Sidonie Prouvaire. À considérer cette marée humaine qui débordait rue de Rivoli et sur les quais, ils se rassuraient : en dépit de ce que prétendaient les méchantes langues, le bon Maréchal tenait fermement la barre. Sa visite dans la capitale ne démontrait-elle pas qu'il savait manœuvrer les Allemands et obtenir d'eux autant de concessions que sur un champ de bataille ? N'en déplaise aux prétendus résistants, il incarnait à lui seul cet esprit français, ce subtil mélange de ruse et d'intelligence qui, tout au long des siècles et dans les épreuves les plus rudes, avait permis au pays de se ressaisir. Et Sidonie s'attendrissait devant ces braves petits sagement alignés avec leur instituteur, ces hommes et ces femmes qui entendaient manifester leur reconnaissance au Sauveur de la France. La vue des uniformes noirs de la Milice lui rappela son fils Germain dont elle était toujours sans nouvelles. Et elle essuya une larme en songeant que, tout comme le bon Maréchal, Germain avait lui aussi fait don de sa personne à la France.

Enfin, la voiture noire découverte et étincelante de chromes apparut et la foule vibra d'enthousiasme : le visage illuminé, la main levée, à peine moins tendue que pour le salut hitlérien, ils acclamaient le Maréchal debout, lui-même fier et ému de fouler à nouveau le cœur de la cité. Pour ces milliers d'hommes et de femmes, il était l'émanation de Dieu, le Seigneur, le père revenu qui leur évitait de se sentir orphelins. « Vive Pétain ! Vive le Maréchal, vive la France ! » Pour tous ces gens, l'espoir était là. Sidonie laissait à présent couler ses larmes et, les yeux mouillés, Isidore se racla la gorge afin de ne pas céder à l'émotion.

Un peu plus loin, Adélaïde fixait avec un douloureux étonnement le spectacle de cette assistance dévouée au Maréchal, soumise à l'occupant jusqu'à lier son propre avenir au sien dans une collaboration effrénée. Comment ce vieillard qui avait su lors de la Grande Guerre résister aux Allemands pouvait-il céder aujourd'hui à toutes leurs exigences et même les précéder. À ceux qui lui répondaient qu'autrement le pays aurait été détruit, elle rétorquait qu'il aurait fallu leur tourner le dos, conserver au moins notre dignité…

La foule soudain se tut : drapé dans son manteau boutonné jusqu'au col, coiffé de son képi brodé d'or, le Maréchal descendu de voiture s'était arrêté au garde-à-vous devant le mât sur lequel flottait voici peu l'emblème nazi. Tandis que se hissait pour la première fois depuis l'Occupation l'étendard tricolore, un murmure s'éleva qui aussitôt s'amplifia : semblable à un grondement, *La Marseillaise* jaillissait de milliers de poitrines. D'abord interloquée, Adélaïde y joignit sa voix avec le sentiment que la France se réconciliait là, sur cette place de l'Hôtel-de-Ville, autour de son drapeau. Il n'y avait plus de pétainistes ni de gaullistes, mais des Français désireux de se débarrasser de leurs oppresseurs, avides de recouvrer leur liberté. Lorsque mourut sur les lèvres de l'assistance la dernière strophe de l'hymne, il y eut quelques secondes de silence, comme une hésitation, puis la foule vibra à nouveau, acclamant sans discontinuer le Maréchal.

« Vive la France libre ! » leur cria comme en écho Adélaïde.

Et sans doute en serait-elle restée là si son regard n'avait croisé celui de Sidonie Prouvaire à deux pas d'elle. Des années auparavant, les deux femmes s'étaient affrontées après que Gabriel Rouet, l'anarchiste et bouquiniste, eut, sur le marché de Breteuil, blessé d'un coup de couteau Germain qui le menaçait. Depuis, Sidonie qui reprochait à Adélaïde son parti pris ruminait sa haine. Elle vit là le moyen de régler ses comptes.

« Vive le Maréchal ! » hurla Sidonie à l'intention d'Adélaïde.

Oubliant toute prudence, la Lionne des Marchés répliqua par un retentissant « Vive de Gaulle » qui jeta à proximité un froid. Sidonie qui n'en espérait pas tant rameuta la foule, accusant Adélaïde de soutenir les actions des terroristes et des bolcheviques qui suscitaient en retour les représailles des Allemands. La foule se resserrait dangereusement autour d'Adélaïde, l'insultant et la bousculant lorsqu'un homme s'interposa. Il portait au revers de son costume gris une francisque et s'aidait d'une canne pour marcher. Il affirma qu'il connaissait cette femme, une voisine, et qu'ayant tout perdu dans le bombardement de sa maison en province elle n'avait plus toute sa raison. Aux miliciens qui accouraient, il exhiba une carte. Les hommes en uniforme noir le saluèrent et intimèrent à la foule l'ordre de se disperser. Posément, Georges de Montazille prit le bras de la vieille femme et l'entraîna cependant que, derrière eux, Sidonie les poursuivait de ses vociférations.

« Eh bien, grand'mère, vous avez manqué vous faire lyncher. »

Le premier moment de surprise passé, Adélaïde s'était prêtée au jeu. « Je crois bien, mon petit Matthieu, que sans toi cette vieille bête de Sidonie ne m'aurait pas lâchée.

— Le mérite en revient à la francisque, dit Matthieu. Un cadeau de "mes amis…" plus précisément des amis de Georges de Montazille. Mais vous-même, grand'mère, qu'alliez-vous chercher au milieu de ces enragés ? »

Alors qu'il la raccompagnait vers la rue Montorgueil, Adélaïde lui raconta qu'elle allait au Bazar de l'Hôtel de Ville pour quelques emplettes quand elle avait remarqué l'attroupement sur la place. « J'aurais pu m'en éloigner dès que j'ai su qu'on y attendait le

Maréchal, mais, que veux-tu ? j'ai été prise de curiosité. Je cherchais à comprendre la dévotion de cette foule envers un vieillard qu'en d'autres temps on aurait laissé reposer dans une maison de retraite. Et pourtant, un moment, lorsque j'ai vu s'élever le drapeau et que j'ai entendu chanter *La Marseillaise*, j'ai succombé à l'émotion. J'ai cru que nous partagions le même amour pour cette terre. L'enchantement n'a duré que quelques minutes : la France de ces gens-là, frileuse, étriquée, égoïste, haineuse, est étrangère à la nôtre… » Elle s'interrompit tout à coup puis, l'œil fixé sur la francisque, reprit, ironique : « Je veux bien qu'elle m'ait évité d'être réduite en charpie, mais tout de même… »

Matthieu retira la décoration et l'enfouit dans sa poche. Il souriait de la véhémence de sa grand'mère. Il savait par son père qu'elle avait du caractère. « J'avais à peine quatre ans, lui disait Marcel, quand au lendemain de la mort de mon père elle m'a emmené à Paris. Ce qu'elle a enduré, peu de femmes l'auraient supporté. Elle n'admettait aucun obstacle sur son chemin, flairait les opportunités, s'y engageait résolument. Elle se battait avec autant d'âpreté sinon davantage qu'un homme. Je l'ai rarement vue faiblir. J'ai seulement regretté qu'elle ne m'ait pas consacré plus de temps. Peut-être était-ce sa façon de nous aimer, de s'offrir à nous en exemple afin que nous ne baissions jamais les bras… »

« Est-ce la vieille dame qui marche à ton côté qui te fait sourire ? demanda Adélaïde.

— Un peu, grand'mère. Je dois vous avouer que, tout comme papa, je vous admire.

— Il m'est parfois arrivé d'être injuste envers ton père, souvent exigeante comme on peut l'être envers son aîné. Tu peux être fier de lui : cette orangeraie, cette vigne sur une terre ingrate, rien de cela n'aurait été possible sans la volonté, l'obstination qui l'habitaient.

— Et qu'il tient de vous.

— Peut-être », répondit Adélaïde, songeuse.

Ils avaient coupé par la rue Rambuteau puis à travers le passage du Grand-Cerf où quelques artisans avaient établi leur atelier entre des boutiques pauvrement achalandées. « Vous voilà chez vous, grand'mère. » Elle l'invita à monter mais il refusa, l'incident l'avait mis en retard. Elle le suivit un moment du regard cependant qu'il s'éloignait sur sa canne pour donner l'impression qu'il boitait. Elle s'apprêtait à rentrer lorsqu'il fit demi-tour. Elle crut qu'il s'était ravisé et acceptait son invitation. « J'ai oublié le plus important, dit-il, c'est à propos de l'oncle Antoine.

— Mon dieu, s'écria-t-elle, persuadée d'une mauvaise nouvelle.

— J'ai appris la nuit dernière qu'il s'est évadé. C'est le capitaine Stauchmann, celui qui a failli t'arrêter, qui me l'a annoncé. Il m'a dit : "Pour un unijambiste, il ne manque pas de cran !..." »

« Manque pas de cran, notre Antoine ! » se répétaient les marchands en déballant le peu que leur permettait la répartition aux Halles et les quelques cagettes qu'ils parvenaient à arracher au prix fort aux maraîchers des alentours de la capitale. On s'accordait un instant pour filer au bistrot lever le coude à la santé du fils d'Adélaïde. On l'admirait d'avoir faussé compagnie aux « Chleus », de les avoir bernés, et sur une jambe encore. Ils en riaient comme d'un bon tour auquel, n'est-ce pas, ils auraient été associés, eux, les marchands dont on s'acharnait à tuer le commerce à coups de réquisitions et de tracasseries administratives. Et si l'on riait, on priait également, et certains, profitant de leurs achats, se retrouvaient sur les prie-Dieu de Saint-Eustache. Car on admettait que rien n'était joué pour l'Antoine et qu'il risquait, avec son pilon, de se faire épingler à tout moment.

Adélaïde, quant à elle, retenait son souffle. Tout à la fois heureuse et inquiète, elle tremblait à l'idée qu'il pût être repris, battu ou, qui sait ? exécuté. Peut-être aurait-il mieux valu, songeait-elle, qu'il prenne son mal en patience. Mais elle connaissait trop son fils pour imaginer qu'il se serait tenu tranquille ; ce fruit d'un amour défendu agissait par instinct et fonçait à la manière d'un bélier, au contraire d'Adrien qui mesurait tout. N'était-ce pas aussi pour cette raison qu'elle avait menti à Pierre Dechaume en lui présentant pour son fils Adrien au lieu d'Antoine. Elle avait gardé auprès d'elle l'aîné qu'elle sentait, malgré sa force, plus vulnérable. Le mois d'avril s'acheva sans qu'Adélaïde reçût des nouvelles d'Antoine. « Il doit encore courir », s'évertuait à la rassurer Matthieu qui, parfois, se délassait rue Montorgueil de son personnage de Georges de Montazille.

Le mois de mai débuta avec la reconquête de Sébastopol par les Russes qui, inexorablement, poussaient leur avance vers l'ouest. Le 17 mai, les troupes françaises renforcées par les tabors marocains prirent une part décisive dans l'assaut des ruines de Monte Cassino : la position enlevée dans un déluge de fer et de feu puis à l'arme blanche, la ligne Gustave âprement défendue depuis des mois par les Allemands du maréchal Kesselring s'effondra et ouvrit la route vers Rome aux armées alliées. Les derniers jours de mai furent assombris par l'incompréhensible bombardement anglo-américain sur vingt-cinq villes françaises. Ces destructions meurtrières donnèrent une nouvelle vigueur à la propagande allemande et renforcèrent le camp de la collaboration. Adélaïde elle-même en fut atterrée. « Seigneur, s'écria-t-elle dans le silence de son appartement, qu'avons-nous fait pour mériter un tel châtiment ! »

Ce fut au lendemain de ces deux journées de bombardements qu'Adélaïde reçut un mot de Saturnin Octobre qui la priait de lui rendre visite. Le président de la corporation des détaillants en fruits et légumes, bien qu'âgé de plus de soixante-dix ans, continuait à régner sur les boutiquiers dans l'attente, disait-il, d'un successeur. Par ailleurs, il avait constitué un réseau d'aide à la Résistance auquel avait appartenu Antoine avant son arrestation.

Pressentant que ce message avait un rapport avec son fils, Adélaïde se hâta rue des Innocents où demeurait le vieil homme. « Antoine ? » l'interrogea-t-elle essoufflée, sitôt que la femme de chambre l'eut introduite dans le bureau où il l'attendait. Un doigt sur la bouche, Saturnin Octobre lui fit signe de se taire cependant que, dans le couloir, les pas de la servante s'éloignaient. « Pardonnez-moi de vous recevoir dans mon fauteuil, ma bonne Adélaïde, mes rhumatismes ne me laissent aucun répit. Mais je comprends votre impatience. Aidez-moi à me lever. » Tout en lui recommandant à nouveau le silence, il descendit à son bras les escaliers puis la conduisit dans une arrière-cour où le soleil ne semblait jamais pénétrer. « Avant la guerre, dit-il en désignant une porte à claire-voie renforcée de ferrures, nous y entreposions la marchandise. » Il eut un geste las, tourna la clé et s'effaça.

Lentement, les yeux d'Adélaïde s'accoutumèrent à la pénombre. Le vaste local au sol cimenté paraissait vide, hormis quelques caisses où s'amoncelaient des crochets, des ardoises marquées à la craie et des lampes, certaines à pétrole, d'autres à acétylène. Appuyés à un mur, on y devinait des tables et des tréteaux. Une odeur de pommes sures se mêlait à celle humide de la cave. Du fond de la pièce, une trappe se souleva et une silhouette émergea. Adélaïde se sentit défaillir, elle appela : « Antoine. » Un raclement de gorge familier lui répondit, puis elle le vit qui s'avançait en claudiquant. Il la cueillit avant qu'elle ne s'écroule. « Antoine, mon petit Antoine », murmurait-elle. Et lui serrait à l'étouffer contre sa large poitrine cette vieille femme aussi menue qu'une enfant. Il riait et pleurait, cependant qu'elle ne cessait de hoqueter : « Antoine, mon petit Antoine... »

Ils s'étaient installés sur des caisses, de celles qu'on utilisait pour les pommes et les agrumes, gravées au fer incandescent du nom de leur expéditeur. Antoine avait accroché au-dessus d'eux une lampe à carbure. Ils étaient seuls. Maintenant qu'Adélaïde pouvait dévisager son fils, elle le découvrait considérablement amaigri. « Mange donc ! » insistait-elle en poussant vers lui un morceau de cantal et la miche de pain déjà bien entamée. Il y mordit encore, pour lui faire plaisir. « Mange, mange donc ! » le harcelait-elle. Il s'exécutait, buvait par-dessus le gobelet de rouge qu'elle lui servait après chaque bouchée. Enfin, fermement décidé à ne plus rien avaler, il se recula et, les mains sur la nuque comme s'il s'octroyait un repos bien mérité, s'exclama : « C'est tout de même chouette de rentrer chez soi... enfin, presque. »

Adélaïde le couvait du regard : c'était Antoine, son petit Antoine.... « Raconte encore », dit-elle. Il lui avait fait une première fois le récit de son évasion, mais elle n'en était pas rassasiée. Elle demandait des précisions, l'obligeait à revenir sur certaines péripéties. « Parle-moi de ce Karl Bilden. » Il se défendait, prétextait sa fatigue puis reprenait, ravi au fond de lui obéir comme autrefois lorsqu'il était enfant. « C'est grâce à ma jambe, du moins à celle qui me fait défaut, parce que tu comprends, lui aussi... »

Ce matin d'avril 1943, Karl Bilden, un fermier des environs de Torgau, à l'est de Leipzig, n'en crut pas ses yeux lorsqu'il vit débarquer parmi la douzaine de prisonniers qu'il avait sollicités de l'administration militaire un unijambiste. Il avait besoin d'hommes jeunes et vigoureux pour reconstruire l'étable, étendre le poulailler et travailler aux champs, et voilà qu'on le flanquait d'un éclopé. Bilden n'éprouvait aucune colère à l'encontre du malheureux invalide. Lui-même ne souffrait-il pas depuis la Grande Guerre de la perte de sa jambe droite et ses cheveux, tout comme ceux du prisonnier, ne grisonnaient-ils pas ? Non, Bilden en voulait seulement à ces fichus incapables du bureau qui se permettaient de lui expédier un amputé comme si lui, en bon patriote, se devait de l'accepter sans protester. Il apostropha le sous-officier qui avait convoyé le contingent de prisonniers et exigea qu'il le ramenât. Le militaire répliqua avec ironie que le fermier pouvait toujours réclamer à l'administration. Bilden haussa les épaules, résigné. Tandis que le sous-officier remontait dans son camion, il répartit les tâches non sans avoir au préalable annoncé ce qui attendait les candidats à l'évasion : l'exécution sur place. Comme les prisonniers appartenaient à diverses nationalités, le fermier ponctua de gestes significatifs son discours.

Délibérément ignoré par Bilden, Antoine comprit ce qu'il risquait à se retrouver à l'écart des autres, sans travail : le retour au camp et à son régime, peut-être la mort car les Allemands n'avaient pas pour habitude de nourrir des bouches inutiles. Il lui fallait sans tarder s'agréger à une équipe. Il rejoignit les quatre hommes chargés de l'extension du poulailler. D'abord réticents, ceux-ci l'acceptèrent, lui donnant à entendre que son pilon ne l'absoudrait d'aucune corvée. Bien qu'il affectât de ne lui accorder nulle attention, Bilden observait « l'éclopé » dont l'initiative n'était pas pour lui déplaire. Bientôt, il se rendit compte que le Français en abattait autant que ses compagnons valides et, d'une certaine façon, il en fut satisfait comme d'une victoire personnelle. À son retour de la guerre, Bilden avait tenu à démontrer que son amputation ne le diminuait pas physiquement, pas plus qu'elle n'affectait son moral. Il s'était marié, avait fait des enfants puis, lorsqu'il avait eu à succéder à son père, avait manœuvré si bien qu'il avait réussi à agrandir son domaine.

Ce n'est toutefois qu'au bout d'une semaine que Bilden condescendit à s'adresser à Antoine, un peu rudement, il est vrai, car, estimait-il, le pays était en guerre, ses deux garçons se battaient sur le front russe et il ne convenait pas de se montrer par trop amical envers un prisonnier. Peu à peu, cependant, son attitude se modifia.

Il en vint à raconter au Français sa guerre dans les tranchées et dans quelles circonstances il avait été blessé sur le chemin des Dames, sans doute à quelques dizaines de mètres de l'endroit où Antoine avait perdu sa jambe gauche. Bilden admit que les Français avaient alors forcé le respect des Allemands. Aussi s'étaient-ils attendu à davantage de résistance en 40. De son côté, Antoine relata ce qu'il avait enduré : la boue, la vermine, l'incessante mitraille, le manque de sommeil et surtout le sentiment, partagé par Bilden, d'aller vers une inutile boucherie.

Les semaines, les mois s'écoulèrent. Bilden avait trouvé une oreille attentive. Il s'exprimait dans un français hésitant qu'Antoine corrigeait tout en retenant lui-même certaines expressions allemandes. Une fraternité d'anciens combattants les rapprochait. Bien que Bilden lui eût proposé un travail moins rude, Antoine préféra rester attaché à son groupe, par solidarité certes, mais également afin d'obtenir pour ses compagnons une amélioration de leur condition que Bilden finit par lui concéder. Sur ces entrefaites, un des prisonniers imagina de s'enfuir : c'était un robuste Hollandais qui semblait s'être fait à cette existence. Il parlait couramment l'allemand et ne ménageait pas ses efforts pour satisfaire le fermier. En réalité, il préparait avec minutie son évasion. Après avoir subtilisé des vêtements, de la nourriture et une carte de la région à la ferme, il disparut. Huit jours durant, le Hollandais courut et l'on commença à murmurer, non sans une certaine envie, qu'il avait réussi son coup quand, dans l'après-midi du neuvième jour, une patrouille ramena son corps criblé de balles.

Après cet « incident », les relations entre Bilden et Antoine se refroidirent, d'autant plus que l'Allemand avait, en guise de punition collective, supprimé les privilèges progressivement consentis. Avec le temps, la tension retomba et la méfiance réciproque s'atténua. Puis Bilden déclara qu'il fermerait à nouveau les yeux sur ce qu'il appelait de « petites choses ». Lui et Antoine reprirent leurs promenades et leurs discussions autour de la ferme comme si « l'incident » ne les avait jamais interrompus. En dépit de l'amitié manifestée par l'Allemand, Antoine se languissait de la France. Il désirait revoir sa femme et ses enfants, retrouver ses marchés. Bilden le comprenait et l'incitait à patienter, mais au fond de lui il savait que le Français n'était pas près de rentrer chez lui – et pour cause, la guerre s'éternisait. Un soir, Antoine confia à Bilden qu'il ne supportait plus cette existence. Peu importait que le Hollandais eût échoué, il voulait pour sa part tenter sa chance. Tout ce qu'il demandait au fermier, c'était de lui accorder quarante-huit heures avant de prévenir les autorités militaires. Bilden ne répondit que quelques jours plus tard : il acceptait, mais Antoine devrait attendre la deuxième semaine de mars avant de mettre à exécution son projet : janvier s'achevait et les routes enneigées étaient peu praticables, lui dit-il.

Au cours des semaines qui suivirent et tout en préparant à l'insu des autres prisonniers sa fuite, Antoine s'interrogeait sur la sincérité de Bilden : ne le trahirait-il pas tout comme il avait dénoncé le Hollandais ? Bien sûr, il avait noué avec le fermier de solides liens d'amitié, mais un revirement demeurait possible. Souvent, la nuit, le doute s'emparait de lui : par quels moyens traverser le pays ? Comment éviterait-il les innombrables contrôles ? Il devrait se déplacer au milieu d'une population hostile et méfiante qui ne manquerait pas de le remarquer avec sa jambe de bois. Il tournait et se retournait dans sa paillasse ; son entreprise lui paraissait alors folle, démesurée et il se trouvait prêt à y renoncer. Puis il se reprenait et se résignait à patienter comme le lui avait conseillé Bilden... Bilden qui, ces derniers temps, s'absentait des journées entières avec son camion, dont les commandes avaient été adaptées pour pallier son infirmité. Peut-être allait-il le laisser filer tête baissée vers une embuscade... Puis la lumière du jour chassait le tourment et renforçait la détermination d'Antoine.

Dès les premiers jours de mars, la neige fondit à Torgau et peu à peu les routes redevinrent praticables. Bien que ce ne fût pas tout à fait le printemps, on vit les premiers bourgeons éclater et de grandes taches vertes percer les étendues blanches des champs. Antoine se sentait vivifié. Le soleil faisait couler en lui de nouvelles forces et il piaffait désormais d'une impatience que Bilden s'évertuait à contenir. « Bientôt, lui répondait-il, bientôt. »

Le 17 mars à l'aube, Bilden réveilla Antoine et, un doigt sur la bouche, lui fit signe de lui emboîter le pas. Quelques instants plus tard, couché dans une cache aménagée sous la plate-forme du camion conduit par Bilden lui-même, Antoine roulait vers Leipzig.

Chapitre XXV

Août 1944 – Paris

« Par ici les wagonnets, renversez les chariots ! »

Très tôt ce matin, dans le jour laiteux et sans que l'on sût précisément d'où était parti le mot d'ordre, les hommes, une poignée, avaient commencé à ériger une barricade rue des Halles, face à la place Sainte-Opportune, à deux pas de la rue de Rivoli et du boulevard Sébastopol. Puis, à mesure que la brume se dissipait, d'autres hommes, des femmes et des adolescents arrivèrent, chargés de tout un bric-à-brac rouillé, tordu, de vieux sommiers, de matelas éventrés, de meubles fendus, boiteux et qui ne tenaient que par un enchevêtrement de ficelles. On en jetait aussi par les fenêtres et jusqu'à d'antiques lessiveuses, des bassines rétamées, des portes rongées par les termites. Ensuite parvinrent du pavillon de la boucherie, poussés par les forts des Halles, des trains de wagonnets qui servaient au transport des quartiers de viande et des abats. Suivirent les chariots des commissionnaires que l'on salua par des acclamations. Munis de pioches et de barres, des jeunes gens descellaient les pavés que l'on entassait en seconde ligne.

Au milieu de la matinée, le bruit se répandit qu'on dressait une deuxième barricade, de l'autre côté, à l'extrémité de la rue Baltard, pour parer à une attaque des arrières par la rue Rambuteau. Une partie des hommes s'y précipita, conduits par Thomas armé d'un fusil et ceint d'une cartouchière. De partout, rue de la Lingerie, rue du Lard, rue du Plat-d'Étain, de la Ferronnerie, des Innocents et des Déchargeurs, hommes et femmes affluaient en un incessant va-et-vient semblable à celui d'une fourmilière, ployant sous la quantité d'objets encombrants dont quelques instants auparavant ils ne soupçonnaient pas l'existence dans leur cave ou leur grenier.

À midi, lorsque se répandit la nouvelle que les Allemands descendaient le boulevard Saint-Michel la rue se vida et seuls demeurèrent, à peine armés de fusils de chasse ou de couteaux, les plus résolus. Puis, quand on sut que le convoi ennemi poursuivait à toute allure vers le boulevard de Strasbourg, l'atmosphère se détendit. Ce n'était plus à présent qu'une joyeuse fête à laquelle se mêlaient les marchands, les grossistes et les mandataires. On y voyait aussi des commis, des gens d'autres arrondissements venus en voisins ou en curieux. Des bouteilles bues à même le goulot, des miches de pain circulaient. Du saucisson, du fromage, des rillettes, si rares par ces temps de rationnement, surgirent miraculeusement. On riait, on se tapait sur l'épaule, on fraternisait avec les garçons qui montaient sérieusement la garde avec leur pétoire ou leur pistolet et, à l'occasion, bombaient le torse à l'approche de jolies filles. À un bout de la barricade, un homme pointait une pique à la pointe dorée sans doute arrachée à une grille de jardin. La foule se promenait d'une barricade à l'autre, comparant leur architecture hétéroclite, supputant leur résistance face à un ennemi dont on redoutait l'assaut en même temps qu'on l'espérait pour le plaisir d'un frisson.

Après avoir poussé avec deux de ses compagnons une reconnaissance vers la place du Châtelet, Antoine était revenu, impressionné par le calme qui y régnait. Excepté quelques convois qui filaient en trombe vers le nord, rien ne bougeait. « Peut-être le calme qui précède l'orage », confia-t-il à Thomas. Il se rendit ensuite auprès de Saturnin Octobre qui n'avait pas voulu « rater ça » et s'était installé sous l'auvent d'un marchand de salaisons en gros. Dans l'après-midi, Paulette Lentin abandonna la couture de ses blouses et rejoignit Thomas. Les deux jeunes gens officiellement fiancés attendaient avec impatience la fin de la guerre pour se marier. La cérémonie aurait lieu tout comme autrefois pour Antoine et Madeleine à Saint-Eustache et le repas de noce, offert par Adélaïde, à L'Escargot d'Or ou au Chien qui Fume, on verrait. Madeleine avait accueilli avec chaleur cette future bru qui avait su faire oublier à son fils son amour pour Mathilde Roussay. « J'ai deux garçons, lui avait-elle dit en l'embrassant, il me manquait une fille. »

Brusquement, dans la soirée, la tension remonta. Des guetteurs signalèrent des patrouilles allemandes place du Châtelet cependant que d'autres avançaient le long de la rue Rambuteau. L'alerte à peine donnée, les badauds s'esquivèrent tandis que les volontaires se portaient sur les barricades et hâtaient les derniers préparatifs. Un marchand, féru d'histoire, avait mis en place une catapulte pour bombarder de pavés les éventuels assaillants. Le soleil s'était couché ; un reste de jour jetait sur les maisons une lumière cuivrée. Le silence, l'attente devenaient insupportables et quelques commis y allèrent de leur gouaille, mais leurs plaisanteries ne suscitèrent qu'un faible écho. Un ancien poilu coiffé de son casque et de son uniforme bleu horizon se hissa sur la barricade et agita la hampe d'un drapeau avec le sentiment de revivre la guerre des tranchées. On le força à redescendre et il se tassa dans son coin, remâchant ses souvenirs.

Les Allemands se montrèrent à la tombée de la nuit, annoncés par le piétinement de leurs bottes. Un long moment, ils s'immobilisèrent aux abords de la place Sainte-Opportune puis, de leur groupe, un officier se détacha et, dans un français qu'il semblait parfaitement maîtriser, lança aux insurgés un ultimatum : il leur assurait l'impunité en échange de la destruction des barricades et de leur dispersion. Il leur accordait une heure pour s'exécuter. Autour de Saturnin Octobre et d'Antoine, une discussion s'engagea : pour les uns, la partie était par trop inégale. Ils préconisaient le retrait dans l'honneur, d'autant, jugeaient-ils, que les deux barricades ne présentaient aucun intérêt stratégique. « Pour les Allemands non plus ! s'exclama Thomas. Il s'agit pour eux d'abattre un symbole et, dans ce cas, il est essentiel que nous le défendions comme un drapeau ! » Le débat se poursuivait âprement quand, bien avant la fin de l'ultimatum, deux coups de feu retentirent, aussitôt suivis d'une salve. « Nom de dieu ! » jura Antoine en se précipitant. C'était le poilu qui, brûlant d'en découdre, s'était dressé avec son vieux Lebel. À présent, il gisait sur le ventre, en travers de la barricade. « Maintenant, dit Antoine tandis que les balles crépitaient, nous n'avons plus le choix. »

On tirait désormais de partout y compris depuis les fenêtres où des hommes armés de fusils de chasse avaient remplacé les curieux. Sommairement assemblés, les éléments de la catapulte se désagrégèrent avec l'expédition d'un troisième pavé et allèrent épaissir le mur de bric-à-brac. Mieux armés, plus aguerris, les Allemands ne progressaient cependant que lentement. Bien que leurs grenades aient ouvert une brèche dans la barricade, ils ne semblaient pas pressés de s'y engouffrer. « S'ils se décidaient à un véritable assaut, nous ne tiendrions pas longtemps », dit Antoine à Saturnin Octobre qui s'obstinait à ne pas quitter les lieux. Arc-bouté derrière un wagonnet renversé, Thomas choisissait ses cibles. Il avait enjoint à Paulette de se mettre à l'abri sous un porche, mais elle avait refusé. Elle confectionnait des pansements de fortune, offrait à boire aux combattants et aidait au transport des blessés.

Inexplicablement, les Allemands réduisirent l'intensité de leur feu durant quelques minutes. « Ils ramassent les leurs, à moins qu'ils ne veuillent nous laisser la possibilité de nous éparpiller dans les petites rues », estima Antoine. Il remarqua toutefois qu'aucun des volontaires n'en profitait pour s'esquiver. Après cette brève accalmie, de nouvelles grenades destinées à agrandir la brèche explosèrent. Thomas se porta vers l'ouverture devenue béante. Il aperçut dans l'obscurité des soldats qui y rampaient et tira. Il entendit des cris, puis les Allemands refluèrent et abandonnèrent deux des leurs. Dans cette odeur de poudre et au milieu de ce tumulte, Thomas éprouvait un réel bonheur : cette résistance face à un ennemi supérieur en nombre lui rendait sa fierté, effaçait un peu le souvenir de la débâcle, de l'hécatombe sur les routes bombardées. Dans quelques jours, quelques heures peut-être, si la nouvelle se confirmait, la colonne du général Leclerc entrerait à Paris, devançant les Anglais et les Américains. Thomas se joindrait à eux ; il endosserait un uniforme et marcherait sur l'Allemagne... Il se retourna pour chercher des yeux Paulette. Tout à l'heure, elle lui avait chuchoté en l'embrassant sur les lèvres : « Garde-toi, je t'aime... » Il lui semblait qu'elle voulait ajouter autre chose, mais elle s'était reprise et dépêchée vers un blessé. Il la découvrit, arrêtée devant une porte comme si elle soufflait, une main sur son ventre. Il lui revint qu'il l'avait surprise ce matin déjà dans une telle posture. Était-elle malade ? Il se promit de l'interroger. Il ressentit le besoin de la prendre dans ses bras, de la toucher. C'était absurde, en pleine bataille... plus tard... Comme si elle devinait ses pensées, Paulette se tourna vers lui et lui adressa un signe de la main auquel il répondit en se relevant, puis brusquement elle le vit qui basculait en avant, comme désarticulé. Elle poussa un hurlement et courut : tirée par un Allemand qu'il croyait avoir touché un instant auparavant, la balle avait projeté le jeune homme face contre terre.

La tête de Thomas sur les genoux, Paulette essuyait le visage ensanglanté et l'embrassait. « Thomas, appelait-elle, je t'en prie, réponds-moi ! » Il entrouvrit les yeux et prononça faiblement son nom. Elle le sentit prêt à refermer les paupières et le supplia : « Ne meurs pas, Thomas, je t'aime. Il faut que tu vives, pour moi... pour le bébé. » Elle lui prit la main et la posa sur son ventre. « Le docteur me l'a appris hier, je ne savais comment te l'annoncer. Il aura besoin de nous, de toi. Ne meurs pas, mon amour. » Le visage exsangue de Thomas s'anima d'un sourire ; c'était donc ça. Oh non, il ne mourrait pas... pas tout à fait. Il eut un regard de reconnaissance pour Paulette, esquissa une caresse sur le ventre puis ses yeux, humides des larmes de la jeune femme, se brouillèrent et sa nuque se renversa.

Le 25 août, quelques heures après la mort de Thomas, la division Leclerc pénétrait dans la capitale et réduisait après de violents combats les points de résistance ennemis. Fait prisonnier dans son poste de commandement à l'hôtel Meurice, le général von Choltitz signa, à la gare Montparnasse où il avait été conduit devant le général Leclerc, la capitulation de la garnison allemande. Le lendemain, tandis qu'une mer humaine acclamait sur les Champs-Élysées le général de Gaulle escorté des chefs des Forces françaises libres et de ceux de la Résistance intérieure, un long cortège partait de la rue Mandar pour accompagner Thomas dans sa dernière demeure.

Dans la France qui se libérait, l'heure des règlements de comptes sonnait : on fuyait, on pourchassait, on emprisonnait et on exécutait les collaborateurs et les laudateurs du régime nazi. Mais on découvrait aussi jour après jour l'horreur des camps allemands et les charniers où des millions de victimes avaient été jetées.

Meurtrie par la perte de son petit-fils, Adélaïde songeait à Adrien, à ce fils renié et pour lequel cependant son cœur de mère souffrait. Était-il vivant, mort ? Ni Matthieu, ni Guénola de retour à Paris avec Jean-Luc, ni même Louise terrée en province n'avaient pu lui fournir de ses nouvelles. « Mon Dieu, aidez-le, même s'il s'est trompé de chemin », priait-elle, agenouillée à Saint-Eustache.

Le 25 avril 1945, alors que les Russes poursuivaient leur avance dans Berlin et que les Japonais s'essoufflaient dans le Pacifique, s'ouvrait la conférence de San Francisco qui devait élaborer une charte destinée à régir les rapports entre les nations et à préserver le monde de nouveaux conflits. Ce jour-là, comme pour témoigner de sa foi en cette promesse universelle, Paulette qui avait tenu à accoucher rue Mandar, dans le lit même de Thomas, donna naissance à une fille qu'elle prénomma Anaëlle. Encore haletante de ses efforts, elle confia à Madeleine qui assistait la sage-femme : « J'ai senti Thomas auprès de moi. » À ceux qui l'interrogeaient sur le choix d'un prénom si peu usité, elle répondit qu'elle ne se rappelait plus où elle l'avait entendu pour la première fois, mais que c'était comme une musique qui habitait son esprit bien avant qu'elle ne connût Thomas. Ce fut un beau et gracieux bébé que Paulette, entourée des Lebally et des Lentin, présenta à Saint-Eustache pour le baptême.

Après la cérémonie, l'enfant dans ses bras, Paulette se rendit au cimetière du Père-Lachaise où reposait Thomas. C'était par un de ces matins où l'air exhalait des odeurs de printemps. Un vent léger agitait le feuillage au-dessus de la pierre tombale, gravée de l'inscription en lettres d'or : « Mort pour la France. » D'une voix étranglée par les sanglots, la jeune femme s'adressa au disparu : « Voici ta fille, Anaëlle. Je veux qu'elle sache quel père merveilleux elle possède au Ciel. »

*Achevé d'imprimer en septembre 1998
sur presse Cameron
par **Bussière Camedan Imprimeries**
à Saint-Amand-Montrond (Cher)*

N° d'édition : 3478. N° d'impression : 984338/1.
Dépôt légal : septembre 1998.

Imprimé en France